KB213418

너의 계절,
나의 날씨

너의 계절,
나의 날씨

이신조 소설

문학동네

차

례

대자연은 날씨 물후의 수많은 변화를 통해
우리 몸의 직관과 영감을 회복하도록 이끈다.

—위스춘, 『시간의 서』

봄밤의 번개와
질소

아내는 내일, 제사를 지냈으면 한다고 했다.

"무슨 제사?"

나는 물을 마신 뒤 식탁 앞에 서서 물었다. 잠기운이 남아 있는 몸속으로 불균질하게 찬 기운이 번졌다. 시간은 여느 때처럼 아침 아홉시 즈음, 아내는 출근 준비를 마친 모습으로 거실 소파에 앉아 있었다. 나는 내 질문이 아내의 말만큼이나 이상하다는 걸 깨닫고 다시 물었다.

"누구, 제사?"

"내일이 사 주기네…… 먼저 남편, 김규환씨."

평일 이 시간쯤 눈을 뜨면 출근하는 아내의 모습을 볼 수 있었다. 나는 소변을 보고 물을 마시고, 아내를 배웅한 뒤 다시 침실로 들어가 한 시간쯤 더 자다 깨다 나른한 몽유의 시간을 보내곤 했다. 기상해 음악이나 뉴스를 들으며 아침식사를 하는 것이 다음 순서. 설거지를 하고 청소기를 돌리고 샤워를 하고 커피를 마시면 얼추 정오 무렵이었다. 모든 것이 몇 년 전의 나를 생각한다면 기적이라 할 만한 일이었다.

아내가 출근한 뒤, 나는 침실로 들어가는 대신 거실의 폴딩 도어 앞에 서서 마당을 내다보았다. 이 집에 살기 시작한 것은 작년 9월 초로, 지난가을 내내 샤워 후 마당으로 나가 커피를 마셨다. 맨발로 잔디 위를 걸으며 천천히 원을 그리듯 마당을 돌았다. 샤워 햇빛 잔디 맨발 커피, 그런 식으로 정오를 맞는 것이 좋았다. 차츰 그 시간이 본격적인 하루를 시작하는 어떤 의식처럼 느껴졌다. 마당을 빙빙 돌며 걷다 몸속 어딘가 적당히 예열이 되었다 싶었을 때, 작업실이 있는 마당 왼편의 별채로 향했다.

3월 초의 아침, 날이 흐렸다. 예의 의식은 겨울 동안 중단된 상태였다. 11월쯤 되자 잔디 위 맨발이 시렸고, 한겨울 추위엔 마당에서 커피 한 잔을 비우기도 버거웠다. 나는 누런 잔디밭을 한동안 바라보다 거실 창을 등지고 부엌으로 향했다. 개구리가 겨울잠에서 깨어난다고 하지만 아직은 무척 춥게 느껴지는데요, 변덕스러운 봄 날씨에 각별히 건강에 신경을 쓰셔

야겠습니다. 태블릿 화면 속 뉴스 채널에서 기상 캐스터의 목소리가 하이 톤으로 흘러나왔다. 나는 냉장고 문을 열고 달걀을 꺼냈다. 충청 및 경기 남부 지방은 오후에 비 소식이……결혼 후 이 집에서 처음 맞는 봄이었다. 프라이팬에 기름을 두르며 지난봄 아내가 전남편의 삼 주기를 어떻게 보냈을지 상상해보았다. 빈 접시처럼 아무것도 떠오르지 않았다.

작업실 문을 열자 밤새 서늘하게 고여 있던 공기가 희미하게 일렁였다. 본채와는 달리 별채에는 따로 난방시설이 없었다. 아내와 내가 이사를 오기 전 이 전원주택은 몇 년간 어느 제약회사 임원의 별장으로 쓰였다고 했다. 정년퇴임을 하게 된 그는 고향으로 귀촌을 결심하고 별장을 처분했다. 별채는 원래 차고 겸 잡다한 물건을 보관하던 창고였다. 크기와 구조가 작업실로 사용하기 적당했다. 이 집을 찾아내 계약을 한 것도, 별채를 내 작업실로 개조한 것도 아내였다. 날이 추워지자 작업실에 전기난로를 들인 것도, 본격적인 겨울로 접어들어 난방이 신통치 않자 무쇠로 만든 화목 난로를 추가로 설치한 것도 아내였다.

나보다 세 살 연상인 서른아홉의 아내는 공인중개사로 인근에서 부동산 사무실을 운영하고 있었다. 경기 남부 일대가 흔히 그렇듯 이 부근도 신도시풍의 아파트 단지와 전원생활이 목적인 단독주택과 타운 하우스, 그리고 토박이 주민들의 농촌 마을이 뒤섞인 곳이었다. 매매나 임대로 여러 차례 전원주택을 중개했지만, 정작 전원주택에 사는 것은 아내도 처음이라고 했다. 사 년 전 남편이 갑작스러운 사고로 사망한 후, 아내는 사무실 문을 닫고 몇 달 동안 칩거하다 여동생이 결혼해 정착한 캐나다로 가서 다시 몇 달을 더 보내고 돌아왔다고 했다. 지인과 동업으로 사무실을 확장해 중개사 일을 재개한 것은 남편이 죽고 일 년이 지났을 무렵이었다. 그후 이 년쯤 시간이 흐른 뒤 아내는 나를 만났다. 함께 봄과 여름을 나고 양쪽 합쳐 열한 명의 손님을 초대해 근처 갤러리의 야외 정원에서 파티식 식사를 하는 것으로 결혼식을 올렸다.

나는 무쇠 난로에 불을 피웠다. 매캐한 내음과 마른나무가 타들어가는 소리. 서서히 달아오르는 난로 앞에 앉아 커피를 마시는 것이 햇볕을 쬐며 마당을 빙빙 도는 것을 대신하는 겨울 동안의 예열 의식인 셈이었다. 문득 내일 날이 맑으면 맨발로 마당을 밟아봐야겠다는 생각을 했다. 당분간은 여전히 춥겠지만, 어쨌든 3월이었다. 내일, 내일 날이 맑으면. 그런데 내일은 아내의 전남편의 기일인 것이다. 아내의 전남편, 아내보다 일곱 살이 많은, 십이 년 경력의 베테랑 건축업자였다는 김규환이란 이름의 남자. 그는 어느 지방의 전원주택 단지를 조성하던 공사 현장에서 산비탈을 깎아 축대를 쌓는 작업중

갑자기 지반이 함몰되며 추락사했다. 현장 소장이었던 그와 굴착기를 운전하던 중장비 기사가 함께 사망했고, 다른 인부들도 부상을 당한 큰 사고였다는 얘기를 결혼 전 아내에게 들었다. 그러나 나는 정확한 사고 날짜를 몰랐고, 제사에는 생각조차 미치지 못한 것이다. 대신 종종 그런 생각을 했다. 아내와 아내의 죽은 남편, 두 사람에게 아이가 있었다면 지금과는 많은 것이 달랐을 터였다. 모든 것이 완전히 달라졌을 것이란 생각을 했다.

커피잔을 비우고 시계를 보니 아내가 점심을 먹을 시간이었다. 작업실 안은 훈훈해졌고, 난로가 뿜어내는 연기와 먼지를 말끔히 빨아들이기 위해 역시 아내가 마련한 공기청정기가 무쇠 난로와는 전혀 다른 첨단의 존재감을 뽐내며 작동하고 있었다. 나는 열흘 넘게 작업중인 이젤 앞으로 다가갔다. 내 안의 깊고 어두운 곳으로 다가갔다.

나는 연기를 그리고 있었다. 가로세로 116.8×91센티미터 규격, 인물용 캔버스 50호에 흰 연기를 그리는 중이었다. 담배를 태우는 것 같기도 하고 향을 피우는 것 같기도 한. 가느다랗게 피어올라 희미하게 퍼져나가는 연기를 캔버스 가득 그렸다. 이른바 하이퍼리얼리즘, 사진보다 선명하고 생생하고 정교하게, 극사실주의 기법으로 연기를 그렸다. 나는 반복해 여러 점의 연기 그림을 작업중이었다. 나는 동시에 껍질을 그렸다. 25호나 30호 풍경용 캔버스에 바스러진 땅콩 껍질을, 반으로 쪼개진 피스타치오 껍질을, 깨진 달걀 껍질을, 부서진 조개 껍질 따위를 그렸다. 어지럽게 흩어져 있거나, 무더기로 쌓여 있거나, 역시 손으로 만져질 듯 진짜 같은 껍질의 잔해를 그렸다. 나는 연기를 그렸고, 껍질을 그렸다. 예전에는 그려본 적 없던 것들을 예전과는 다른 방식으로 그렸다. 나는 오랫동안 연기나 껍질처럼 살았다. 걷잡을 수 없이 흩어지거나 텅 비어 나뒹굴며 살았다. 시나브로 삶이 달라졌지만, 그것은 여전히 내 깊고 어두운 곳에 존재하며, 나는 그것을 그린다.

단호하고 완강한 어두운 청록색 화면, 흐릿하면서도 분명한 흰 기운의 동요, 극세필용 붓을 감싸쥔 오른손의 미미한 악력, 팽팽하게 맞서는 활력과 무력, 어쩔 수 없음의 확산, 맺히고 번지는 힘, 가쁜 숨, 들어왔군, 시작됐어, 낮게 으르렁거리는 에고의 이빨, 발작처럼 뒤틀리는 순간, 비명이 늪처럼 잠기는 불면의 밤, 끊어질 듯 이어지는 가늘고 아슬아슬한 붓끝, 무너지고 갈라지고 뒤흔들리는 기억의 지진, 잠시도 감기지 못하는 갈증의 눈꺼풀, 드디어, 세계는 붕괴되고, 공포가 게워내는 현기증, 얼어붙어 마비되는 신경, 토막 나 갉아먹히는 뼈와 살, 우울의 광대한 바다 속으로 빨려들어가, 심연의 법정, 너는 패배했다, 모두 끝장났어, 수은처럼 발광하며 구르는 미친

16

피, 칭칭 동여매고 재갈을 물려, 굴욕과 수치로 너덜너덜해진 깃발이 흩날리고, 슬픔과 파괴의 해일이 왕국을 덮치고, 멈춰라, 제발, 통곡하는, 죽어가, 이제 곧 만신창이가 온다, 저주를 속삭이는 두껍고 검은 혀, 태양처럼 뜨겁게 떠오른 죽음, 걷잡을 수 없이 솟구쳐 비참하게 추락하는, 황폐한 시간을 통과하는 길고 긴 모래 폭풍, 침묵, 암전, 죽은 자의 휘파람, 종말처럼 무너져내리는 계단, 회오리치며 증발하는 영혼, 흰 연기가 피어올라, 속절없이 흰 연기가 피어올라, 흰 연기가 끝없이……

오후의 작업은 보통 네 시간쯤 지속됐다. 난로 속에 더운 재가 쌓이고, 내 안에서 빠져나온 무언가가 캔버스 안으로 스며든 시간, 갑자기 나는 일시 정지 버튼이 눌린 기계처럼 붓을 떨구고 작업실을 빠져나와 휘적휘적 본채로 걸어갔다. 흰 연기, 빈 껍질, 소변을 보고 찬물로 손과 얼굴을 씻고 블루투스 스피커로 빅밴드의 재즈 연주곡을 크게 틀어놓은 채, 부엌에 서서 손에 잡히는 대로 빵이며 과자, 초콜릿이나 과일 같은 간식거리를 허겁지겁 씹어 삼켰다. 부들부들 떨리는 손으로 페트병째 탄산수나 주스를 들이켰다. 무언가 비워낸 곳을 메워보겠다는 듯이.

휴대폰에 부재중 전화를 알리는 메시지가 와 있었다. 화가 선배 T형兄이었다.

"통화되나? 작업중?"

"한 타임 끝냈어요. 어디, 작업실 왔어요?"

"학기초라 학교가 아주 벌집 쑤셔놓은 것 같은데, 방금 기적의 탈출을 감행해 극적으로 성공했다. 〈쇼생크 탈출〉 포즈로 작업실에 들어왔어. 저녁 전에 잠깐 보자, 다음주부터는 내내 어림도 없게 생겼다. 참, 며칠 전에 얘기한 문화재단 쪽 담당자랑 아까 오전에 통화도 했고."

"금방 갈게요."

차에 올라 시동을 걸 때쯤 빗방울이 떨어지기 시작했다. 이차는 내가 형수님이라 부르는 T형의 아내가 오 년간 몰았던 경차를 헐값에 물려받은 것으로, 나의 첫 차였다. 운전 경력 십삼 년의 아내는 자신의 SUV로 출퇴근을 했고, 주변을 오가며 손님들에게 매물로 나온 집이나 땅을 소개했다. 이 지역의 전원주택 거주자들에게 자동차 운전은 생활의 편의상 필수적인 일이었다. 당장의 필요 외에도 대부분의 성인이, 남자의 경우 일반적으로 대개 이십대에 운전면허를 취득한다는 것쯤은 알고 있었다. 서른다섯 살에 처음으로 면허 시험을 치르며 나는 유독 운전이란 단어와 한 세트처럼 묶이는 초보라는 말의 뜻을 자주 생각했다. 낯설고 서툴고 두렵고 어색하다는 것, 긴장해 부자연스럽고 제대로 요령을 익히지 못해 위축되어 있다는 것. 그것이 초보라면, 초보의 감각은 오래도록 내가 느껴온 삶 자체의 감각이라 할 만했다.

차로 십오 분 거리에 T형의 작업실이 있었다. 침실과 욕실을 제외하고 집 전체가 스튜디오처럼 하나의 공간으로 트인 통나무집은 어딘가 외딴 산장의 분위기를 풍겼다. 서울에 본교를 둔 인근 사립대학의 미대 교수인 T형은 아내와 쌍둥이 딸과 함께 사는 신도시의 아파트, 학과장을 맡고 있는 대학의 캠퍼스, 그리고 외딴 산장 같은 통나무집 작업실을 트라이앵글의 세 변을 번갈아 두드리듯 오가며 살고 있었다. 그 스스로는 이렇게 표현했다. "뭐 다 좋아, 한 인간으로 나쁘지 않은 소리를 내는 삶이지. 하지만 말이야, 땡땡거리는 맑은 쇳소리 말고 좀 다른 소리도 필요한 게 사실이지, 뭔가 더 복잡하고 극적이고 나름 거창하기도 한. 나도 뭐 별수없이 화가랍시고 말이야."

T형은 대학 선배이자 동향의 고교 선배이기도 했다. 나보다 열한 살이나 많은 그를 쉽게 '형'이라 부르며 인연이 시작된 것은 아니었다. "너 S시 M고 48회라며? 나 37회 미술반 T다"라며 위 세대들의 구식 인사법으로 내게 먼저 말을 걸었던 그는 1학년 드로잉 수업을 담당하던 강사였다. 작은 항구도시인 고향의 고교에서 서울의 같은 대학 회화과에 입학한 졸업생은 나를 포함해 M고 개교 이래 네 명뿐이라고 했다. 학교 교수들

을 그저 모두 동급의 대학 선생으로 생각했던 나는 T형이 막 석사과정을 마친 초짜 시간강사라는 사실을 알지 못했다. 그는 꽤나 살갑게 나를 챙겼지만, 그의 캐릭터나 작업 스타일을 구식이라 판단한 어리석고 교만했던 스무 살의 나는 데면데면한 태도를 거두지 못했다. 그러면서도 자주 술과 밥을 얻어먹고 이런저런 신세를 졌다. 내내 이어졌던 인연은 결혼해 가정을 꾸린 T형이 멀리 지방대학들까지 출강하는 동안 차츰 끊어졌다. 당시는 내가 처음으로 극심한 우울 삽화를 겪으며 붕괴되기 시작하던 즈음이기도 했다.

빗줄기가 거세지고 있었다. T형은 벽난로에 불을 피워둔 채, 조교와의 통화를 건성으로 마무리하고 나를 맞았다.

"아니나다를까, 경칩 때라 비 오는 거 봐라. 천둥 번개까지 제대로 쳐줘야 되는데."

"경칩 때 비 오는 거예요? 개구리가 겨울잠에서 깨어나는, 뭐 그런 거 아닌가?"

"개구리만 깨어나는 줄 알아? 겨우내 땅속에 숨어 있던 뱀, 두더지, 지렁이, 온갖 벌레, 씨앗까지 죄다 천둥소리에 놀라서 퍼뜩 잠이 깨는 거야. 앗! 봄이로구나, 나가자! 하고. 경칩의 경 자가 놀랄 경 자 아니냐. 경악한다, 경이롭다 할 때 그 경. 칩은 칩거할 때 칩이고. 몰래 잠자던 것들이 전부 놀라 튀어나온다, 그게 경칩이지. 그리고 개구리가 아니고 원래 용이야."

"용이요?"

"그래, 용이 머리를 든다고 해서 용대두. 겨울이 가고 상서로운 신물이 제일 먼저 깨어나는 거지. 중국에선 용대두절이라고 경칩을 명절 취급한다. 연기를 피워 묵은 해충 잡아죽이고, 어린애들 시원하게 머리도 깎아주고. 왕이 친히 밭갈이 시범도 보이고 그랬어. 입춘, 우수, 봄이 왔다 해도 아직 2월이라 춥고, 진짜 농사 시작하는 건 경칩부터지. 학교도 괜히 3월 첫 주에 새 학기 새 학년 시작하는 게 아니야. 3월 첫 주, 젠장, 진짜 개강이네."

T형은 마른 감잎 한줌을 찻주전자의 거름망에 집어넣고 뜨거운 물을 부었다. 나는 그를 물끄러미 바라보았다.

"왜?"

"형은 뭐 그런 걸 다 알아요?"

"하, 그럼 뭐해! 대신 산학협력 프로젝트 추진체계 및 지원 방안, 플립러닝 학습평가, 교육수요자 만족도 환류보고서, 그딴 걸 몰라 죽을 지경이다. 빌어먹을, 대학들이 진짜 갈수록 가관이야. 아주 주식회사 못 되서서 안달이 났어. 그놈의 성과 타령, 별의별 점수 매겨 학과들 줄 세우고 닦달하는 거 진짜 징글징글해. 어제는 회의하다 대외사업팀 무슨 보직 맡고 있는 경영학과 교수랑 드잡이할 뻔했잖아. 미친놈이 미대 교수랑 학생을 단체로 장사치 만들 작정을 하고 있어. 듣자 하니 꼴에 몇 년 뒤 총장 자리를 노린다나, 어쩐다나. 재수없는 새끼."

의식도 감정도 들쭉날쭉 다소 코믹하게 널을 뛰는 T형 특유의 부산한 활기가 벽난로의 온기와 함께 작업실 내부를 채웠다. 친근한 사람과 익숙한 공간이 주는 부드러운 안도감이 차향처럼 내게 번졌다. 나는 이 외딴 산장 같은 T형의 작업실에서 일 년 사 개월을 살았다. 아내를 만나기 전의 일로, 이곳에 오기 직전 나는 중증 폐인 상태에, 알코올중독을 전문으로 치료하는 재활병원에 한 달 넘게 입원중이었다.

"야아, 학교 얘기는 신물나서 그만하련다. 스위치 끄려고 굳이 빠져나온 거잖아, 너나 만나니까 경칩 운도 하는 거지. 이거나 얼른 따뜻하게 마셔. 환절기라 감잎차가 비타민C 많아 좋다. 근데 작년에 중국에서 사온 운남성 보이차가 다 떨어져서, 그게 진짜 좋은 거였는데. 인터넷에서 파는 건 똑같은 게 없더라고. 이거 감잎차 괜찮지? 와이프 친정 오빠 지인이 충북 제천에서 직접 만들어 생협에 납품하는 거래. 어? 맞다. 지난번에 너 제수씨랑 같이 왔을 때 내가 한 통 주지 않았나? 그래, 그때 하나 줬었지……"

중구난방 너스레와 시시콜콜한 일상의 확고한 실체, 적어도 내게는 거부감을 불러일으키지 않는 T형의 오지랖과 생동감은 이곳에서 지내는 동안 내 무기력과 우울감에 효력을 발휘하는 응급 처방이었다. 돌이켜보면 오래전 대학 시절이나 여러 일을 겪고 난 지금까지도 마찬가지. T형은 내게 전래동화에나 등장할 법한 생명의 은인이란 표현에 들어맞는 사람이 되었다. 이십대 후반 시작된 전면적인 침체기와 함께 나는 돌이킬 수 없이 고립되었고, 서른을 넘기고는 차례로 우울증, 알코올의존증, 공황장애 판정을 받았다. 지하 원룸에서도 쫓겨나 고시원을 전전하는 신세가 되었고, 엉망으로 망가진 생활 속에 심각한 증세와 지난한 치료의 반복만으로 일상이 채워졌다. 연락이 끊긴 지 삼 년 만에 어렵게 소식을 전해듣고 입원 중이던 병원으로 나를 찾아온 T형은 형편이 좋지 못한 나의 작은아버지가 가족 자격으로 퇴원 서류에 서명을 하자, 후불제로 하숙집 계약을 했다 생각하라며 나를 대뜸 자신의 작업실로 데려갔다. 이곳에 와서도 좀처럼 침대를 벗어나지 못했던 나를 그는 아픈 아이 다루듯 인내심을 가지고 조심스럽고 자상하게 돌봤다. 그러다가도 "야, 이 새끼야, 21세기 된 지 한참 됐어. 고흐도 그 옛날에 지 동생한테 힘들다 외롭다 돈 없다 징징거리며 주구장창 스토커처럼 편지를 써댔는데, 넌 왜 몇 년을 나한테 전화도 못해. 학교 홈페이지에 내 메일 주소랑 연구실 번호 다 나와 있잖아. 제발 예술한답시고 19세기처럼 살지 좀 말자" 같은 말을 반쯤은 힐난조로 반쯤은 울먹이며 쏟아내곤 했다. 이후 오랫동안 이어진 약물치료와 상담

치료 역시 그의 도움이 없었다면 결코 불가능했을 일이었다. "고흐 걔가 지금 시대에 살았으면 그렇게 등신처럼 불쌍하게 자살을 했겠냐. 그 애정 결핍 왕따에, 충동적이고 집착 쩌는 놈이? 지 그림 잔뜩 올려 블로그 하다, 트위터 하고 페이스북 하고 인스타 하고, 아마 유튜브까지 다 했을걸. 실버 버튼 골드 버튼 언박싱 동영상 찍고도 남을 놈이지. 여기저기 문화재단 예술가 지원 프로그램 죄다 신청하고, 해외 작가 레지던스로 온갖 군데 돌아다니면서 진탕 놀았을걸." 고흐가 막역한 고향 친구라도 되는 양 늘어놓는 얘기는 허무맹랑한 비약이 가득했지만, T형 특유의 명랑한 위악이나 경쾌한 시니컬은 과하게 침울하고 내향적인 내게 꼭 필요한 것이었다. 그런 태도와 정서를 모닥불처럼 쬐며 작업실 주변의 숲길을 걷는 일은 분명 내게 약이 되고 있었다. T형은 세심히 고려한 비율로 나를 적절히 혼자 있게 했고, 적절히 자신과 함께 있게 했다. 지역 시장에서 구입한 신선한 먹거리와 아내가 준비해준 반찬들로 작업실의 냉장고를 채웠고, 나를 자주 차에 태워 자신의 학교며 근처의 명소들을 둘러보게 했다. "너 행여 이 집에서 자살이라도 했다가는 내가 가만 안 둘 줄 알아. 그럼 나만 엿 먹이는 게 아니야. 우리 와이프랑 애들, 너 우리 쌍둥이 봤지, 월드 베스트 트윈스. 걔들 평생 트라우마에 시달리게 만드는 거야. 그럼 난 작업실이고 뭐고 이 집 싹 다 불태워버려야 돼." 정신과 의사라면 환자를 자극적으로 도발하는 말이라며 우려를 표했을 수도 있다. 그러나 작업실에서 석 달 넘게 지내며 T형이 그런 수위의 얘기를 코미디의 레퍼토리처럼 읊게 되었을 즈음, 나는 몇 년 만에 다시 붓을 들고 조금씩이나마 작업을 시작할 수 있게 되었다. 그보다 먼저 제대로 식사를 하고 제대로 햇볕을 쬐고 제대로 잠을 잘 수 있었기에 가능한 일이기도 했다. 물론 술을 마시지 않는다는 대원칙이 지켜져야 했다. 나는 한때 어두운 지하 원룸과 좁아터진 고시원 방에 번개탄을 피울 생각을 하던 인간이었다. 청테이프로 방문과 창문의 틈새를 메우면 더욱 빨리 더욱 확실하게 죽을 수 있는지 검색하던 인간이었다. "우리 같은 인간들은 상태가 괜찮으니까 작업을 할 수 있는 게 아니라, 일단 작업을 해야 상태가 괜찮아지는 거야. 잘 먹고 잘 자고 딴생각 말고 그냥 계속 그려." 그렇게 말하는 T형이 나로 인해 자신의 작업실에서 맘놓고 작업을 할수 없게 되어버렸다는 걸 매 순간 의식하려 애쓰며 나는 그림을 그리기 시작했다. 일 년쯤 지나자 복용하는 약의 가짓수는 삼분의 일로 줄었다. 나는 T형에게 왜 나를 도와주고 지켜주고 살려주었냐고 곧이곧대로 묻지 못해, 왜 나를 병원에서 작업실로 데려와 지내게 해주었냐고 물었다. "너 새끼, 그림 잘 그리잖아. 네가 스무 살 때 강의실에서 그린 크로키 내가 에이플 준 거 잊었냐? 앞으로 그리는 족족 아트 페어 낙찰시켜 하숙비 챙길 테니 걱정 마셔." 그도 곧이곧대로 하는 대답은 아 니라는 걸 알 수 있었다.

"뭐야, 비 그치나? 찔끔거리지 말고 팍팍 쏟아져야 되는데, 번개도 번쩍하고."

두 달 후로 예정된 전시회를 후원하는 재단에 대해 이런저 런 얘기를 들려주던 T형이 문득 창밖을 바라보며 말했다.

"개구리 안 깰까봐요?"

"개구리니 용이니는 둘째고, 번개가 쳐야 봄에 새싹이 쑥쑥 자라는 거야."

내가 모를 줄 알았다는 듯이 바로 설명이 이어졌다.

"너 공기 중에 산소보다 질소가 더 많은 거 알지? 많아도 몇 배나 많아. 숨쉬는 거 때문에 인간은 산소 중한 줄만 알지. 근 데 공기 중에 왜 질소가 80퍼센트나 있겠냐? 산소가 없으면 기껏 숨 못 쉬는 게 문제지만, 질소가 없으면 아예 생명체가 존재도 못해. 우리 세포, 근육, 골격 이런 게 다 단백질이 기본 성분이잖아. 핵산이니 아미노산이니 하는 거, 그런 단백질은 질소가 없으면 만들어질 수가 없어. 생태계 자체가 성립이 안 되는 거야. 근데 동물은 호흡으로 질소를 흡수 못하고, 식물도 땅에 뿌리박고 있으니 공기 중의 질소가 그림의 떡이고. 이때 역할을 하는 게 바로 번개야."

때마침 번개가 쳐주었다면 좋았을 것이었다. T형은 아랑곳하지 않고 말을 덧붙였다.

"천둥 번개가 콰광 내리치면 순간적으로 엄청난 전기에너지가 생기잖아. 그 강력한 전기가 공기 중에서 화학반응을 일으켜 질소를 질소산화물로 만드는 거야. 이게 빗물에 녹아서 땅에 스며들면 질산, 질산염이 되고 그걸 양분으로 흡수한 식물이 쑥쑥 자라는 거지. 한마디로 번개가 순간적으로 하늘에 비료공장을 차리는 셈이랄까. 생물이 질소를 그대로 흡수 못 하고 반드시 질산으로 화학적 고정을 시켜야만 흡수할 수 있다고 해서, 이걸 생물학 용어로 질소고정이라고 부른다."

이번엔 형은 뭐 그런 걸 다 알아요, 라는 말조차 하기 어려웠다.

"얘가 못 믿는 얼굴이네. 진짜야, 검색해봐!"

"아뇨, 그게 아니라⋯⋯"

"근데 웃긴 건 번개에 의한 질소고정이 과학적으로 입증된 게 몇십 년 안 됐거든. 아까 경칩 얘기한 거, 중국 고전 문헌에 보면 봄의 우레가 만물을 자라게 한다, 경칩에 번개가 치고 비가 내려야 풍년이 든다, 천둥소리 한 번에 경칩이 시작된다, 뭐 그런 게 나와 있다고. 사실 웃긴 게 아니라 경이로운 거지. 모르는 채 알고 있었다는 거니까."

모르는 채 알고 있다. 나는 비가 내리는 창밖을 바라보다,

하게 될 줄 몰랐던 말을 입 밖으로 꺼냈다.

"형 만나본 적은 없다고 했죠? 윤소장 먼저 남편, 사고로 죽은……"

윤소장은 내가 T형에게 아내를 언급할 때의 지칭이었다.

"제수씨 예전, 그 사람?"

T형이 한결 나직해진 목소리로 되물었다.

"나야 만난 적 없지. 그 뭐냐, 오 년 전인가 육 년 전에 최관장이 갤러리 증축할 때 공사 맡겼다고 했었어. 사고 나기 전에. 그때는 내가 여기 작업실 들어온 지 얼마 안 됐을 때니까, 이쪽에 아는 사람도 거의 없었고…… 왜, 무슨 일 있어?"

"아뇨, 그냥."

"작년에 너랑 제수씨 결혼한다고 이런저런 얘기들 오갈 때 잠깐씩 주위들은 말로는, 일 노련하게 잘하고 사람 호탕하고, 뭐 좀 마초 타입이었던 것 같은, 그 정도…… 그러니까 너보다 열 살 위였던 거지? 그럼 나보다 한 살 아래였네. 거참, 이른 나이긴 했다."

돌아갈 시간이었다. 작업실 밖으로 나와 나를 배웅하던 T형이 갑자기 물었다.

"참, 너 술은?"

"같이 맛있는 거 먹다 윤소장이 와인 한잔할까 하면 한 잔씩 해요. 근데 정말 딱 한 잔만 줘요. 뭐 나쁘진 않지만……"

너털웃음으로 대답하는 내게 T형은 정색을 하며 말했다.

"나쁘지 않은 게 뭐야, 딱 좋다. 그 정도가 딱 좋아."

비는 그친 듯했지만, 하늘엔 여전히 구름이 가득한 채 서서히 날이 저물고 있었다. 나는 다시 차를 몰아 집으로 돌아왔다. 잠시 후 퇴근한 아내가 귀가했다. 함께 음식을 준비해 저녁식사를 하고 이런저런 얘기를 나누고 티브이를 보며 평범한 가정에서처럼 밤을 맞는다는 것, 모든 것이 몇 년 전의 나를 생각한다면 기적이라 할 만한 일이었다.

식사를 마칠 즈음 아내가 말했다.

"아침에 얘기한 제사, 내일 괜찮은 거지? 시간까지 맞춰 자정에 지낼 건 아니고, 저녁 늦게쯤……"

부탁이자 제안, 권유이자 설득, 통보이자 명령일 수도 있었다. 그 모두를 합쳐놓은 것 같기도 했지만, 이내 그중 어느 것도 아니라는 생각이 들었다.

"음식 몇 가지만 올리고 간단히 할 거야. 십 주기까지는 지내주고 싶어. 자식이 없는 사람이니까. 그다음엔 어디 절에 위패를 봉안하려고. 불자는 아니었지만."

승낙, 허용, 수긍, 감내, 복종, 내가 고개를 끄덕이는 것이 그 모두를 의미할 수도 있었지만, 역시 그 어느 것이라고도 할 수 없었다. 그저 그렇게 될 일이라고밖에.

"그런데 혹시, 사고 났던 날 비가 왔었나?"

내내 특별한 표정이 깃들지 않던 아내의 얼굴이 갑자기 굳었다.

"……어떻게 알았지? 그 전날 비가 많이 와서 지반이 더 약해진 모양이라고 했어, 경찰에서. 겨울 동안 얼었던 땅이 녹을 때기도 했고."

나는 비와 함께 땅속으로 스며드는 질소에 대해 T형처럼 흥미롭게 이야기할 수 있는 부류의 인간은 아니었다.

"그런데 참 이상했어. 공사 진행한 경험이 정말 다양하게 많은 사람이었으니까. 지역, 장소, 계절, 날씨, 그에 따라 각각 시공하고 작업할 때 뭐가 다른지, 뭐가 중요하고 뭐가 위험한지 누구보다 잘 알았는데…… 나 역시 집 장사를 하는 업자니까 서로 그런 얘기를 나눌 때가 많았어. 그 사람이…… 서툴렀다거나 부주의했다고는 전혀 생각할 수가 없어."

다른 많은 사람처럼, 나 역시 딱히 입춘이니 경칩이니 하는 절기를 대수롭게 여긴 적은 없다. 경칩 때 천둥 번개가 치며 비가 내린다는 속설도 알지 못했다. 물론 경칩이라고 해서 매년 빠짐없이 비가 내린 것도 아닐 터였다. 그러나 어쨌든 사년 전 그날의 일이 현재의 내 삶을 규정하고 있는 것이다. 내가 온전히 인지하지도 제대로 이해하지도 못한 것들이 지금의 나를 여기에 이러한 상태로 존재하게끔 하고 있다. 지금 여기,

내 손에 쥐여진 도자기 물컵에, 식탁 위 가시를 발라낸 갈치구이와 간이 좀 세다 싶은 부추무침에, 아내가 신고 있는 자주색 슬리퍼에, 사 년 전 그날이 닿아 있다. 이 집, 이 집에 있는 모든 것, 소파 테이블 위에 놓여 있는 전기요금 고지서, 함께 여행을 갔던 홋카이도에서 사온 장식용 오르골과 색유리 자석, 새로 주문해 어제부터 사용하고 있는 전동 커피 그라인더, 얼마 후 마당에 심어볼 생각으로 구입한 쌈채소의 이름이 적힌 씨앗 봉투들, 무엇보다 아내와 나, 함께 보낸 시간과 함께 보낼 시간, 얼마든지 없을 수도 있었던 이 모든, 꿈 같은 실체들.

밤 아홉시가 지나, 나는 다시 별채의 작업실로 향했다. 무쇠난로 대신 전기난로를 켜두고 이젤 앞으로 다가갔다. 왠지 다시 붓을 잡기가 어려워, 딴청을 피우듯 스케치 노트와 흰 연기를 촬영한 샘플 사진들을 계속 뒤적였다. 열시가 조금 못 돼, 빗소리가 들리기 시작했다. 이내 거센 빗줄기가 작업실 전체를 사정없이 두드려대며 쏟아졌다. 크게 천둥이 쳤다. 문득 풍랑을 만난 배를 타고 있는 것 같은 느낌에 사로잡혔다. 나는 창가로 다가가 커튼을 열고 실내 조명을 모두 껐다. 번개가 쳤다. 검은 구름이 희게 깜빡였다. 나쁜 꿈을 꾸다 막 잠에서 깨어나려는 눈꺼풀처럼 밤하늘이 경련했다. 용대두라는 표현이 떠올랐다. 번개가 번쩍이고 천둥이 울렸다. 나는 침실에 있을 아내를 생각했다. 외딴 산장 같은 작업실에 있을 T형을 생각했다. 사 년 전 세상을 떠난 김규환이란 이름의 남자를 생각했다. 봄의 우레가 만물을 자라게 한다. 모르는 채 알고 있다는 것. 나는 엄청나게 강력한 번개가 공기 속을 마구 휘저어 질소와 산소를 갈가리 찢어놓고 다시 새롭게 결합시키는 장면을 상상해보았다. 겨울잠을 자던 개구리와 뱀에게 천둥소리가 어떻게 들릴지 상상해보았다. 땅속으로 녹아든 질소가 길고 가느다란 풀뿌리에 마침내 가닿는 순간을 상상해보았다.

우울에 잠식되는 것은 하늘이 서서히 구름에 덮이는 일과 비슷했다. 어디서부터 시작되는지, 언제 끝나는지, 어째서 그러는지, 왜 그래야만 하는지, 상하 없이 좌우 없이, 조절 불가 예측 불가, 어디에도 스위치나 핸들 같은 것은 보이지 않고, 하릴없이 부풀어오르고, 속절없이 흘러가고, 이것은 무엇의 과정인지 결과인지 목적인지, 의도나 의미는 찾을 수 없고, 없는 게 맞는 것인지, 없어도 되는 것인지, 그렇다면 이 슬픔과 피로와 마비와 공허와 나락은 왜 내게 당도한 것인지, 구름이 걷히고 해가 난다 해도, 그 흩어져 사라짐이 좀처럼 기쁨과 의욕과 활기와 충만으로 바뀌지 않는다는 것, 이내 다시 구름이 밀려오듯, 이별과 상실과 불운과 죽음이 다가온다는 것, 구름처럼 삶을 가눌 수 없다는 것.

나는 새벽 세시까지 작업실에 머물다, 본채로 들어와 거실의 소파에서 잠이 들었다. 출근 준비를 하던 아내가 나를 깨웠고, 나는 다시 침실로 들어가 잠을 청했다. 눈을 떴을 땐 어느덧 오전 열한시 무렵이었다. 휴대폰엔 일을 일찍 마치고 시장을 봐서 네시쯤 귀가하겠다는 아내의 메시지가 수신되어 있었다. 커튼을 걷자 햇빛이 거대한 파도처럼 단번에 방안으로 쏟아져들어왔다.

나는 거실의 폴딩 도어를 열었다. 어제와는 완연히 다른 날씨, 사 년 전 오늘도 마찬가지였을지 모른다. 기온이 낮았지만 햇빛은 분명 봄의 그것이었다. 문득 부모를 대신해 나를 키운 조부모가 떠올랐다. 내가 스물다섯 살이 되었을 때 할아버지가, 서른이 되었을 때 할머니가 세상을 떠났다. 어째서인지 지금 여기 내가 이렇게 있다는 것을 그들이 알고 있을 거란 느낌이 들었다. 이 순간의 날씨처럼 확연하고 생생하게 느껴졌다. 나는 마당으로 내려섰다. 어제 내린 비로 질소를 흠뻑 빨아들였을 축축한 땅 위에 발을 내디뎠다. 겨울이 지나 처음으로 마당 한가운데에 맨발로 섰다. 차갑고 쨍한 기운이 발바닥에서 척추를 타고 단숨에 정수리까지 번개처럼 뻗쳐올라왔다. 개구리처럼 놀라 잠을 깼다.

"이게, 여기 있었네."

부엌 싱크대의 서랍을 열어둔 채 아내가 중얼거렸다. 아내의 손에는 펜치 같기도 하고 니퍼 같기도 한, 그러나 둘과는 뭔가 다른 생김새의 낯선 도구가 들려 있었다. 제사상 준비를 막 시작하려던 참이었다. 나로서는 음식 준비를 돕기도, 자리를 피하기도 뭣해 애매하게 거실을 서성이던 참이었다.

"그게 뭔데?"

내 물음에 아내는 제 손에 쥔 것을 물끄러미 내려다보다 입을 뗐다.

"밤 깎는 칼, 밤껍질을 벗겨내는 전용 커터라고 해야 하나."

단순히 도구의 용도를 설명한다기에는 표정이 복잡했다. 밤 깎는 칼은 펜치나 니퍼처럼 엑스자 손잡이를 쥐었다 폈다 하며 사용하게끔 되어 있었다. 톱니가 달린 작고 납작한 대칭형 칼날로 밤껍질을 도려내는 원리인 듯했다. 칼이라기보다 묘하게 변형된 가위처럼 보였다.

"그 사람 물건은 이제 하나도 갖고 있는 게 없는 줄 알았거든. 근데 이게 있었네. 잊어버리고 있었어, 이것 자체를…… 오래전에 같이 어느 지방에 다녀오다 우연히 근처 오일장을 구경하게 됐는데, 왜 그런 시장에 가면 사람들 모아놓고 특이한 물건 파는 장사꾼들 있잖아. 어떤 아저씨가 밤을 잔뜩 쌓아놓고 무슨 묘기 퍼포먼스 하듯, 이걸로 몇 초 만에 껍질을 쓱쓱 벗겨내는 거야. 이런저런 호객용 멘트 그럴싸하게 덧붙여

가면서. 밤껍질 까는 거 쉽지 않잖아, 과도로 벗기려다 손 다치기 십상이고. 그 사람, 재미있어하면서 냉큼 사더라고."

식탁 위에는 아내가 사온 나물, 고기, 과일 등이 비닐봉지에 담겨 있었고, 그 사이에 밤이 수십 개쯤 담긴 봉지도 있었다.

"밤을 좋아했거든. 삶은 밤이나 군밤이 아니라, 유난히 생률을……"

아내가 고사리를 볶고 생선을 찌고 탕국을 끓이는 동안, 나는 밤을 깎았다. 세상에 있는 줄도 몰랐던 낯선 도구를 사용해, 손잡이를 쥐었다 폈다 반복하며 갈색의 뻣뻣하고 윤기나는 작은 껍질을 벗겨냈다. 몇 초 만에 쓱쓱 벗겨낼 정도로 쉽지는 않았지만, 제법 말끔하다 싶게 밤알이 뽀얀 속살을 드러냈다. 나는 껍질을 깎아낸 밤 하나를 무심히 입안에 넣었다. 오독오독 우적우적 씹는 소리가 났다. 그 소리에 아내의 뒷모습이 아주 잠시 움찔했다. 날이 어두워지고 있었다. 나는 김규환이란 이름의 남자가 소파에 기대앉아 직접 깎은 생률을 씹어 먹으며 맥주를 들이켜고 티브이를 보는 모습을 상상해보았다. 그는 사 년 전 오늘 세상을 떠났다. 나는 그를 위해, 아내와 나를 위해 밤을 깎았다. 내 왼쪽에 놓인 그릇에 밤알이 담겼고, 오른쪽에 놓인 비닐 위에 내가 머지않아 그리게 될 밤껍질이 쌓였다.

여름철
기압 배치

2023년 7월의 첫번째 수요일 아침, 정한솔은 아버지가 되었다.

딸 쌍둥이를 임신한 아내의 출산 예정일은 열흘 뒤였다. 쌍둥이 출산이 흔히 그렇듯 제왕절개를 하기로 하고, 병원에서 일러준 대로 예정일에 맞춰 수술 전날 입원할 계획이었다. 그런데 어젯밤 자정 무렵 아내에게 산기가 찾아왔다. 실제 출산이 예정일 전후로 꽤나 유동적일 수 있다는 것을 한솔도 아내도 모르지 않았다. 그럼에도 막상 닥치니 역시 당혹스러웠다. 숫자를 세는 호흡법이 짐짓 어림없이 느껴졌고, 급히 물컵을 가져오다 바닥에 물을 쏟았으며 아내의 부은 맨발이 미어지게 들어차는 천 슬리퍼 한 짝은 어디로 사라졌는지 보이지 않왔다.

아내는 두 달 전 임산부 프로필 사진을 찍을 때와는 비교조차 할 수 없을 정도로 크게 부풀어오른 배를 힘겨워하며 침대에 걸터앉아 있었다. 한솔은 아내를 마저 일으켜세워야 좋을지, 다시 눕혀야 좋을지 알 수 없었다.

"자연분만은, 안 되겠지?"

무심코 튀어나온 말이 제가 생각해도 엉뚱하기만 했다.

"무슨 소리 하는 거야! 이제 와서, 무섭게……"

통증으로 일그러진 아내의 얼굴에 짜증이 더해졌다.

"전화 갖다줘, 엄마한테 전화하게. 오빠는 진통 시간 좀 확인해."

"지금 열두시 넘었어."

"아, 누가 시간 물어봤어? 진통 간격 체크하라고."

자정이 넘어 장인 장모가 취침중일 거라는 언질은 하등 쓸모없는 것이었고, 자기 몸으로 직접 느낄 수 없는 분만통의 간격을 확인하는 것은 출산 임박 매뉴얼의 첫번째 지침이었다.

얼마간 우왕좌왕한 끝에 새벽 한시를 넘기지 않고 병원에 도착할 수 있었다. 가까이 사는 장인 장모도 바로 도착했다. 장모는 아내가 임신한 후 거의 매일 집을 찾았다. 도어 록의 비밀번호는 결혼 직후부터 알고 있었다. 그 번호가 한솔과 아내가 처음 만난 날짜의 조합이란 것도. 전세 보증금의 절반 이상이 처가의 돈이었으므로, 한솔은 딱히 불만을 갖지 않았다. 아내가 쌍둥이를 임신했다는 걸 알고 장인은 SUV가 필요하겠다며 지프 체로키로 차를 바꿔주었다. 중고였지만 최근 연식에 풀 옵션이었다.

병원에서 만나자마자 아내와 장모는 실랑이를 벌였다. 장모는 수술과 입원을 앞두고 며칠 전부터 미리 출산 가방을 싸놓자 했었고, 아내는 예정일이 열흘 넘게 남은데다 해외 직구로 주문한 출산용품 중 아직 도착하지 않은 것이 있다며 늑장을 부렸다. 아내가 급히 불러주는 대로 한솔이 어설프게 챙겨온 캐리어를 열어본 장모는 혀를 찼다.

"아니, 복대랑 거즈 세트 지퍼백에 담아둔 거 어쨌어? 옷방 서랍장 위에 내가 올려뒀잖아."

교무실에 불려온 학생 같은 얼굴로 아내도 캐리어 안을 들여다보았다.

"얘네가 진짜 앞으로 무슨 정신에 쌍둥이를 키우려고……"

아내는 제 엄마에게 해야 할 얘기를 한솔을 바라보며 우물거렸다.

"나 압박 스타킹 깜빡했어. 보조 배터리도…… 따로 챙겨놨었는데…… 오빠가 집에 좀 다시 갔다 와."

장모가 목소리를 높였다.

"의사 곧 내려온다며? 바로 수술 들어갈지도 모르는데 애아빠가 어딜 가."

잠자코 있던 장인이 나섰다.

"거참, 우리가 잠깐 갔다 오는 걸로 해."

한솔은 난처한 얼굴로 둘을 바라보았다.

"근데, 저희 둘만 있으면……"

"그럼 그냥 당신 혼자 갔다 와, 엄마 빨리 앱으로 택시 불러
줘라."

"그러게 진즉에 짐을 제대로 싸놨어야 한다니까."

장모는 캐리어를 끌고 엘리베이터 쪽으로 종종걸음을 쳤다.

새벽 시간인 탓에 아내의 담당 의사 대신 당직 의사가 와서
바로 진행해야 하는 몇 가지 검사에 대해 설명했다. 예정일보
다 시기가 빠른 만큼 산모와 쌍둥이 태아가 수술이 가능한 상
태인지 확인이 필요하다는 것이었다. 한솔은 간호사가 건넨
서류 몇 장에 보호자 동의 서명을 했다. 의사는 드물지 않은
일이라 했지만, 한솔은 하릴없이 두려움에 사로잡혔다.

"아빠, 나 무서워."

장인의 손을 잡고 잠시 울먹이던 아내가 한솔에게 말했다.

"오빠, 엄마한테 전화해서 산후조리원 예약 어떻게 변경할
지 물어봐줘."

아내는 외동딸이었다. 1987년생인 한솔보다 세 살 아래로,
서른셋 여름에 곧 엄마가 될 참이었다. 결혼식은 삼 년 전 여

름 코로나 팬데믹 이 년 차에 올렸다. 확진자 수가 하향세가 되기를 기다려 날을 잡았어도 참석한 하객 모두 마스크를 쓰고 사진 촬영을 해야 했다. 장년층 세대가 흔히 그렇듯 이십대에 결혼해 이십대에 부모가 된 장인은 바로 아이를 낳는 게 좋겠다고 했고, 장모는 몇 년쯤 지나 천천히 낳는 게 좋겠다고 했다. 한솔과 아내는 오락가락했다. 아이를 원하는 것도 아니었고, 원하지 않는 것도 아니었다. 번번이 최저 출생률이 경신되며 아이를 낳지 않는 것이 일반화된 분위기에 '키우기도 힘들고 돈도 많이 들고'라는 말을 자연스레 입에 올리기도 했고, 잠들기 전 어두운 침실에서 '그래도 하나님이 선물로 주시면 예쁘게 잘 키워야겠지'라고 소곤거리기도 했다. 철저하게 피임한 시기가 있었는가 하면, 배란일에 맞춰 의식적으로 관계를 갖고 초조하게 테스트기를 확인하기도 했다. 이도 저도 시들해져 무신경한 날들이 반복되기도 했다. 문득 두번째 결혼기념일이 지나도록 계획으로도 우연으로도 아기가 생기지 않고 있음을 자각하고, 서로에게 말은 하지 않은 채 자신이나 상대에게 원천적으로 불임의 가능성이 있는 게 아닐까 의심하던 차에, 임신이 되었다.

주변에 쌍둥이 임신 소식을 전하자 난임 시술이나 인공수정을 했냐고 물어오는 지인들이 있었다. 저출생의 심각성이 흔한 뉴스가 된 만큼 불임 부부에 대한 이슈도 예전보다 익숙해졌고, 인공수정이 늘면서 유독 쌍둥이 출생이 증가했다는 통계도 사람들이 제법 아는 얘기가 되었다. 그러나 결국은 '한꺼번에 둘이나!' 하는 농담조의 애국자 타령이 빠지지 않았다.

한솔도 아내도 임신보다 '쌍둥이'에 놀란 게 사실이었다. 한솔 쪽 가계에도 아내 쪽 가계에도 쌍둥이는 없었다. 인공수정이 꼭 쌍둥이 임신으로 이어지는 것이 아닌 것처럼, 쌍둥이 임신이 꼭 유전적인 요인에서 비롯되는 것은 아니라고 했다. 그럼에도 한솔과 아내는 온전히 놀랐다. 인스타그램에 초음파 사진을 올리며 '#우리가_쌍둥이_엄마_아빠가_된다니! #태명은_꼬물이와_쪼물이_ㅋㅋㅋㅋ'라고 해시태그를 붙였다. 귀엽고 장난스러운 이모티콘도 잔뜩 사용했지만, 삶이 순식간에 다른 차원으로 진입해버리는 얼떨떨한 생경함을 상쇄하지는 못했다. 계획이나 우연 같은 단어는 이미 현실감이 없었고, '키우기도 힘들고 돈도 많이 들고'의 의미와 형태는 가늠조차 할 수 없게 되었다. 쌍둥이 임신과 출산에 대한 경험과 정보를 나누는 인터넷 카페에 가입해 이런저런 게시글을 살펴보았지만, '육아 강도 2배ㅜㅜ; 행복 강도 2배^o^;'라는 표현이 와닿는 것은 아니었다. 유튜브 쌍둥이 육아 채널에서 젊은 부부가 두 아기를 목욕시키는 동영상을 보던 한솔은 지금껏 자신이 쌍둥이와 직접적인 관계를 맺어본 적이 없다는 사실을 새삼 깨달았다. 학교, 군대, 직장 어디서도 쌍둥이와의 인연은 없었다. 흔히 그렇듯 미디어에서 늘 비슷한 방식으로 묘사되는 쌍둥이의 이미지를 인지하고 있는 정도였다. 똑같은 옷을 입고 똑같은 표정을 짓는 똑같은 외모의 쌍둥이. 똑같지만 다른 사람, 왜 똑같은지, 왜 같은 사람이 아닌지. 한솔은 왠지 모를 두려움에 사로잡혀 동영상을 껐다. 쌍둥이의 아빠인 자신이 그 둘을 구분하지 못할까, 똑같지만 다른 둘을 제대로 알아보지 못할까, 번번이 이름을 잘못 부를까, 한솔은 두려웠다. 그 기이한 두려움을 누구에게도 말하기가 어려웠다.

"오빠 양팔에 애 하나씩 안고 스쾃하면 되겠네."

아내는 웃었고, 한솔도 따라 웃었다. 차츰 배가 불러오자 아내는 임산부 프로필 사진을 찍고 싶어했다. 한솔은 아내가 건넨 태블릿을 받아들었다. 속이 비치는 크림색 시폰 드레스를 입은 만삭의 임산부는 여왕 같은 표정을 짓고 있었고, 공처럼 부푼 배를 하고도 날씬하고 유연한 팔다리로 필라테스 동작을 취한 임산부도 있었고, 가슴을 두 팔로 감싸듯 가리고 크고 둥근 배를 반라로 드러낸 임산부를 역시 상의를 입지 않은 근육질의 남편이 뒤에서 포옹한 흑백사진도 있었다.

"완전 멋지지? 나중에 애 낳고 다 같이 찍는 출산 사진은 조리원에서 스튜디오 연계해준대. 만삭 사진도 업체가 따로 있긴 한데, 우리 웨딩 화보 찍어준 유실장님한테 연락해볼까? 근데 쌍둥이 임산부는 만삭이 되기 전에 촬영해야 한다네. 진짜 만삭 때는 배가 너무 불러서……"

아내는 결혼 전 사촌언니가 운영하는 온라인 패션몰에서 일했다. 중국산 저가 원단으로 자체 디자인 제품을 다종 소량 생산하는 영세 브랜드였다. 이 년제 산업디자인과를 나온 아내는 쇼핑몰의 홈페이지 개설 작업을 도왔다. 지지부진 운영되던 쇼핑몰은 코로나 팬데믹과 함께 호황을 맞는 듯했다. "사람들이 집에 틀어박혀 있으니 다 온라인으로만 옷을 사!" 아내는 주문 제품 포장이나 택배 송장 업무도 거들게 되었다. 155센티미터의 신장 때문에 피팅 모델을 원하는 만큼 할 수 없었다. 그래도 상반신 컷 위주로 촬영을 했고, 전문 피팅 모델이 제대로 소화하지 못한 아담한 소녀풍의 옷을 입고 카메라 앞에 섰다. 얼마 못 가 사촌언니의 쇼핑몰은 폐업했다. "사람들이 집에 틀어박혀 있으니 입고 나갈 데가 없어 옷을 안 사!"

아내는 태블릿으로 만삭 드레스를 검색하다 텐셀 소재의 검은색 오프숄더 롱드레스를 장바구니에 담았다. 바로 결제를 하는 대신 증권사 앱을 화면에 띄웠다.

한솔은 서울에 본교를 둔 사 년제 지방 분교의 체대를 졸업했다. 입학할 때 학과명은 사회체육학과였지만, 군대를 다녀온 후 복학하니 생활체육학과로 바뀌어 있었다. 한솔은 재수생 시절 체대 입시를 시작했다. 어려서 잠시 태권도를 배운 적이 있지만, 특정 종목의 선수가 되고 싶다는 생각은 한 번도 해본 적이 없었다. 어쨌든 '사회'나 '생활'이란 단어를 구색에 맞춰 이리저리 써먹을 수 있는 체육학과에 입학했고, 재수하며 다녔던 체대 입시학원에서 합격생 프리미엄을 받고 보조 강사 아르바이트를 하기도 했다. 167센티미터의 장인은 한솔이 181센티미터라는 것과 논산훈련소에서 조교로 복무했다는 점을 과하다 싶을 정도로 마음에 들어했다. 흔히 그렇듯 신병 교육 때 '백팔십 이상 손들어!' '체대 손들어!'로 조교병이 되었을 뿐이었다. 헌병으로 차출되거나 최전방 부대에 배치되지 않은 게 다행이라면 다행이었다. 한솔은 구기 종목에 유난히 소질이 없어 군대에서조차 축구와 족구 실력이 딱히 늘지 않았다. 제일 좋아하는 동시에 제법 잘 가르칠 수 있는 것은 수영과 스키였다. 복학 후 수영장과 스키장에서 줄곧 아르바이트를 하며 관련 강사 자격증을 취득했다. 경제적으로나 환경적으로나 이십대를 제법 잘 즐길 수 있는 조건이 갖춰졌고, 한솔은 그렇게 했다.

삼십대가 되자 사정이 달라졌다. 결혼을 염두에 두면 더욱 그러했다. 아르바이트나 단기 계약직이 아닌 강사 자리를 찾기가 힘들었다. 해당 종목의 선수 출신 강사와의 경쟁에서는 밀릴 수밖에 없었다. 여성 수강생이 대다수인 수영장과 스키장에서 시즌마다 연락이 왔지만, 번번이 새로운 얼굴의 이십대 남자 강사들과 마주해야 했다. 버는 만큼 쓰는 걸로 굳어진 소비 습관은 좀처럼 고쳐지지 않았다. '피트니스' 열풍 속에 학과 선후배나 동기 대부분이 직접 센터를 차리거나 전문 헬스 트레이너로 변신을 꾀했다. 한솔도 마지못해 벌크업 식단을 짜고 본격적으로 기구 운동을 시작했지만, 수영이나 스키와 달리 극기 훈련으로만 여겨졌다. 그러나 피트니스 센터도, 수영이나 스키도, 생활체육이라 불리는 모든 것이 코로나 팬데믹으로 잠정 중단되었다.

*

1950년 7월의 첫번째 수요일 아침, 잠을 설친 이인길은 누운 채로 한숨을 내쉬었다.

한 달쯤 뒤면 백일을 맞는 어린 아들이 밤새 유난히 울며 보챘기 때문만은 아니었다. 지난주 일요일 전쟁이 터졌다. 불과 사흘 만에 서울이 점령되었다고 했다. 북한군의 남하를 막기 위해 한강 다리가 폭파되었다는 소식이 온갖 흉흉하고 불길한 풍문과 함께 인천까지 당도했다. 혼란의 와중에 어디부터가 사실이고 어디까지가 소문인지 정확히 알아낼 방도가 없었다. 인길이 공무원임에도 그랬다. 북한 인민군 6사단이 김포를 점령했다는 건 분명한 듯했다. 영등포에서부터 경인로와 경인선이 차단되어, 며칠째 인천에는 서울을 출발한 어떤 차량이나 인편도 도착하지 않고 있었다. 가장 믿기 어려운 얘기는 서울의 대통령이 한강 다리를 끊기 전 이미 경무대를 비우고 남쪽 지방으로 줄행랑을 쳤다는 것이었다.

하지가 지난 지 얼마 되지 않아 일찌감치 동이 터 사위는 희붐하게 밝아지고 있었다. 그러나 본격적인 장마철이 시작된 참이었다. 어제는 종일 비가 쏟아졌다. 인길은 이부자리에서 몸을 일으키며 오늘도 맑은 하늘을 보기는 어렵겠다고 생각했다. 아랫목에는 세 살배기 딸 연숙이 잠들어 있었다. 건넌방에서 제 할머니와 고모와 함께 자던 것을 동이 틀 무렵 이 방으로 옮겨와 눕혔다. 인길의 아내 김난옥은 밤새 보챈 아들을 시어머니에게 건네고 부엌으로 막 들어갔다. 마당에서 막내 여동생이 요강을 부시고 걸레를 빠는 소리가 들렸다. 뒤란에서 손자를 등에 업은 어머니가 자장가를 부르듯 중얼중얼 경을 외는 소리도 들렸다. 집안에 남자는 인길과 어린 아들뿐이었다.

"백일을 무사히 넘겨야 한단다, 일단 백일을!"

인길의 어머니는 손자가 태어나자 정성껏 새끼를 꼬아 대문에 금줄을 걸고 용한 무당을 찾아 강화도까지 다녀왔다.

"배 타고 나오기 전에 전등사에도 들러 공물 올리고, 부처님께 삼배도 하고, 니 애비랑 수길이한테 집안 장손 또 델꼬가면 안 된다고, 내가 빌고 또 빌고……"

군이 강화도까지 가지 않아도 인천에도 무당은 많았다. 사나운 바다가 가장을 집어삼키는 일이 다반사인 어촌에서는 숱하게 굿판이 벌어졌다. 인길의 아버지는 주로 인천 조계지租界地의 외국인들을 상대로 이런저런 물건을 사고파는 양행洋行 상점의 조달 책임자였다. 바다에 나가 생선을 잡는 뱃사람은 아니었지만, 배를 타고 황해도 해주나 충청도 태안반도를 오갔다. 전라도 군산을 찾는 일도 있었다. 경인선 기차에 많은 짐을 실을 수 없을 때는 한강을 거슬러 서울의 노량진과 마포에 다녀오기도 했다. 인길의 아버지를 태운 배가 당진에서 소금을 싣고 돌아오다 폭풍에 난파되어 대부도 앞바다에 침몰한 것은 십 년 전쯤의 일이었다. 나이 마흔에 과부가 된 인길의 어머니는 울며불며 제물포의 무당을 찾아갔다. 굿을 하라는 말 대신 큰아들을 서둘러 혼인시키라는 점괘를 듣고 왔다.

인천공립상업학교 졸업반이었던 인길은 일찍 결혼하고 싶은 마음이 없었다. 삼년상을 치른다는 개념은 신식 관혼상제에 맞지 않는 일이 되었지만, 장남인 자신이 어머니를 비롯해 여동생 둘과 남동생 하나를 건사해야 하는 가장의 처지가 된 것은 부정할 수 없었다. 인길은 일본에 가고 싶었다. 대한제국 황제의 칙령으로 개교한 인천 유일의 오 년제 갑종甲種 학교 출신이란 자부심과 허영심 때문만은 아니었다. 인길은 일본어 외에도 영어와 노어에 통달하고 싶었다. 아버지의 영향으로 집에는 조계에서 흘러나온 물건들이 꽤 있었다. 노어, 불어, 서반아어로 된 책들, 특히나 영문판 세계지도 책자가 인길의 마음을 사로잡았다. 낯설지만 매혹적인 머나먼 구라파歐羅巴의 도시 이름들을 되뇌며, 인길은 일본으로 건너가 외국어 전문학교에 입학하고 싶었다. 아버지의 죽음으로 경제적 지원을 기대할 수 없게 되었지만, 그보다 직접적으로 유학을 포기하게 된 것은 태평양전쟁의 전황이 심각해지며 총동원령이 떨어졌기 때문이었다. 일본의 조선인 유학생 상당수가 체포되듯 징집되어 만주 전선이나 남양군도로 끌려갔다는 얘기는 헛소문이 아니었다.

어머니는 징병을 피해야 한다며 급히 친인척들을 찾아다니며 인길의 중신을 부탁했다. 둘째인 여동생의 혼인도 서둘렀다. 조선인 십대 소녀들이 정신대挺身隊에 동원되었다 일본군 주둔 전선으로 보내져 겪게 된다는 일들은 차라리 헛소문이길 간절히 바랄 만큼 무섭고 끔찍한 것이었다. 함께 양행 상점에서 일했던 아버지의 지인이 중신을 섰다. 서울 낙산 동소문 부근, 명륜동 옆 동네인 성북동의 중인 출신 김씨 집안의 셋째 딸과 넷째 딸도 정신대 동원을 피해 혼처를 찾고 있다는 것이었다. 구리와 남양주 일대에 적잖은 토지가 있어 소작으로 매년 꽤 많은 소출을 거둬들인다는 얘기는 조금 과장된 것일지 몰랐다. 그러나 그 집안의 아버지와 죽은 인길의 아버지가 언젠가 중간상인들의 남대문 회합 자리에서 만난 적이 있다는 것은 사실인 듯했다. 인길보다 서너 살 위라는 그 집안의 장남이 선린상업학교를 졸업하고 조선은행에서 일하고 있다는 점도 어머니의 마음을 샀다. 졸업 후 인길은 체신국 산하 인천우편국에 취직해 우편저금 관리부에서 일하고 있었다.

1920년생인 이인길과 1924년생인 김난옥은 1943년 봄 혼인했다. 난옥은 동네에서 서울 새댁 또는 성북댁이라 불렸다. 어려서 일 년간 조선인소학교를 다녔다는 난옥은 한글을 읽고 쓸 줄 알았다. 집에서 남자 형제들에게 히라가나를 배웠고, 한자도 몇 글자 알고 있었다. 인길이 『삼천리三千里』 같은 잡지의 과월호를 구해다주면 무척 좋아했고, 학교를 다닌 적 없는 막내 시누이에게 '가갸거겨'나 '1234' 쓰는 법을 가르쳐주기도 했다. 이듬해 여름 난옥은 첫아들을 낳았다. 그러나 아기는 삼칠일을 넘기지 못하고 고열과 설사에 시달리다 죽고 말았다. 갓난아기가 죽는 것은 흔한 일이었다. 오래전 인길의 어머니 역시 인길보다 먼저 맏딸을 낳았지만 난산 끝에 태어나자마자 숨이 끊어졌다고 했다. 난옥도 어려서 갓난쟁이 쌍둥이 형제를 잃었다. 쌍둥이가 죽지 않았다면 난옥은 칠 남매가 아닌 구 남매의 셋째였을 터였다.

첫아기가 죽은 지 얼마 되지 않아 인길의 남동생 수길이 강제징용을 당하고 말았다. 사 남매 중 둘째인 인길의 여동생은 인길과 난옥이 혼인한 해 가을에 용인으로 시집을 갔다. 장남과 장녀를 혼인시킨 어머니는 근심을 덜었다 생각했지만, 가가호호 할당제로 내려오는 근로 동원까지 피할 길은 없었다. 외가 쪽 친척이 운영하는 약재상에서 사환으로 일하던 열여덟 살의 수길은 배달을 위해 배운 자전거를 능숙하고 유연하게 몰았다. 천진하고 활달한 성격에 서울에서 시집온 형수와도 잘 지냈고, 군말 없이 가족 중 대표로 근로 동원에 나가 인천항이나 부평 조병창造兵廠에서 방공호를 파고 벽돌과 고철을 날랐다.

조병창에서 그만 일이 터졌다. 식민지 조선 유일의 일본 육군 무기공장이었던 조병창에는 충청도나 경상도의 궁벽한 농촌 출신 강제징용자들이 혹독하고 열악한 환경에서 공원工員으로 일하고 있었다. 도망치지 못하도록 인천 주변 지리를 잘 모르는 먼 고장에서 차출되어 온 그들 중에는 겨우 열네댓 살 소년 소녀도 적지 않았다. 조병창은 일을 하다 팔다리가 잘리거나 눈과 귀가 멀거나 끔찍한 화상을 입는 경우가 부지기수라는 소문으로 악명이 높았다. 수길은 공장 부지 확장을 위해 땅을 다지는 작업에 동원되어 수십 명의 조선인과 함께 뙤약볕 아래서 땅을 파고 돌을 고르고 있었다. 돌덩이를 담은 무거운 삼태기를 옮기던 수길은 후미진 공장 건물 뒤편에서 심상찮은 움직임을 목격했다. 관리자로 보이는 두 남자가 누더기 같은 작업복 차림의 앳된 공원 다섯을 일렬로 세워놓고 훈계를 하는 듯하더니, 무지막지한 기세로 그들의 따귀를 때리기 시작했다. 다섯 중 둘은 거의 어린아이로 보이는 십대 소녀였다. 줄줄이 뺨을 얻어맞고 무력하게 휘청대며 고개를 떨구는 모습, 끝자리에 서 있던 유난히 체구가 작은 소녀의 차례였다. 남자는 소녀의 머리통을 목에서 떼어낼 작정이라도 한 것처럼 가차없이 따귀를 갈겼다. 건물 벽면에 부딪힌 소녀의 몸뚱이가 짚단처럼 풀썩 바닥에 널브러지는 모습을 본 수길은 짐승처럼 괴성을 지르며 그곳을 향해 달려들었다. 내팽개친 삼태기에서 돌덩이가 와르르 쏟아졌다. 수길이 남자를 덮친 것이 그보다 먼저라고 느껴질 정도로 순식간에 벌어진 일이었다.

다나카 99식 소총 조립반의 작업을 관리 감독하는 두 남자로 하나는 일본인이었고 다른 하나는 조선인이었다. 당연히 둘은 징용자가 아닌 미쓰비시三菱제강 소속 직원이었다. 비명과 고함이 난무하고 여기저기서 사람들이 달려오고 주먹질과 발길질이 한참 오간 끝에 소동은 잦아들었다. 이글대는 뙤약볕이 덩이진 곤죽처럼 모두에게 엉겨붙어 끈적이고 있었다. 근로 동원 감독에게 곤봉으로 얻어맞은 수길의 이마에서 피가 흘렀다. 수길은 팔다리를 하나씩 붙잡힌 채로 씩씩대다, 바닥에 공처럼 웅크린 채 떨고 있는 뺨을 맞은 소녀를 바라보았다. 그리고 조병창이 떠나가라 "왜!"라고 괴성을 내질렀다.

일본인에게, 그것도 천하의 미쓰비시 직원에게 주먹을 휘두른 것은 체포되어 형무소에 갈 사안이었다. 형 인길은 갖은 수를 총동원해 그것을 막았다. 관공서에 있는 모든 지인을 찾아다니며 읍소했고, 소개받은 일본인들에게 뇌물을 바쳤다. 보름쯤 지나 상황이 잠잠해졌나 가족들이 안심하고 있던 즈음, 서울 용산역 집결을 알리는 징용장이 수길 앞으로 날아왔다. 어머니와 형수 난옥과 막내 여동생은 모두 수길의 팔다리를 부여잡고 울음을 터뜨렸다. 동생의 옥살이를 막으려 백방으로 뛰어다닌 것이 외려 누군가의 눈에 먹잇감처럼 포착된 것이 아닌가 인길은 후회막급의 심정이 되었다. 다른 징용자들과 함께 용산역에 도착한 수길이 기차에 태워져 부산으로 향했다는 정보를 어렵게 입수할 수 있었다. 소문대로라면 규슈나 홋카이도행일 터였다. 부산도 규슈도 홋카이도도 학생 시절 인길이 그저 가보고 싶던 곳이라 생각하니 기가 찰 노릇이었다. 얼마 뒤 인길은 경찰 쪽 지인으로부터 조심스러운 얘기를 전해 들었다. 수길이 조병창에서 벌인 소동이 우발적인 단순 사건이 아니라 독립운동 단체와 연관된 모종의 선동 시도가 아니었나 하는 얘기가 경찰 내부에서 오갔다는 것이었다. 인길은 한참 동안 식은땀을 흘렸다. 징용장이 날아온 이유를 알 것도 같았다. 수길이 정확히 일본 어디로 보내졌는지는 아무리 애를 써도 알아낼 수 없었다. 법원 서기가 된 동창이 총독부의 지인을 통해 알아낸 바에 따르면, 작년 초부터 내지內池의 징용 충원 요구가 더욱 거세져 조선 팔도 각지에서 부산으로 끌려온 징용자들이 한 달이면 만 명도 넘게 현해탄을 건너고 있다는 것이었다. 대부분 규슈나 홋카이도의 탄광으로 보내진다고 했다. 인길은 부산항 부둣가에 도열해 짐짝처럼 배에 실릴 순서를 기다리고 있는 수백수천의 징용자 사이 수길의 모습을 그려보았다. 남해는 서해와는 완전히 다른, 가없이 무서운 바다라고 했던 오래전 아버지의 말이 떠올랐다.

수길은 돌아오지 않았다. 이듬해인 1945년 여름, 해방이 되었지만 수길은 돌아오지 않았다. 신탁信託이냐 반탁反託이냐를 두고 무시무시한 대립과 지긋지긋한 혼란이 벌어졌다. 38도 분단선이 그어지고, 미군정美軍政이 시작되었다. 수길은 돌아오지 않았다. 공산 정권이 들어선다는 북에서 내려온 월남민들로 인천항은 북새통을 이루었다. 인길의 학교 선후배 중 사회주의자가 된 이들이 가족을 데리고 혹은 단신으로 월북을 감행했다. 인길과 난옥 사이에 원래는 둘째인 첫아이가 태어났다. 둘은 부모가 되었다. 인길이 연숙이란 이름을 지어준 딸아이는 다행히 돌을 넘기고도 죽지 않았다. 수길은 돌아오지 않았다. 여수와 순천에서, 그리고 제주에서 마구잡이로 빨갱이 사냥이 벌어져 숱한 이가 끔찍하게 학살되었다는 얘기가 들려왔다. 1948년 선거를 전후로 백색테러가 더욱 기승을 부렸다. 인천의 공식 명칭은 인천부府에서 인천시市가 되었다. 인길은 인천시청 산하 남동출장소에서 재무관리와 물자 감독을 담당하는 공무원이 되었다. 1950년 만개했던 벚꽃이 진 어느 봄날, 난옥은 다시 아들을 낳았다. 어머니는 대문에 금줄을 치고 강화도의 무당을 찾아가 무사히 백일을 넘겨야 한다는 점괘를 듣고 왔다.

인길은 해방 이듬해 혼자 강화도에 다녀왔다는 얘기를 몇 년이 지나도록 가족 누구에게도 하지 못했다. 강화도 서쪽의 작은 섬 석모도에 가서 한 사내를 직접 만나봐야 했다. 수길과 같은 날 기차를 타고 용산으로, 다시 부산으로, 같은 배를 타고 멀리 홋카이도로, 다시 깊은 산속 탄광에 도착해 함께 일했을 거라 추정되는 사내를 기어이 찾아낸 것이었다. 사내는 인길과 동갑이었다. 작은 섬에서 고기도 잡고 농사도 지으며 살아가는 작은 집성촌의 일원이었다. 부모는 어려서 여의었고, 징용을 가기 전 혼담이 오가고 있었다. 하지만 마을의 징용자 할당을 채워야 했으므로 형수와 조카들이 있는 두 형을 대신해 사내는 떠날 수밖에 없었다. 해방이 되고도 무려 육 개월 만에 산송장의 몰골로 석모도로 돌아왔다는 사내는 이내 초가집 골방에 틀어박혔다. 낮 동안은 죽은듯 잠만 자다, 한밤중이면 집밖으로 뛰쳐나와 광인처럼 소리를 지르며 온 마을을 휘젓고 다녔다. 남의 집 장독을 깨고, 닭장을 부수고, 순무밭 이랑을 마구잡이로 파헤쳤다. 이웃들은 징용에 끌려갔다 일본 귀신이 들려 왔다며 혀를 찼다. 사내는 죽겠다며 바다에 뛰어들기 일쑤였고, 앞섶을 풀어헤치고 제 가슴에 낫을 겨누기도 여러 번. 사내가 돌아온 후 몇 달간 가족들이 눈물을 흘리지 않은 날이 없었다고 했다. 혼담은 없던 일이 되었다.

사내의 뭉뚝한 오른손에는 엄지손가락만 달려 있었다. 석탄을 실은 궤도차 쇠바퀴에 깔려 손가락 네 개가 형체도 없이 짓이겨졌다고 했다. 동생 수길이 그 순간을 목격했을까. 동갑내기면서도 노인처럼 늙어버린 사내를 마주한 인길은 쉽게 입이 떨어지지 않았다. 사내는 정신이 오락가락하는 듯하면서도 인길의 얘기에 귀를 기울이더니 눈을 반짝이며 고개를 끄덕였다. 이수길, 수길이, 수길이 형, 인천우편국 다니는 수길이 형.

탄광에서는 해를 본 적이 없다고 했다. 동이 트기 전 캄캄한 새벽에 까마득히 깊은 갱도로 내려가 훈도시 하나만 찬 벌거숭이로 새카만 땀을 흘리며 뜨거운 탄을 캐다 밖으로 나오면 다시 캄캄한 밤이었다. 손발톱이 빠지고, 머리털과 치아가 빠졌다. 혓바닥이 빠질 만큼 배가 고팠다. 팔다리가 부러져도 치료는 없었다. 돼지우리 같던 숙소에서 밤새 끊이지 않던 신음소리, 울음소리, 조선 팔도 온갖 사투리의 욕설과 신세한탄과 고향 노래. 폭발 사고와 붕괴 사고로 또 탈출 시도로 징용자들은 숱하게 죽어나갔다. 조선인들은 죽은 동료들의 장례를 치르게 해달라고 요구했다. 들어주지 않자 몇몇이 강하게 항의했다. 모두 죽을 만큼 얻어맞았다. 그중에 수길이 있었다고 했다. "왜!" 인길이 들은 적 없는 그 목소리.

홋카이도 북동부의 가을은 이미 겨울이었고 봄마저도 내내 겨울이었다. 그 북동쪽 바다 건너 차디찬 오호츠크해에 쿠릴열도가 있었다. 영원히 겨울이 계속된다는 시베리아 사할린이 있었다. 주기적으로 인원이 차출되어 쿠릴열도와 사할린으로 보내졌다. 미국과의 전투를 위한 비행장을 건설해야 한다는 것이었다. 홋카이도 탄광 여기저기서 끌려온 징용자 수백 명이 해골처럼 마른 몸을 추위에 떨며 다시 배에 올랐다. 석모도의 사내는 수길이 쿠릴열도의 어느 섬으로 향하는 일행에 속해 탄광을 떠나간 며칠 뒤, 그들이 탔던 배가 바닷속으로 가라앉았다는 소식을 들었다. 미군함의 어뢰를 맞고 침몰했다는 것이었다. 네 손가락을 잃기 전 석모도에서 전어를 잡던 순박한 사내는 결코 어뢰라는 단어를 알지 못했을 터였다. 석모도를 나와 다시 강화로, 강화에서 다시 인천으로 향하는 배를 기다리다, 인길은 커다란 갯바위 틈에 몸을 숨기고 오랫동안 목놓아 울었다.

*

"밖에 비 온다."

압박 스타킹과 보조 배터리, 그 밖에 이런저런 물건들로 다시 캐리어를 채운 장모는 젖은 우산을 들고 병원으로 돌아왔다. 본격적인 장마철이었고, 아내의 진통이 본격적으로 시작된 참이었다. 담당 의사는 새벽에 호출을 받은 터라 몹시 피곤한 얼굴을 하고 있었지만, 유명 산부인과 전문 병원에서 '제왕의 신'이란 별명으로 불리는 제왕절개수술의 권위자답게 등장만으로 나름의 안도감을 주었다. 전신마취를 하기로 하고 홋배앓이가 심하다는 제왕절개 특성상 무통 주사, 페인버스터, 흉터 방지제 처치도 선택했다. 한솔은 간호사가 건네준 '제왕절개 산모 수술 전후 돌봄 안내서'를 들여다보며 가족 대기석에 장인 장모와 함께 앉아 있었다. 활력징후 측정, 수술 부위 복대 착용, 소변 줄 제거, 빈혈 검사, 모유 수유실 예약제 운영 확인, 출생 카드와 속싸개 겉싸개 준비……

오전 다섯시 즈음 쌍둥이가 태어났고, 정한솔은 아버지가 되었다. 몸무게는 각각 2,810그램과 2,590그램이었다. 한 걸음 한 걸음, 엄마가 된 아내와 제 자식이 된 딸들에게로 향하며, 한솔은 짐짓 감당 불가였던 두려움, 똑같지만 다른 둘을 제대로 알아보지 못할까, 번번이 이름을 잘못 부를까, 그 기이

한 두려움, 무엇을 어떻게 느껴야 하는지, 무엇을 어떻게 내쉬어야 하는지, 삶 그 자체인 두려움이 뱀처럼 목을 옥죄어든다고 생각했다. 그러나 문이 열리고, 숨을 들이쉬고, 탄식을 내뱉고, 눈을 맞추고, 성대를 울리고, 손을 뻗고, 후끈거리며 일렁이는 공기의 온도와 냄새와 무게, 허물처럼 벗어져 흩뿌려진 시간의 껍질들, 귓속을 가득 메우는 굉음의 리듬과 높낮이, 샅샅이 혈관을 훑으며 내달리는 빛과 그늘, 땀과 피와 칼과 바늘, 침이 고이고 때가 끼고 털이 돋고 주름이 패는 찰나와 영원, 뜨겁고 끈적하게 물크러지는 몸, 소용돌이치는 그물에 온전히 사로잡힌 오래된 새것…… 속절없이 다급하면서도 안일한 낙관이 자리를 잡는 순간, 한솔은 울음을 터뜨렸다. 걷잡을 수 없이 눈물이 흘러나왔다. 뱀이 스르륵 똬리를 풀고 모습을 감췄다. 잠시 두려움에서 놓여난 한솔은 오래도록 눈물을 멈출 수가 없었다.

비가 내리고 있었다. 한솔은 병원 밖으로 나와 작년에 이혼해 각기 다른 신도시에 살고 있는 부모에게 전화해 아내의 출산 소식을 전했다. 차례로 통화를 마친 뒤 여전히 목이 잠기고 코가 막힌 채로 편의점에서 산 차가운 커피를 마셨다. 곧 출근 러시아워가 시작될 이른 아침의 거리, 밤새 쏟아진 빗물이 아스팔트가 움푹 꺼진 곳마다 가득 고여 있었다. 그 위로 가는 비가 드문드문 떨어지고 있었다. 장인 장모와 아내는 방금 전

한솔의 과하다 싶은 눈물바람에 제법 감격한 듯했다. 그러나 갓 태어난 딸들을 마주한 순간 한솔이 경험한 것은 출산에 대한 환희와 감동이라기보다 불현듯 떠오른, 제 생의 첫 기억에 대한 예상치 못한 감각적 재현이었다.

생의 첫 기억, 갓난아기는 아니다. 아마도 세 살쯤, 그러나 한솔은 갓난아기처럼 업혀 있다. 할머니 김난옥에게 업혀 있다. 포대기에 잘 감기지 않을 정도로 이미 꽤 컸다. 그러나 어린 한솔은 늘 할머니의 품을 파고들거나 등에 찰싹 매달린다. 늘어진 빈 젖을 집요하게 빨고 만지며 두 팔로 늙은 목을 감싸고 굽은 등을 무겁게 누른다. 에그그그그, 신음소리를 내면서도 할머니는 조금만 더 안아주고 조금만 더 업어주기로 한다. 생의 첫 기억, 좁은 집의 좁은 부엌에는 손자 한솔과 할머니 난옥 둘뿐이다. 방이 두 개인 집에 한솔과 한솔의 부모와 한솔의 조부모가 산다. 그 순간 왜 둘뿐인지는 알 수 없으나 한솔은 제 할머니의 등에 업혀 있다. 생의 첫 기억, 솥에서 물이 끓고 있다. 열기와 습기가 부엌을 가득 메우고, 불꽃이 쉭쉭거리고 물이 부글거린다. 나무 도마 위 여러 종류의 채소를 다듬고 썰고 짓이기는 소리, 코끝에 감기는 싱그럽고 알싸하고 텁텁한 냄새들. 개수대의 물이 채워지고 출렁대고 빠져나가는 소리. 할머니의 어깨와 팔과 손가락의 움직임이 등에 업힌 한솔의 몸에도 리듬과 높낮이가 다른 파동으로 고스란히 전해진다. 국자를 휘휘 젓고, 물기를 꽉 쥐어짜고, 껍질을 벗겨내고, 적당한 그릇을 찾아 달그락거린다. 숨을 내쉬고, 침을 삼키고, 얼룩이 번지고, 반복해 헹궈낸다. 고소한 확신과 비릿한 망설임, 뜨겁고 끈적하게 물크러지는 먹이, 맵고 짜고 달고 시고 쓴 삶의 맛을 아직 모르면서 알게 되는 순간, 죽음이 다른 식으로 변환된다. 속절없이 다급하면서도 안일한 낙관이 자리를 잡는다. 하품이 나고 눈물이 맺힌다. 한솔은 할머니의 등에 매달려 늙은 어깨와 함께 흔들리며 퇴행의 안온감에 휩싸인다. 에그그그그, 할머니는 신음소리를 내며 손자의 포대기를 바싹 추어올린다.

"밖에 비 온다."

생의 첫 기억, 머지않아 식구들이 돌아와 할머니 김난옥이 마련한 삶과 죽음을 먹을 것이다.

*

밤새 쏟아진 빗물이 마당 표면의 움푹 꺼진 곳마다 가득 고여 있었다. 어머니가 뒤란에서 손자를 업고 경을 외울 때만 해도 그 위로 가는 비가 드문드문 떨어졌다. 인길의 예상과 달리 아침식사를 할 즈음이 되자 날이 선명하게 개었다. 푸른 하늘이 드러나고 쨍한 햇살이 쏟아졌다. 그러나 밤새 잠을 설친 인길의 머릿속은 여전히 먹구름이 자욱한 것처럼 무거웠다.

일주일 전 인천항에 엄청나게 큰 배가 입항했다. 노르웨이 국적의 선박이었고 일본에서 왔으며, 북의 남침이 시작된 직후 서울을 빠져나온 미국 대사관 관계자들을 비롯해 인천으로 급히 모여든 주한 외국인들을 일본으로 피신시킬 임무를 맡고 있었다. 집안 대대로 인천 토박이인 인길은 이 전쟁이 간단치 않을 변고임을 예감했다. 인천 앞바다에 크고 낯선 배가 출몰한다는 것, 그 배의 입항과 출항으로부터 아주 많은 것이 돌이킬 수 없이 달라진다는 것. 외국인들을 가득 실은 거대한 배는 이틀 만에 다시 일본으로 향했다.

일찌감치 피란길에 오르는 사람들도 있었다. 대통령이 서울을 등졌고, 한강 다리가 폭파됐다. 인천도 안전하지 않을 터였지만, 정확한 사실과 흉흉한 소문을 구분할 수 없었고 대부분은 그저 혼란 속에 우왕좌왕 갈팡질팡할 뿐이었다. 애초에 현명한 판단이나 체계적 대안이 있을 수 있단 말인가. 확실한 안전과 효과적인 구제책 같은 것이 존재할 수 있는 세상이란 말인가. 짧게는 해방 후 몇 년, 길게는 일제 치하 수십 년, 무지와 모순과 불안과 공포는 삶의 기본값이었다. 갈등, 분열, 폭력, 증오, 굴욕, 울분, 저주는 세상 그 자체가 되어 거대한 폭발만큼이나 강력한 마비로 삶을 장악하고 있었다.

인길은 장마철의 눅눅하고 끈끈한 습기처럼 체념과 무기력이 오래도록 자신에게 들러붙어 있다고 생각했다. 징용에서 돌아온 석모도의 사내, 엄지손가락 하나만이 남은 오른손으로는 숟가락도 삽자루도 낚싯대도 제대로 움켜쥘 수가 없는 것이다. 탄광의 갱도처럼 깊고 어두운 무력감. 인길은 한 달 뒤 백일을 맞는 아들의 출생신고를 아직 하지 못했다. 어뢰를 맞고 차디찬 바다에 수몰된 동생의 사망신고를 아직 하지 못했다. 어머니 말대로 금지옥엽 갓난아기는 백일을 무사히 넘기는 게 급선무일지 몰랐다. 어머니 말대로 수완 좋은 수길은 용케 어딘가로 도망쳐 일본 여자와 숨어살고 있을지 몰랐다. 전쟁이니 피란이니 선뜻 엄두를 내지 못하는 것은 애써 미뤄둔 탄생과 죽음 때문일지 몰랐다. 아들은 태어났고 동생은 죽었다. 아버지는 아들의 이름을 지어야 했다. 형은 동생의 장례를 치러야 했다. 출생신고도 사망신고도 하지 못해, 아들은 아직 제대로 태어난 게 아니었고, 동생은 아직 제대로 죽은 게 아니었다.

부엌에서 숭늉 그릇을 들고 나오던 막내 여동생이 비명을 질렀다. 툇마루에서 아침 밥상을 마주하고 있던 인길과 아내와 어머니는 그대로 얼어붙었다. 그릇이 깨지는 소리에 세 살배기 연숙만이 고개를 돌려 제 고모를 바라보았다. 총을 든 인민군 둘과 붉은 완장을 찬 한 남자가 마당에 들어섰다. 아내는 아들을 품안으로 깊숙이 끌어안으며 앉은 채로 몸을 틀었다.

완장을 찬 남자가 큰 소리로 인길의 이름을 불렀다. 이어 손에 쥔 종잇장을 들여다보며 인천시청 산하 남동출장소에서 재무 관리와 물자 감독을 담당하는 인길의 소속과 직급을 읊었다. 푸른 하늘 아래 맑은 햇빛이 내리쬐고 있었다. 어젯밤의 폭우로 마당 여기저기 생긴 물웅덩이에 어지러운 그림자가 내비쳤다. 남자는 지난 새벽 인천이 해방되었으며, 지금 시청 건물에는 인공기가 나부끼고 있다고 말했다. 반동분자에게는 오직 죽음이 기다리고 있을 뿐이며, 투항한 공무원은 사상 교육과 군사훈련을 거쳐 의용군에 자원입대할 기회가 주어진다고 말했다. 선언하듯 큰 소리로 말했지만, 기회를 주는 것이 선택이 아니라 복종을 요하는 명령임은 말하지 않았다.

아침식사를 마치는 것도, 짐 가방을 싸는 것도 허락되지 않았다. 어머니가 두 팔을 휘저으며 짐승처럼 괴성을 내지르자, 반사적으로 총구를 들이민 인민군은 징용으로 집을 떠날 때의 수길처럼 앳된 청년이었다. 어머니는 울며불며 세상 그 어디에도 없는 아버지와 수길을 불렀다. 사라진 남편과 아들을 몇 번이고 반복해 불렀다. 부엌문 옆에 바짝 붙어선 아내와 막내 여동생은 공포에 질려 신음을 내뱉었다. 밤새 유난히 보챘던 아들은 희한하게도 아내의 등에 업힌 채 내내 조용했다. 그리고 생의 첫 기억, 아버지 이인길과 어머니 김난옥의 맏딸, 세 살배기 연숙의 생의 첫 기억이 시작되고 있었다. 여름 아침의

푸른 하늘과 맑은 햇빛, 서른 살 아버지와 영원히 이별하는 세살 여자아이. 수십 년의 세월이 지나도, 머리가 센 노파가 되어도 낱낱이 생생히 떠오를 아버지와의 마지막이라는 생의 첫 기억. 세 여자의 흐느낌이 둔하게 귓전을 메우는 가운데, 인길은 툇마루에 걸터앉아 천천히 구두끈을 묶었다. 아침식사를 마치는 것도 짐 가방을 싸는 것도 허락되지 않았으므로, 한 달 뒤 백일을 맞는 아들의 이름을 지어주는 것도, 해방 전 징용으로 끌려간 동생이 이미 불귀의 객이 되었음을 알리는 것도 허락될 수 없었다. 체념과 무기력. 인길은 아주 천천히, 최선을 다해 느리게 구두끈을 묶었다. 그리고 댓돌을 딛고 마당으로 내려섰다. 한 걸음 한 걸음, 인길은 딸아이를 번쩍 안아올렸다. 머리 위로 높이 들어 눈을 맞추고 이름을 불렀다. 인길이 이름을 지어준 세상 유일한 존재, 아직 제 이름을 읽고 쓸 줄 모르는 존재, 누가 그것을 제대로 일러줄 것인가, 한글과 한자로 이름을 온전히 익힐 때까지 누가 그것을 반복해 바로잡아 줄 것인가. 인길은 딸아이의 작은 뺨에 제 큰 뺨을 포갰다. 1947년생 이연숙의 생의 첫 기억이었다. 이내 총부리가 인길을 향하고, 완장을 찬 남자는 큰 소리로 재촉했다. 인길은 그들과 함께 집밖으로 사라졌다. 다시는 돌아오지 않았다.

*

    딸 쌍둥이의 이름은 아름과 다운으로 결정되었다. 정아름과 정다운, 아내는 장인 장모가 다니는 교회의 목사가 추천했다는 소망과 은혜라는 이름에 질색하는 반응을 보였다. '아름다운'은 한솔이 문득 떠올린 단어였고, 장인 장모와 아내는 이런저런 품평을 늘어놓다 적당히 찬성하는 분위기가 되었다.

    한솔은 병원 복도에 설치된 신생아 면회 신청 키오스크와 모유 수유실 이용 키오스크의 사용법을 장인 장모에게 설명했다. 둘은 제법 어렵지 않게 이해했다. 무인 빨래방 체인점을 다섯 곳이나 운영하고 있어서인지 몰랐다. 빨래방 전에는 세탁소였다. 장인 장모는 재건축 이슈의 대명사 같은 강남의 오래된 아파트 단지 내 상가에서 삼십 년 가까이 세탁소를 운영했다. 그 아파트 단지와 가까운 또다른 아파트 단지, 평수가 더 작고 층수가 더 낮고 준공 연도가 더 오래된 아파트에서 월세와 전세를 거쳐 자가를 마련하고 목돈을 모을 때까지 그만큼의 시간이 걸렸다. 강남의 세탁소 전에는, 아내가 태어나기 전에는 궁벽한 농촌에서 상경해 시다로 동대문과 창신동 일대의 봉제공장을 전전했다고 했다. 장인은 한솔과 술을 마시다 그 시절 얘기 하는 것을 좋아했다. 친구 같은 딸, 아들 같은 사위, 장인 장모가 지인들과 함께한 자리에서 그런 표현을 쓰며 웃을 때면 한솔도 멋쩍게 따라 웃었다. 아들 없는 집에 아들이 들어왔네, 아주 키도 크고 듬직한 아들내미가 생겼어, 그런 말을 들을 때면 장인은 한솔의 키가 181센티미터라는 것과 체대 출신의 한솔이 논산훈련소에서 조교로 복무했다는 얘기를 어김없이 덧붙였다. 코로나 팬데믹 기간에 수영 강사로도 스키 강사로도 일할 수 없던 한솔은 장인 장모의 무인 빨래방 다섯 곳을 차례로 돌며, 동전을 수거하고 비품을 채워넣고 시시티브이 작동 상태를 점검했다. 친구 같은 딸, 아들 같은 사위, 그런 표현의 이면에 기이하게 뒤틀린 음습한 그림자가 웅크리고 있다는 식의 말을 해주는 사람이 한솔 주변에는 없었다.

*

인길은 돌아오지 않았다. 짐승의 시간인 전쟁. 모두가 쫓기는 짐승이 되었고, 동시에 쫓는 짐승이 되었다. 인간의 시간인 전쟁. 모두가 짐승이라면 결코 하지 않았을 짓을 서슴없이 했고, 짐승이라면 결코 겪지 않았을 일을 오롯이 겪었다. 한 달여 장마철이 그렇게 흘러가고 있었다. 집집마다 날카로운 비명이 들리거나 애끓는 곡소리가 이어졌다. 불현듯 찾아오는 무겁고 단단한 정적에 여름의 거리는 창백하게 질려 차갑게 얼어붙었다.

인길은 돌아오지 않았다. 난옥의 시어머니는 피란을 가지 않겠다고 했다. 아들 인길이 집으로 도망쳐올지 모르니 혼자서라도 기다리겠다고 했다. 혹여 다른 아들 수길이 살아 돌아올지 모르니 혼자서라도 남겠다고 했다. 어느 아들이든 돌아왔을 때 아무도 없는 빈집에 발을 들이게 할 수는 없다는 것이었다. 본격적인 무더위가 시작되고 있었다. 스물여섯 살의 난옥은 막내 시누이와 딸 연숙과 아직 호적상의 이름이 없는, 곧 백일을 맞는 어린 아들을 데리고 피란길에 나서야 했다. 행선지는 남쪽 멀리 대전이나 대구나 목포나 부산이 아니라, 용인으로 정해졌다. 용인은 인길의 여동생, 난옥의 큰시누이가 시집가 살고 있는 곳이었다. 인천보다 조금 더 남쪽일 뿐인 그곳이 과연 안전할지, 그곳 사람들이 이 난리통에 사돈 식구들을 선뜻 맞아줄지, 용인의 그 마을 그 집을 어떻게 찾아가야 할지, 난옥은 알 수 없었다. 서울 성북동의 친정집 역시 전쟁 후의 소식을 전혀 알 수 없었다. 알 수 없는 것들이 너무 많아서, 그토록 많은 알 수 없음의 이유나 답을 일일이 찾아내는 것이 딱히 중요하게 여겨지지도 않았다. 없는 것도 너무 많아 마찬가지였다. 전화도 편지도 전차도 기차도 없었다. 있어도 없는 것과 진배없어 전쟁인 셈이었다. 난옥은 아들을 등에 업어 천으로 동여매고 커다란 보따리를 머리에 이었다. 막내 시누이도 등에 하나 머리에 하나 보따리를 짊어졌다. 그리고 왼손으로 조카 연숙의 오른손을 움켜쥐었다. 난옥과 시누이는 출발하기 전부터 땀을 비 오듯 흘렸다. 가족이 또 집을 떠나게 되었으므로, 시어머니는 어김없이 눈물을 흘렸다.

아버지와 영원히 헤어지는 순간을 생의 첫 기억으로 갖게 된 세 살배기 연숙은 1950년 여름 한국전쟁 피란길의 지옥도를 기억의 다음 장에 선명히 아로새겼다. 연숙은 제 엄마와 고모처럼 흰 무명옷을 입고 크고 작은 보따리를 짊어진 사람들이 길가에 늘어서 한 방향으로 걷는 모습을 보았다. 연숙은 소달구지에 살림살이와 함께 실린 제 또래 아이들을, 지게 가득 새끼줄로 동여맨 이불더미와 가마솥을, 완전히 등이 굽어 지팡이를 짚고 연숙보다 느리게 걷는 흰 수염의 노인을 보았다. 연숙은 전투기와 탱크와 트럭과 총을 보았다. 각기 다른 시공간에서 국군과 인민군과 연합군을 보았다. 행군하는 군인들을 만나면 피란민들은 몸을 잔뜩 웅크리고 보따리와 다를 바 없는 모양새로 무조건 종종걸음을 쳤다. 연숙은 시뻘건 불길에 휩싸여 시커먼 연기를 내뿜으며 타들어가는 초가집을 보았다. 허리가 꺾인 채 논두렁에 고꾸라져 있는 피투성이 시신들을 보았다. 지붕까지 사람들이 빼곡히 올라탄 기차가 평야를 가로질러 산 너머로 사라지는 모습을 보았다. 때로는 멀리 대포 소리와 총소리를 들었다. 때로는 가까이 폭발음과 울부짖음을 들었다. 사흘, 이레, 열흘, 백일짜리 갓난아이를 업고 세 살짜리 여자아이와 함께 걷고 있는 엄마와 고모의 얼굴, 피곤과 허기와 통증과 혼돈과 공포로 막대기처럼 딱딱하게 굳어버린 그녀들이 안전하게 난리를 피하고 있다거나 목적지를 향해 나아가고 있다고는 느껴지지 않았다. 쉴 곳도 잘 곳도 없었다. 비를 피할 곳도 모기나 파리로부터 벗어날 곳도 없었다. 남동생의 똥기저귀나 고모의 피 묻은 개짐을 빨아 말릴 곳도 없었다. 어디에나 행색이 비슷한 거지꼴의 가족 단위 피란민들이 넘쳐나 어떤 의미로는 외롭지 않았다. 길바닥에 주저앉아 가슴을 드러내고 아이에게 젖을 물리거나, 불이 붙은 덤불을 둥글게 에워싸고 오줌을 갈기거나, 빈 농가를 뒤져 이불 홑청과 감자를 훔치거나, 아무려나 상관없는 일이었다. 연숙의 엄마와 고모는 해가 진 뒤에 불을 피우면 폭격을 맞는다는 오지랖 잔소리를 들었고, 용인으로 가는 길을 물으면 온통 제각각인 답을 들었다.

계절보다 빠르게 깊어졌던 전쟁. 뒤늦게 가을이 깊어지자 깜짝 놀랄 만한 소식이 전해졌다. 미국의 사령관이 이끄는 연합군의 배를 타고 수많은 군인이 인천에 상륙했다는 것이었다. 연숙은 엄마와 고모를 따라 용인을 떠나 다시 인천으로 향했다. 혼자 남은 할머니가 죽었을지도 모른다는 얘기를 아무도 입 밖으로 꺼내지 않았다. 왔을 때와 다를 바 없이 까마득히 걸어서 인천의 집으로 돌아갔다. 몇 달 사이 할머니의 할머니처럼 늙어버린 모습으로 할머니가 집을 지키고 있었다. 할머니의 두 아들은 돌아오지 않았다. 버선발로 달려나와 연숙을 끌어안고 울음을 터뜨린 할머니는 제 며느리와 막내딸을 바라보다 우뚝 멈추어 섰다. 갓난쟁이 손자가, 피란길에 백일을 넘겼을 어린 손자가 보이지 않았기 때문이다. 미처 이름을 지어주지 못한 인길과 난옥의 아들은 수원과 용인 사이 어느 숲길에서 죽었다. 날이 저물어 걸음을 멈추고 내내 등에 업혀 있던 아이에게 젖을 먹이려 돌려 안았을 때, 아이는 죽어 있었다. 완벽히 캄캄한 밤이 지나고 동이 틀 무렵, 난옥은 숲속에 죽은 아기를 묻었다. 무릎을 꿇고 맨손으로 축축한 땅을 팠다. 너무 깊게 묻고 싶지는 않다는 생각에, 너무 얕게 묻었다는 생각에, 뱀이나 살쾡이에게 파먹힐 수 있겠다는 생각에, 난옥은 성냥 한줌을 그 위로 흩뿌렸다. 백일을 며칠 앞두고 인길과 난옥의 아들이 죽었다. 갓난아기가 죽는 것은 흔한 일이었다. 출생신고를 뒤로 미루는 것도, 사망신고를 하지 않는 것도 흔한 일이었다.

*

아내가 쌍둥이를 임신했다는 소식을 전한 뒤 처음으로 아버지를 만났던 날, 한솔은 제 할아버지와 할머니가 한국전쟁 때 각자의 아내와 남편이 죽어 전쟁이 끝난 이듬해 재혼해 제 아버지를 낳았다는 얘기를 들었다. 지금의 자신보다 나이가 어린 서른세 살의 홀아비 정동춘과 스물여섯 살의 과부 김난옥. 완전히 새롭고 충격적인 비밀이라 하기는 어려웠다. 자라며 미루어 짐작할 수 있는 어떤 순간들이 있었고, 친척 어른들이 모여 옛날 얘기가 오갈 때면 애써 쉬쉬하는 분위기도 아니었다. 한솔은 복잡한 전후 사정이나 세세한 전모를 알고 싶다는 생각을 해본 적이 없었다. 아버지는 큰고모의 호적 정리가 제때 되지 않아 결혼 전까지 정연숙이 아니라 이연숙이란 이름을 썼다고 말했다. 요는 아버지의 친부와 큰고모의 친부가 서로 다르다는 것이었다. 사이가 나빠 보이지 않았던 한솔의 할아버지와 큰고모가 계부와 의붓딸 관계였다는 것이다. 아버지보다 일곱 살 위인 큰고모가 여상을 졸업한 뒤 직장에 다니며 아버지와 작은고모의 학비를 대고 결혼 준비를 시켰다는 것은 한솔도 알고 있었다. 얘기를 듣던 한솔은 종종 그렇듯 무엇을 어떻게 느껴야 하는지, 어떤 반응을 보여야 적절한지 가늠하기가 어려웠다. 대신 한솔은 아버지가 받아보지 못한 쌍둥이의 다른 초음파 사진을 휴대폰에 띄웠다. 분위기를 보아 자신도 아버지에게 할 얘기가 있었다. 쌍둥이가 태어나면 처가와 합가할 수도 있다는 것을, 장인이 스크린 골프장이나 테니스 교습소를 차려보면 어떻겠냐 제안했다는 것을, 골프나 테니스에 딱히 소질이 없고 관련 자격증도 없지만 어찌어찌 잘 해나

갈 수 있지 않겠나 하는 것을. 한솔은 아버지에게 어떤 식으로 얘기하면 좋을지 눈치를 살폈다.

한솔의 아버지는 한솔에게 마저 얘기하지 못했다. 전쟁 때 어머니 난옥이 첫 남편만을 잃은 게 아니라는 것을, 내내 걸어서 피란을 가다 백일도 못 된 아들이 등에 업힌 채로 죽었다는 것을, 성북동 친정의 아버지와 큰오빠가 서울 점령 며칠 만에 창경원으로 끌려가 학살되었다는 것을, 피란에서 돌아온 직후 헛것을 보며 실성해 시댁에서 무당을 불러 굿을 했다는 것을, 휴전 협상이 시작될 즈음 살아남은 친정 형제들이 인천으로 찾아와 시댁에 간곡히 읍소하듯 그러나 실상 으름장을 놓듯 막무가내로 과부가 된 여동생과 아비를 잃은 조카딸을 서울로 데려갔다는 것을. 죽음이 다른 식으로 변환되었다는 것을 말하지 못했다.

피란길에 전처와 딸 둘을 폭격으로 잃었다는 이북 출신의 할아버지 정동춘은 한솔이 중학교에 입학하던 해에, 할머니 김난옥은 한솔이 재수로 체대 입시를 준비하던 해에 세상을 떠났다. 아내의 출산 때 한솔이 죽은 할머니와의 생의 첫 기억을 떠올리며 눈물을 쏟은 뒤, 예기치 못한 순간에 한솔은 다시 한번 눈물을 흘렸다. 아내와 딸 쌍둥이가 산후조리원을 나와 처음으로 집에서 아이들을 목욕시키던 순간이었다. 장모의 진두지휘 아래 한솔과 아내는 온수를 채운 유아용 욕조에서 조심스레 두

딸을 씻기고 있었다. 불현듯 한솔이 떠올린 것은 어려서 할머니와 목욕탕에 갔던 기억이었다. 여섯 살, 어쩌면 일곱 살까지도 한솔은 할머니와 함께 동네 목욕탕에 갔다. 비록 취학 전이었지만 엄연히 여탕 출입이 금지되는 나이였다. 어쨌든 할머니는 번번이 한솔을 데리고 목욕탕에 갔다. 알몸의 할머니가 알몸의 한솔을 씻겼다. 자욱한 습기와 후끈한 열기 속에서 한솔이 처음으로 인지한 인간의 몸, 부드럽고 따뜻하고 미끌미끌한 몸, 물렁물렁하고 쭈글쭈글하고 흐물흐물한 몸, 삶과 죽음이 모조리 각인된, 온전히 제 것으로 비롯된, 제 것이나 다름없는 인간의 몸은 할머니 김난옥의 몸이었다. 쌍둥이를 씻기던 한솔이 갑자기 울음을 터뜨리자 아내와 장모는 이번에도 감격한 듯했다. 눈물을 닦을 수 없어 어쩔 줄 몰라하는 사이, 한솔의 전화기가 울렸다. 한솔은 서둘러 손과 얼굴의 물기를 닦고, 벌거벗은 쌍둥이 딸에게서 물러서며 전화를 받았다.

큰고모였다. 처음엔 이연숙으로 나중엔 정연숙으로 살아온 칠십대의 큰고모는 한솔이 보낸 쌍둥이의 사진을 잘 봤다며 아내의 몸 상태가 괜찮은지 안부를 물었다. 목이 잠기고 코가 막힌 채였지만 한솔은 부러 명랑하게 대꾸했다. 전화기 너머 큰고모는 "돌아가신 네 할머니가"라고 운을 띄웠다. 그러나 이어지는 얘기는, 갑자기 들려온 두 아이의 울음소리, 아름과 다운의 칭얼거림 탓에 제대로 알아들을 수가 없었다.

펫로스,

겨울 편지

너는 추운 겨울에 태어났다. 나는 네가 태어나던 순간을 모른다. 그러나 떠올릴 수는 있을 것 같다. 기상청 사이트 '날씨누리'에서 십삼 년 전 1월 초순의 날씨를 확인하니, 밤이면 영하 10도 아래로 떨어지는 날들이 내내 이어진다. 1월 중순이 되도록 기온은 낮에도 영상으로 오르지 못한다. 그해 겨울, 네가 태어나고 며칠 뒤 눈이 온다. 나는 네가 태어난 것도 모르고, 한 달쯤 뒤 너로 인해 내 삶이 완전히 달라진다는 것도 모르고, 무심히 내리는 눈을 바라보았을 것이다. 정작 너는 그 눈을 볼 수 없었을 것이다.

갓 태어난 고양이는 앞을 보지 못한다. 귀가 접혀 있어 들리지도 않는다. 끈적하고 뜨뜻한 막에 감싸인 네가 어미의 산도를 빠져나온 영하 12.7도의 캄캄하고 적막한 밤. 보이지도 들리지도 않는 100그램의 너는 찬바람과 눈 냄새로 세상에 도착한다. 그 새벽 네 어미와 형제자매 주위로 내내 흰 김이 피어오른 것을 아무도 보지 못한 게 틀림없다. 얼어죽게 하지 않으려 그런다는 것을 모르는 채 얼어죽게 하지 않으려, 겨울 전체를 녹일 기세로 맹렬하게 움직였을 네 어미의 작은 혀, 그 작은 혀가 뜨겁게 핥았을 네 항문과 콧등과 정수리, 네 탯줄이 언제 어디에 떨어졌는지 역시 아무도 알지 못한다.

너는 서울의 오래된 동네에서 태어났다. 나는 네가 태어난 장소를 모른다. 그러나 떠올릴 수는 있을 것 같다. 가까이 왕조시대의 궁궐과 대학이 있는 곳. 도심이면서도 뜻밖에 숲처럼 큰 나무들이 있고 반듯하지 않은 골목길이 미로처럼 얽힌 곳. 어쩌면 네 어미는 길에서의 출산이 처음이 아니었을지도 모르겠다. 한 달여 혹한에 숨기와 낳기와 기르기라는 고난도의 미션을 웬만큼 성공적으로 수행해낸 것을 보면 말이다. 고양이의 정상 체온은 사람보다 2도 높은 38.5도, 갓 태어난 새끼는 35도에서 36도쯤, 반려묘가 가정에서 출산을 할 경우 새끼들의 체온 상승을 위해 실내 난방에 각별히 신경써야 한다는 설명이 고양이 관련 검색 결과에 등장한다. 네 어미는 최소 네 마리 이상이라 추정되는 새끼를 낳아 홀로 그 온도를 끌어올렸다. 과연 각별한 일이다. 시나브로 눈을 뜨고 귀를 쫑긋거리지만 너의 시각과 청각은 여전히 미비하다. 그러나 필사적으로 어미의 젖을 찾는 후각과 미각과 촉각은 그렇지 않다. 2월 초, 홀연히 어미가 새끼들을 떠난다. 그 역시 각별한 일이었을까.

여전히 추운 밤, 경찰관 둘이 골목길에 등장한다. 미로 같은 동네를 순찰하던 제복 차림의 그들이 후미진 곳에 한데 뭉쳐 떨고 있는 새끼 고양이 네 마리를 발견한다. 유기 동물 구조 체계나 동물 보호 관련 법안이 제대로 마련되지 않은 십삼 년 전이다. 비록 주먹구구지만 매뉴얼이 존재하긴 한다. 젖을 떼고 어미와 떨어진 새끼 고양이를 구조하는 일이 심야 순찰의 중요 업무였다고 생각하기는 어렵다. 봄이나 여름이나 가을이었다면 얘기는 달랐을지 모른다. 유난한 추위에 도난신고나 취객 난동조차 뜸하던 밤이었기 때문인지 모른다. 그들은 난감해하며 얼어죽겠다, 얼어죽겠다, 반복했을 것이다. 결국 각각의 손아귀에 한 마리씩 200그램쯤으로 자란 네 마리를 거둬 경찰차에 오른다. 그리고 관할구역 내 연락이 닿은 동물병원 두 곳에 두 마리씩 위탁한다.

나는 이 이야기를 이틀 뒤 B동물병원 수의사에게 듣는다. 네가 경찰차를 타고 동물병원으로 향하던 밤, 나는 당연히 너를 몰랐고, 이틀 뒤부터 너와 함께 살게 될 거라는 것도 몰랐다. 물론 반려동물을 입양하는 과정에서 그런 식의 모름이 당연시되어서는 안 된다. 돌이켜보니 십삼 년 전이 아주 가까운 과거는 아닌 것이다. 반려동물과 반려동물 입양이 실질적으로 존재하지만, 반려동물과 반려동물 입양이라는 단어 자체가, 그 단어로부터 파생되는 사회적 함의와 보편적 정서가 지금 정도로 형성되어 있지 않던 때다. 애완, 떠돌이 개, 도둑고양이, 짐승한테 뭘 그렇게까지……

내가 B동물병원의 미니 홈피에 접속하기까지 모든 것은 우연이었다. 네가 추운 겨울 서울의 오래된 동네에서 태어나 한 달 뒤 B동물병원에 도착하기까지 모든 것이 우연이었던 것과 마찬가지로. 새벽에 노트북 화면에서 너를 보았고, 오전 내내 잠들었다 일어나 오후에 다시 네 사진을 보다가(그 사진들을 제대로 저장해두지 않은 것이 사무친다, 아니 제대로 저장해두었다면 그로 인해 또 사무쳤을 것이다), 병원에 전화를 걸고는 저녁이 되기 전 빈 상자를 챙겨 택시에 오른다. B동물병원은 또다른 궁궐의 북서쪽 또다른 대학 가까이에 있다. 그곳으로 향하는 십오 분 동안 나는 홀렸다고 설명할 수밖에 없는 어떤 기운에 휩싸여 벌써부터 네 이름을 짓고 있다.

수의사가 병원 내실 케이지에서 너를 데려와 테이블 위에 올려놓는다. 나는 너를 처음 본다. 너와 함께 이곳에 와 이틀을 보낸, 너와 생김새가 비슷하지만 왠지 다른 느낌의, 네 형제 고양이도 테이블에 오른다. 나는 고개를 젓는다. 왜인지 네가 나와 같은 암컷이어야 한다는 바람은 확고하다. 드넓은 벌

82

판이라도 되는 양 네가 테이블 위를 헤매는 동안 나는 서류 한 장을 작성한다. 너는 내게 처음 와닿는다.

2월 초, 네가 내게 도착한 날이 입춘이었다는 것을 나는 십삼 년 후에야 정확히 확인한다. 다시 택시 뒷자리, 빈 구두 상자를 반도 채우지 못하는 네 작은 몸의 움직임이 손바닥을 통해 내 안으로 스민다. 택시에서 내려 집 앞에 다다르기도 전에 너의 이름은 '묘조猫照'로 결정된다. 나는 B동물병원에서 사료 한 봉지와 모래 한 봉지를 샀을 뿐이다. 집에는 스크래처도 화장실도 숨숨집도 캣 타워도 이동장도 장난감도 아직 없다. 미리 준비가 필요하다는 것을 모르지는 않는다. 삼십대 중반의 나는 대체로 어리석고 충동적이다. 그런 주제에 네게 그처럼 자의식이 가득 반영된 이름을 지어준 것이다. 나는 그날 내게 어떤 일이 일어났는지 감히 알지 못한다.

네가 얼마나 작은지, 그러나 얼마나 빠르고 확실하게 집안 공기를 바꾸어놓는지, 나는 깜짝 놀란다. 전자레인지가 작동하다 멈추는 벨소리에 너는 스프링처럼 튀어오르며 깜짝 놀란다. 그런 소리, 그런 냄새, 그런 감촉, 이런 집과 이런 인간이 네게 주어진 것이다. 그때의 너를 찍은 사진이 있다. 작은 네가 온통 궁금하다는 표정으로 나를 올려다보고 있다. 고양이의 시력은 생후 5주쯤이 되어야 비로소 온전해진다는 것을 모르는 채, 나는 너의 눈을 들여다본다. 네가 태어나 처음으로 제대로 본 인간이 나였을까. 내가 태어나 처음으로 제대로 본 고양이는 이제 너일 수밖에 없다. 한겨울 추운 거리에서 태어나 천천히 눈과 귀를 열고 입춘이 되어 너는 내게로 왔다. 너는 나를 만나러, 나와 함께 십삼 년을 살다 죽으러, 오직 그리하러 이 세상에 왔다는 걸 결코 알지 못한 채, 우리의 첫 밤이 지나간다.

사실 너를 명명하는 것보다 나를 명명하는 것이 문제다. 나는 엄마를 선택하지 않는다. 그 호칭은 짐짓 슬프고 두렵고, 내겐 자격이 없다는 것을 안다. 나는 '언니'를 선택한다. 어리석고 충동적인 주제에 너와 적절한 거리 유지가 필요하겠다 생각하며 스스로를 제법 이성적이라 여긴다. 거리 유지 따위를 결정하는 것이 내가 아니라 너라는 것을 나는 아직 모른다. 나는 언니 노릇을 하는 것도 아니고, 엄마 노릇을 하지 않는 것도 아니다. 결국 언니란 너만이 전유할 수 있는 나의 이름이 된다. 내게 묘조란 너의 이름이 그러하듯이.

십삼 년쯤 시간이 흐른다. 너는 나이든 고양이가 되어 있다. 나도 나이든 인간이 되어 있다. 너는 노년에 가깝고, 나는 완연한 중년이다.

입춘에 너를 데려왔던 그 집에서 나는 십이 년을 살았다(그 사이 임대인이 한 노인에서 다른 한 노인으로 바뀌었을 뿐, 임대료는 크게 오르지 않았다. 서울 한복판에서 지극히 드문 일일 터. 소위 사대문 안, 가까이 궁궐과 박물관과 미술관과 도서관과 극장과 서점과 시장과 병원과 광장이 있다. 유명 사적지인 절과 성당과 교회와 공원과 산도 있다. 어떤 것은 몇 개씩이나 있다. 이십 분쯤 걸어 대통령 추모 집회에도 갔고 대통령 탄핵 집회에도 갔다. 나의 자유와 가난이 초래하는 불안과 불편은 그 집이 위치한 일대의 문화적 편의성과 상징성으로 꽤나 상쇄되는 측면이 있었다). 너는 나와 함께 그 집에서 십 년을 살았다. 고양이의 일 년은 사람의 오 년에 해당한다니, 고양이의 시간으로 너는 그 집에서 오십 년쯤 산 셈이다. 내가 그 집에 없을 때도 너는 언제나 그 집에 있었다.

삼 년 전 가을 우리는 이사했다. 산이 가까운 동네에서 강이 가까운 동네로. 산이 가까운 옛집, 강이 가까운 새집, 네가 알고 있는 오직 두 집. 옛집은 햇빛이 제법 잘 들고 창밖으로 보이는 공원이 불과 서른 걸음 남짓이었다. 그러나 20세기에 지은 낡은 집은 냉방도 난방도 신통치 않아 여름엔 너무 덥고 겨울엔 너무 추웠다. 새집은 옛집보다 조금 넓어 가구를 새로 들이고 비교적 수월하게 더위와 추위를 조절한다. 그러나 낮부터 조명을 켜야 하고 어느 창을 열어도 엇비슷한 벽과 창문만 보인다. 옛집도 새집도 3층이면서 402호다.

걸어서 십 분 거리에 한강이 있다. 언제든 S섬의 공원에 갈

수 있다는 것이 나로서는 더없이 흡족하다. 도시를 관통하는 거대한 강 주변에서 사계절의 모든 날씨를 경험할 수 있다는 것, 나는 그렇게 한다. 제철 음식을 골고루 살뜰히 챙겨 먹듯 절기별 날씨의 변화를 음미하며 오래도록 강가를 산책한다. 옛집과 가까웠던 공원이나 숲길을 걸을 때와 달리, 강바람을 맞으며 구름과 나무와 꽃과 새를 보고 있을 때면 너와 함께 산책할 수 없다는 점이 새삼 아쉽다.

새집으로 이사와 열한 살이 된 너는 창턱으로 뛰어오르는 일이 눈에 띄게 줄어든다. 옛집에서 너는 침실과 서재의 낡은 나무 창턱에 올라앉아 오래 볕을 쬐며 건너편 공원의 나무들, 전봇대와 전선과 새, 골목을 오가는 사람들을 흥미롭게 바라보았다. 네가 앉아 있던 창턱 가까이 얼굴을 낮추고 몇 마디 속삭이며 함께 창밖을 바라보던 순간들, 때로 가랑비와 함박눈과 무지개까지. 작고 부드럽지만 크고 단단한 실체를 가졌던 내 삶의 풍경들. 단열과 방음이 뛰어난 새집의 견고한 창문, 그러나 너는 그 매끄러운 창턱에 드물게 올라갔다 서둘러 내려온다. 나는 네게 엇비슷한 벽과 창문이 다가 아니라고 얘기한다. 그 너머에 빠르게 달리는 차들이 있고, 줄지어 늘어선 나무들이 있고, 날렵하게 호를 그리는 새들이 있고, 무엇보다 넓고 깊게 흐르는 강이 있다는 것을 네게 알려주고 싶다. 보여주고 싶다.

불길함까지는 아니다. 조금 달라졌지만 아직은 괜찮다. 그 정도다. 너는 사각 바구니를 올려둔 테이블을, 내가 직접 조립한 캣 타워를, 스크래처가 놓인 서랍장을 내키는 대로 가볍게 오르내린다. 아직은 괜찮다. 우리는 가까이 얼굴을 대고 속삭인다. 그러나 어쨌든 너와 나는 나이가 들었다. 오래 함께 살았던 옛집이 이제 멀리 있다는 것이 우리의 확고한 실체다.

열한 살이 된 너는 어느새 열세 살을 넘기고, 새집에서의 삼 년 남짓 내내 환절기 같은 날들이 이어진다. 나는 여전히 어리석고 충동적이지만 그 어리석음과 충동을 다른 것으로 바꿔보려 애면글면한다. 계속 너와 함께 살아가기 위해서도 꼭 필요한 일이다. 치밀하게 계획했다고도 할 수 없고, 되는대로 방관했다고도 할 수 없지만, 형태로든 의미로든 나는 예외적인 삶을 살고 있다. 나는 오랫동안 적은 돈을 받고 글을 쓰고 강의를 하며 너와 함께 살아왔다. 거의 모든 것을 혼자 결정하고 혼자 겪어내는 것에 때로 기꺼워하며 때로 초조해하며 너와 함께 살아왔다. 나는 사십대 후반에 처음 정규직 일자리를 얻는다. 적게는 수백 명, 많게는 수천 명이 소속된, 혼자 결정할 수 있는 일이 거의 없는 조직에 들어간 직후, 전대미문의 전염병이 창궐한다. 특유의 모순과 갈등을 파악하기도 전에, 나름의 규칙과 문법을 익히기도 전에, 역시 전대미문의 모순과 갈등과 규칙과 문법에 떠밀려 압도적인 혼란 속에서 허우적대기 시작한다. 인류 전체가 연루된 요란한 변고다. 혼란은 변이 바이러스처럼 거듭 진화한다. 수많은 이의 삶이 뒤틀리고 파열하고 뿌리째 뽑혀나가거나 흔적도 없이 사라진다. 삶과 세계가 다른 차원으로 넘어가는 시대의 환절기, 익사하지 않고 '뉴노멀'에 가닿을 수 있을까.

너와 나는 십삼 년간 서로를 낱낱이 샅샅이 보고 또 본다. 보지 않을 때도 본다. 서로를 보지 않을 수 없이 살아간다. 우리는 눈眼이 아닌 것으로도 본다. 존재 전체를 사용해 서로를 감지하고 파악하고 인식한다. 계절이나 날씨처럼 그것이 우리의 자연이다. 때문에 너는 이 환절기 같은 시절, 나의 우왕좌왕과 전전긍긍을 하릴없이 느낀다. 나의 당혹과 고립과 불평불만이, 나의 안간힘과 초조함과 막막함이 네게 고스란히 전해진다. 너도 알고 있는 예의 어리석음이나 충동과는 좀 다른 문제다. 나의 고질적인 과민과 불면과 시름은 우리에게 제법 익숙한 것들이다.

너는 나를 안다. 너는 원고 마감 때의 나의 긴장과 조바심과 과부하를 안다. 겨우겨우 집중과 몰입의 차원으로 진입해 활공 상태에 이를 때의 나를 안다. 너는 숱한 새벽, 내 책상 옆을 지켰다. 침실의 푹신한 전용 자리를 놔두고 굳이 서재의 스크래처에 엎드려 떡을 써는 한석봉 어머니라도 되는 양 내 곁을 지켰다. 가서 먼저 자. 너는 대답 대신 실눈을 뜨고 비스듬히 돌아눕곤 했다. 글이나 써. 결국 동이 틀 정도면 네가 시그널을 주었다. 오늘은 그만해. 나는 휘청휘청 너는 사뿐사뿐 함께 잠자리로 향했다. 그래 어떻게든 되겠지. 내가 일찍 기상해 글을 쓰는 건전한 아침형 인간이 아니라서 종종 미안했다. 너는 나를 안다. 강의 다음날 방전된 채 널브러져 있는 나를, 한없이 게으른 나를, 꽤나 자주 발끈하고 정색하는 나를, 오래 요가를 해도 중급 이상의 레벨 업 욕구가 전혀 없는 나를, 과정은 형편없지만 그럭저럭 몸과 마음을 추스르는 나를, 너는 안다. 너는 나의 모든 것을 감지하고 파악하고 인식한다. 너의 영역 안에서 책을 읽는 나, 음악을 듣는 나, 영화를 보는 나, 전화를 거는 나, 그 모두와 무관하지 않은 너.

나도 너를 안다. 너도 다른 고양이들처럼 어둡고 좁은 곳을 좋아해 택배 상자 안으로 들어간다. 누군가 고양이들 몸속에 '우다다' 알람 시계를 맞춰두기라도 했는지 너도 가끔 한밤중에 집안을 마구 휘젓고 다닌다. 너도 스크래처에 발톱을 갈고, 그루밍으로 몸단장을 하고, 개다래나무 향에 취하고, 귀와 동공과 수염과 꼬리와 털로 일반적인 고양이 언어를 구사한다. 그러나 너는 다른 고양이들과 다르기도 하다. 너는 튜브 포장의 퓌레형 간식을 전혀 즐기지 않는다. 너는 연어가 함유된 사료나 캔이나 파우치는 입에도 대지 않는다. 플라스틱 장난감보다는 펠트 천 장난감을, 방울소리보다는 비닐소리를 좋아한다. 물론 깃털이 제일이다. 너는 나의 스킨십과 빗질을 언제나 기꺼워하지만, 품에 안아올리는 것은 까탈스럽게 몸을 빼며 거부한다. 너는 내 다리에 이마와 얼굴을 비비지만 내 무릎에 올라앉지는 않는다. 너는 나와 한 공간에서 잠들지만 한 침대 한 이불 속으로 파고들지는 않는다. 나는 날씨의 변화를 가늠하듯 네가 좋아할 것과 싫어할 것을 미리 알아챈다. 네가 편안해하고 만족해한다 느껴질 때 가만히 목덜미를 감싸면 너는 여지없이 그르릉그르릉 몸통을 울리는 '퍼링'중이다. 나는 네가 다른 고양이들과 꽤나 비슷하면서도 아주 다르다는 것을 안다. 나는 너를 안다. 너의 혓바닥과 발바닥을 안다. 너의 똥과 오줌을 안다. 아주 잘 안다. 그러지 않을 수 없다.

네가 나로 인해 확실하게 알게 된 인간의 단어는 물, 맘마, 고기, 뽀뽀, 좋아, 많이, 이뻐, 그리고 네 이름 묘조. 어쩌면 '쫍쫍이'도 아는 것 같다. 내가 네게 입을 맞추면 반드시 일 초 후 너는 작은 입술을 두 번 달싹이며 쫍쫍 소리를 낸다. 쫍쫍, 쫍쫍, 쫍쫍이란 글자를 1밀리미터쯤으로 아주 작게 써야 할 것만 같다. 세상에서 나만 들을 수 있는 작은 소리, 세상에서 나만 볼 수 있는 작은 움직임. 그 작은 소리를 들으려 그 작은 움직임을 보려 거듭 입을 맞춘다. 쫍쫍, 이를테면 네가 나를 맛보는 것 같다. 나는 네게 쫍쫍이란 별명을 지어준다. 내가 네게 지어준 많은 별명 중 하나다. 다른 사람들은 알 수도 없고 부를 수도 없는 너의 별명들, 우리 둘 사이의 유행어, 혀 짧은 소리의 베이비 토크, 이상한 가사와 선율로 시엠송처럼 부르는 자작곡도 있다. 너의 엉뚱함을 과장하거나 너의 귀여움을 칭송하는 나의 유아적 퇴행 놀이. 어렸을 때부터 지금껏 언제나 고양이를 키운 친구가 있다. 이른바 만렙 집사, 작가이자 엄마이자 비즈니스 우먼인 그 친구는 역시 남들과 좀 다른 얘기를 한다. 매일 둘이서만 물고 빨고 하다가는 도낏자루 썩는 줄 모르게 돼. 나는 고개를 끄덕인다. 과연 그렇다. 너를 물고 빨고 하는 것은 실속 없는 신선놀음이 맞다. 나의 삶은 점점 더 예외적인 형태와 의미를 띠어간다. 강고한 리얼리티에 기반한 세계로부터 점점 더 유리되어가는 듯한 느낌을 부정할 수 없다.

일명 솜방망이로 불리는 네 앞발에 내 손을 올려놓으면, 너는 이내 내 손 밑에서 네 발을 빼내 내 손 위로 올린다. 나도 손을 빼내 다시 네 발 위로 올린다. 밑돌 빼내 윗돌 괴듯, 이상한 게임이 이어진다. 결코 질 생각이 없다는 듯 너는 반복해 내 손 위에 네 발을 올려놓는다. 몇 번이나 다시 해도 너는 계속 우위를 점한다. 나는 손을 잽싸게도 빼보고 천천히도 빼본다. 결과는 마찬가지, 너는 기어이 내 손 위로 네 발을 턱 하니 올려놓는다. 너는 도도하고 우아한 표정으로 나를 내려다본

다. 그래 내가 졌다. 나는 네게 매료되어 있다. 믿을 수 없을
만큼 너를 좋아한다.

입맞춤만 있는 게 아니라 눈맞춤도 있다. 고양이에 대해 제
법 많이 알려진 정보다. 고양이와 정면으로 마주한 채 눈을
부릅뜨면 공격의 신호다. 그러나 그대로 천천히 깜빡이면 인
사다. '슬로 블링킹Slow blinking', 적의가 없다는 뜻이다. 부드럽
게 눈을 감았다 뜨면서 안부와 선의와 호감을 주고받는다. 너
로부터 배운 다정한 눈맞춤을 나는 길고양이들에게 써먹는
다. 특정 장소에 나름의 영역을 확보하고 최소한 굶주리지는
않는 고양이들은 눈맞춤을 받아준다. 부디 아프지 말길, 부디
다치지 말길, 몇 분쯤 미지의 존재에게 안녕과 행운을 빈다.
그러나 꼬리가 뭉툭하게 끊겨 있거나 얼굴이 퉁퉁 부어 있거
나 걸음걸이가 편치 않은 고양이들은 눈맞춤을 받아주지 않
는다. 역시 그들의 안녕과 행운도 빈다. 문득 네가 계속 길에
서 살아갔다면, 상상해본다. 이내 숨이 막혀 최선을 다해 딴
생각을 한다.

도낏자루의 사정이 어떻든, 내 삶은 네게로 수렴된다. 너는
내 삶의 상수, 기본값, 바로미터다. 생활을 꾸려가기 위한 이
런저런 의무와 요구, 갑작스러운 사건과 소동, 힘겨운 모색과
대응, 요란한 것들이 지나가고, 시시한 것들이 가라앉고, 막연
한 것들이 흩어지면, 그저 한 마리 고양이 옆에 가만히 앉아

있는 순간이 찾아온다. 아날로그 방식으로 작업하는 베테랑 피아노 조율사가 440헤르츠의 소리굽쇠를 울리는 것과 같은 순간이다. 들뜨고 어긋나고 헐거워진 건반들이 네 옆에서 제자리를 찾고 음의 균형을 맞추기 시작한다. 너는 내게 그 기준음이 되는 피아노의 49번 건반 같은 존재다. 삶이라는 연주의 전후, 나는 네게 의지한다. 나보다 2도 높은 너의 체온으로 나를 튜닝한다.

삶과 세계가 다른 차원으로 넘어가는 환절기, 나는 운좋게 오랫동안 미확진자로 분류된다. 그러나 그로 인해 긴장과 피로는 배가된다. 우왕좌왕과 전전긍긍의 산사태, 돌덩이처럼 내 앞에 굴러떨어진 새로운 현실의 특이한 실체를 나는 납득할 수도 없고 통제할 수도 없다. 그동안 뭔가 납득해보려 노력하고 통제해보려 시도하며 살아왔던 자체가 특권에 가까운 자유였음을 절감한다. 나는 너무 오래 지시받지 않는 삶을 살아온 것이다. 실재계에 대한 나이브한 인식과 안일한 태도, 요령조차 피우기 어려운 요령부득, 수치와 오기로 꾸역꾸역 돌덩이를 밀어올린다. 세상의 엄중함과 참혹함에 비하면 결국 아무것도 아니기에 꾸역꾸역 밀어올린다.

팬데믹이 일 년을 훌쩍 넘겼을 즈음, 나는 결국 탈이 난다. 나의 불안정한 상태가 고스란히 전해진 탓에 너도 탈이 난다.

지난 십이 년간 한 번도 본 적 없는 네 모습이 나는 그저 당혹스럽다. 너의 여일함, 건강함, 늠름함, 초연함, 아름다움. 그 자체로 완결된 존재, 실망이나 파국이 성립되지 않는 나의 긍지이자 자부. 그런 네가 어쩐지 내 손길을 반기지 않고, 깊은 밤 거실에서 섬뜩하고 이상한 소리로 울고, 묽은 위액을 토해낸다. 예전 같지 않음을 간파한 것이다. 뭔가 본질적으로 달라졌음을 느낀 것이다. 그로 인해 서운하고 불안하고 혼란스러운 것이다. 애써 감내하다 결국 탈이 난 것이다. 그런 너를 보는 것만으로 나는 돌덩이가 되는 것 같다. 무릎을 꿇고 너의 위액을 닦아낸다. 거짓말처럼 너는 지난 십이 년 동안 한 번도 아팠던 적이 없다. 당연히 병원 신세를 진 적도 없다. 그것만으로 나는 네게 아무리 고마워해도 부족하다. 모두 네가 아니라 나 때문이다. 우리의 리듬과 화음이 둔탁하게 비틀려 있다. 나 때문이다. 전면적이고 총체적인, 세밀하고 정교한 조율이 필요하다. 세상은 한창 팬데믹이다. 모두 마스크를 쓰고 백신을 맞는다.

조금씩 천천히 하나하나 살핀다. 여전히 납득할 수 없고 통제할 수 없는 것들이 넘쳐나지만, 어지럽게 흐트러진 것들을 정돈하고 가다듬고 매만진다. 물론 나부터 그래야 한다. 멀리 떨어져 각자의 돌덩이로 힘겨워하는 친구들에게 연락한다. 특수한 전문가의 도움도 청한다. 나만이 아니라 너도, 너도 나만을 의지하며 사는 탓에, 내가 네 세계의 전부라서 그런 거라는 답을 듣는다. 아득히 어두운 밤, 나는 네게 다가간다. 아주 가까이 다가간다. 너처럼 몸을 둥글게 말고 너를 오래 어루만진다. 너는 나를 안다. 그러나 달라진 나를, 달라질 수밖에 없었던 나를 도통 알기 어려웠던 것이다. 나는 네게 사과한다. 너를 혼란스럽게 만들었던 그간의 사정을 조금씩 천천히 하나하나 설명한다. 내 스트레스를 네가 어찌지 않아도 된다고, 어려운 부분이 있지만 걱정하지 않아도 된다고, 계속 어렵지는 않을 거라고 안심시킨다. 지난 십이 년, 우리만의 시간과 공간, 그 충일한 공감각. 너는 나를 따라 부드럽게 눈을 감았다 뜨고, 꼬리 끝의 힘을 살며시 풀고, 시나브로 몸통을 그르릉그르릉 울리며, 나보다 2도쯤 더 따뜻한 네 배를 내게 내어준다. 쫍쫍 쫍쫍, 우리는 오래 서로에게 닿아 있다. 온전히 결속되어 있다.

계절이 두 번쯤 바뀔 정도의 시간이 필요한 조율이다. 나는 어떻게든 네게 집중한다. 익숙지 않은 일들이 벅차도록 많지만, 너를 돌보고 살피는 것, 그것이 내게 일일 수는 없다. 그건 나의 자연이다. 너는 다시 침실에서 잠을 청한다. 새로 산 숨숨집을 마음에 들어한다. 이상한 소리로 울거나 위액을 토해 내지 않는다. 만져달라고 놀아달라고 함께 있어달라고, 네가 요구한 것이 그 자체는 아니었던 것이다. 내가 그러하듯, 너도 납득하고 싶었던 모양이다. 다행히 자연스러운 노화에 속하는 변화 외에 네게 병은 발견되지 않는다. 그러나 열 살 즈음부터 너는 확실히 입이 짧아졌다. 본디 넌 식탐을 부리는 타입도 아니었다. 나는 언젠가부터 네 먹이를 다량으로 구매하지 않는다. 조금씩 바꿔가며 네 입맛을 살핀다. 어떤 사료나 고기를 양껏 먹을 때면 더없이 기쁘다. 그러나 잘 먹던 것을 이내 싫증내는 일이 잦아진다. 나는 네가 좋아할 만한 것을 찾아 이곳저곳을 돌아다닌다.

그즈음 나는 깨닫는다. 야간 강의를 마치고 차를 몰아 자동차전용도로로 진입해 어두운 한강을 바라보며 속도를 올릴 때, 내가 죽지 않고 살아서 집으로 돌아가야 하는 가장 큰 이유는 바로 너다. 내가 지금 이 길에서 죽는다면 나와 관계된 사람들 사이에 이런저런 소란이 벌어질 테지만, 정도의 차이는 있겠지만, 결국 그들의 삶은 계속될 것이다. 그러나 너는 아니다. 내가 죽으면 네 삶은 중단된다. 너는 나를 제외한 어떤 인간과도 관계를 맺지 않았다. 너를 아는 나의 가족과 지인들이 있다. 너를 몇 번 보았거나, 너를 좋아하고 너의 안부를 묻는 사람들이 있다. 그러나 그들 중 누구도 너와 특정한 관계로 맺어지지 않았다. 관계가 성립될 뻔도 했지만 왜인지 그렇게 되지 않았다. 나 때문이다. 겨우 그 정도가 내 삶인 것이다. 나와 관계를 맺고 있는 모든 이에게는 예외 없이 다른 관계가 있다. 그러나 너는 아니다. 너는 비나 눈을 보았어도 비나 눈을 맞아본 적은 없다. 거리에서 태어났지만 거리에서 먹이를 구해본 적은 없다. 나는 결코 지금 이 길에서 죽어서는 안 된다. 너를 책임져야 하기 때문이다. 방향지시등도 켜지 않고 과속으로 추월하는 차들과 함께 밤길을 달리며, 나는 깨닫는다. 이렇게까지 내게 속한 존재는 세상에 없다.

너를 처음 만났던 입춘으로부터 십삼 년쯤 시간이 흘렀다. 너는 나이든 고양이가 되어 있다. 나도 나이든 인간이 되어 있다. 너는 노년에 가깝고, 나는 완연한 중년이다. 둘 다 별로 그래 보이지 않는다는 말이 무언가를 보장해주지는 않는다.
너와 함께 맞는 열세번째 여름, 강이 가까운 새집으로 이사 온 지도, 팬데믹 시국도, 정규직 취업도 삼 년 가까운 시간이 흘러 있다. 문득 너와 안개가 자욱한 숲을 지나왔다는 기분이 든다. 환절기가 계속되고 있지만, 그래도 처음으로 이 정도면 선방했다는 느낌과 함께 여름을 맞는다. 새로운 현실의 특이한 실체는 이제 산사태 같은 재해라기보다 미지인 정글로의 탐사처럼 여겨진다. 여전히 마스크를 쓴 채 가쁜 숨을 고르지만 어쨌든 오프라인 대면은 무언가를 직접적으로 건드리고 깊은 곳을 움직이게 한다. 아쉬운 대로 기운이 흐르고 에너지가 순환한다. 지난겨울 웬만큼 조율을 마친 너와 나는 아직은 괜찮다의 감각을 새롭게 재편한 듯하다. 전과는 달라진 리듬과 화음.

봄 내내 나는 주어진 시간표대로 살았다. 내가 귀가하면 너는 마치 개처럼 달려나와 중문을 짚고 몸을 일으켜세우거나, 거실에 배를 보이고 누워 나를 맞이했다. 나름의 균형과 리듬이 새로 생겨났다고 생각했다. 그래서 나는 안심했다.

확진자가 줄고 처음으로 마스크 미착용 얘기가 나온다. 시간표에서 잠시 벗어나는 여름, 다른 사람들처럼 나도 예전과 같이 지내보려 노력한다. 오래 만나지 못했던 지인들과 차례로 약속을 잡고, 서점과 도서관에 드나들고, 영화관과 쇼핑몰을 찾고, 자주 강가로 향한다. 물론 계속되는 의무와 요구도 처리한다. 어느 날 나는 아주 오랫동안 묵혀뒀던 것들을 작정하고 솎아내 잔뜩 내다버린다. 충동적이지만 어리석은 일은 아니라고 생각한다.

냉방도 난방도 신통치 않았던 집에 함께 오래 살았기 때문인지 나는 너를 덥지 않게 하고 춥지 않게 하는 방법을 잘 알고 있다. 너와 나는 십삼 년간 서로를 낱낱이 샅샅이 보고 또본다. 존재 전체를 사용해 서로를 감지하고 파악하고 인식한다. 사계절을 집에서 나는 '인도어 캣'인 너, 나는 시원한 소재로 만들어진 여름용 반려동물 방석을 새로 산다. 너는 만족해한다. 폭신하게 솟은 테두리 부분에 머리를 베고 누워, 너는 여름내 잠을 자고 그루밍을 하고 나와 눈과 입을 맞춘다.

여름이 끝나갈 무렵이다. 나는 개강을 앞두고 이런저런 준비와 궁리를 하고 있다. 오늘부터 바람이 살짝 달라지네 싶던 어느 오후, 갑자기 네가 예의 여름 방석에서 불쑥 몸을 일으킨다. 홀쩍 테이블 아래로 뛰어내린다. 그리고 다시는 그곳에 눕지 않는다. 이상하게 그 장면이 머릿속에 사진처럼 찍힌다. 지금 돌이켜보니 그 순간부터였던 것 같다. 네 죽음이 시작된 순간이, 네 삶의 마지막 여름이 지나간 것이다.

너는 사료를 아주 조금만 먹는다. 나는 다른 것으로 그릇을 채운다. 역시 아주 조금만 먹는다. 버릇처럼 네 허리와 꼬리 사이를 두드리다 불현듯 손이 멈춘다. 나는 깜짝 놀란다. 뼈가 만져진다. 십삼 년 동안 네 몸을 만지고 두드리고 쓰다듬으며 한 번도 느껴본 적 없는 감촉이다. 나는 네 이름을 부른다. 너는 숨숨집 안으로 들어가 고개를 빼고 나를 바라본다. 기이한 감각이 서늘하게 몸속으로 스민다.

물, 물 때문에 나는 일단 안심한다. 안심하기로 한다. 너는 물을 잘 먹는다. 어려서부터 지금껏 너는 언제나 물을 잘 먹었다. 실제 수분 부족은 고양이의 질환과 관련이 깊다. 반려묘를 키우는 사람이 부쩍 많아진 후, 인터넷엔 물만 잘 먹어도 고양이 건강은 문제없다 식의 정보가 넘쳐난다. 도통 물을 먹지 않아 티브이 동물 프로그램에서 솔루션을 진행한 고양이도 있다. 나는 딱히 누구에게 자랑할 것도 아니면서 우쭐해했다. 너는 물을 잘 먹는다. 하루 두 번 네 물그릇을 깨끗이 닦고 새로 물을 채운다. 기특하다 칭찬하며 너를 쓰다듬곤 했다. 네가 물 먹는 모습을 내내 지켜보거나 촬영하기도 했다. 물을 잘 먹어서인지 네 코는 항상 촉촉하고 시원하다. 물을 잘 먹어서인지 네 흰 털과 검은 털은 항상 윤기가 흐른다.

나는 부랴부랴 집을 나선다. 여기저기 반려동물 용품점을 순회한다. 새로 생긴 무인 판매점도 두 곳이나 간다. 열세 살이니까, 그저 노화 때문이라 생각하고 싶다. 사람도 나이가 들면 입맛이 바뀌기도 하니까, 나는 네가 먹어보지 않은 것들을 잔뜩 산다. 연어가 들어간 것도 사고, 퀴레형 제품도 산다. 집에 돌아와 여러 개의 그릇을 채운다. 너는 먹는 둥 마는 둥 하고는 대신 물을 먹는다. 그런데 물을 너무 많이 먹는다. 너무 자주 먹는다. 나는 짐짓 명랑한 척 말한다. 밥은 안 먹고 물만 먹으면 어떡해, 물로 배 채우는 거야. 나는 너를 아는데, 갑자기 너를 모르는 것 같다. 그 말은 할 수가 없다. 네가 모래 화장실에 소변을 보는 횟수가 두 배쯤 늘어난다.

나는 마음이 급하다. 다시 주어진 시간표대로 살아야 한다. 달력이 한 장 넘어간다. 너는 확연히 야위어 있다. 나는 너를 두고 출근한다. 퇴근 후 네가 종일 먹지 않았음을 확인한다. 이내 주말이다. 물론 더위가 아직 한참 남아 있다. 좀 이상한 가을이다. 여느 해보다 추석이 두 주 정도나 빠르다. 개강 첫 주 후 바로 연휴가 이어진다. 태풍이 올라오고 있다는 뉴스가 종일 심각하게 보도된다. 지난 장마 때 강남 일대가 물바다가 되었기 때문이다. 슈퍼 태풍 힌남노, 무슨 뜻의 단어일지 짐작조차 되지 않는다. 나는 수년 만에 인터넷 고양이 카페에 접속한다. 그사이 회원수가 몇 배나 증가해 있다. 나는 한 친구에게 전화를 건다. 너와 나를 오래 알고 오래 좋아해주는, 그러나 지금 멀리 있는 친구다. 울려고 전화를 한 것이 아닌데, 나는 울기 시작한다. 묘조가 떠날 것 같아, 나는 내가 그런 말을 내뱉었다는 것에 충격을 받는다. 울음을 삼키며 조심스레 방문을 닫는다. 나는 지난 십삼 년 동안 방문을 닫지 않고 살았다.

전화를 끊고 어떻게든 네가 먹게 하려 애쓰며 하루를 보낸다. 묽은 먹이를 젓가락 끝에 묻혀 입 가까이 가져가자 너는 혀를 내밀어 핥는다. 나는 어르고 달래며 먹기를 간청한다. 너는 몇 번 반복하더니 자리를 뜬다. 먹긴 먹었는데 먹었다고 할 수가 없다. 다음날부터 거센 비가 내린다. 힌남노가 북상중이다. 나는 동물병원에 전화를 건다. 자주 갔던 반려동물 용품점 근처 대로변에 지난여름 새로 문을 연 R동물병원을 기억해낸다. 흔치 않게 2층에 있고 규모가 크다. 지하 주차장도 있다. 전화를 받은 간호사는 친절하다. 너의 증상을 장황하게 설명하고, 바깥출입이나 다른 사람과의 접촉 경험이 적고, 최근에는 더더욱 그렇고, 예민해서 통제 불능의 거부 반응을 보이면 진료나 치료가 쉽지 않을 것 같다고, 그러나 정말 아프지 않고 건강했다고, 나는 고해성사라도 하듯 말한다. 간호사는 그런 고양이들이 꽤 있어 병원에서 처방한 안정제를 집에서 복용시킨 후 반쯤 잠든 상태로 내원하는 방법이 있다고 설명해준다. 전화를 끊고 나는 또 고양이 카페에 접속한다. 네가 아프지 않고 건강했기에, 그 복을 실컷 누렸기에, 지금 너의 아픔이 이토록 낯설고 당혹스럽고 두려운 것이다. 폭우가 쏟아진다.

나는 며칠간의 일정과 업무와 동선 등을 계산한 후, 네 이동장을 꺼내 살균 티슈로 닦는다. 제발 큰 피해를 남기지 않고 한반도를 통과하길 바라고 있습니다. 방송국마다 제각각 원색 우비를 입은 취재기자들이 샤워기 아래 서 있는 것 같은 장면이 반복해 뉴스 화면에 등장한다. 도움을 청할 사람을 떠올리지 않은 것은 아니다. 너와 관련해 무슨 일이 생기면 도움을 주겠다고 말해준 고마운 지인이 둘이나 있다. 그러나 과연 그러한 상황이 허락될까, 네가 그걸 원할까.

네가 물그릇 앞에 가만히 앉아 있다. 비현실적인 장면에 나는 또 돌처럼 굳는다. 너는 물을 먹는 대신 그릇 안에 담긴 물을 빤히 바라보고 있다. 물을 바라보며 뭔가 골똘히 생각하는 듯한 모습이다. 네가 물 가까이 입을 가져간다. 그러나 마치 물 먹는 방법을 잊어버리기라도 한 것처럼 멈칫거리며 주저한다. 그대로 다시 물그릇 앞에 웅크려 앉는다. 역시 단 한 번도 본 적 없는 모습이다. 나는 티스푼으로 물을 떠서, 손가락에 물을 묻혀 네 입으로 가져간다. 젓가락 끝에 묻힌 먹이를 피하 듯 네가 고개를 돌린다. 그러면서도 계속 물그릇 앞에 앉아 있 다. 너의 얼굴이 달라져 있다. 너는 아파하고 있다기보다 스스 로도 영문을 모르겠다는 표정이다. 목이 마른데, 물을 먹고 싶 은데, 왜 물을 먹을 수가 없는 거지, 그런 얼굴이다. 너도 딱히 아파본 적이 없어 아픈 자신이 너무 이상한 것이다.

회원수 칠십만 명이 넘는 고양이 카페에서 나는 네 병명으 로 짐작되는 단어를 찾는다. '노묘의 투병 일기' '묘르신이 아 파요' 같은 제목의 게시글이 수백 개다. 나는 이런 글을 읽게 될까 두려워 몇 년 전부터 이 카페에 접속하지 않았는지도 모 른다. 물을 전혀 안 먹고 물그릇 앞에 가만히 앉아 있기만 해 요, 갑자기 왜 이러는 거죠, 세상 떠나려고 할 때 그럽니다, 신 장이 망가져서 물을 먹고 싶은데 먹을 수가 없는 거예요, 우리 아이도 작년에…… 나는 책상 앞에서 물러나 다시 너를 살핀 다. 그새 너는 휘청이며 화장실로 들어가고 있다. 나는 깜짝 놀라 너를 부른다. 네가 들어가는 화장실이 네 화장실이 아니 고 내 화장실이기 때문이다. 또다시 처음 보는 이상한 장면이 머릿속에 찍힌다. 너는 화장실의 변기 끄트머리를 두 발로 짚 고 몸을 일으킨다. 그리고 물끄러미 변기 속의 물을 바라본다.

나는 말문이 막힌다. 목이 마른데, 물을 먹고 싶은데, 왜 물을 먹을 수가 없는 거지.

그날 밤, 서울의 강수량은 120밀리미터를 기록한다. 너는 아무것도 먹지 않는다. 먹지 못한다. 나도 비슷해진다. 모든 것이 믿을 수 없을 만큼 급작스럽다. 숨숨집과 스크래처와 방석 등을 내 가까이 낮은 곳에 둔다. 내일 병원에 가자, 언니 학교 갔다 빨리 집에 와서, 바로 병원에 가자, 나는 주문처럼 기도처럼 되뇐다. 잠드는 것이 불가능한 밤이다. 힌남노는 예상과 달리 내륙으로 상륙하지 않고 남해안을 따라 동해로 향한다. 밤새 집중호우로 서울은 한강이 일부 범람한다.

계획이 틀어진다. 강변의 자동차전용도로가 침수되어 차량 통행이 전면 금지된다. 출퇴근 운전을 할 수 없게 된다. 너는 오늘 나 없이 얼마나 집에 혼자 있어야 하고, 나는 언제쯤 집으로 돌아올 수 있고, 너를 어떻게 병원에 데려갈 수 있을지, 너와 나는 오늘 어떤 밤을 맞게 될지, 제대로 잠을 자지 못한 머릿속이 뒤엉킨다. 네 화장실엔 오줌도 똥도 없이 모래뿐이다. 조금이라도 빨리 움직일 수 있게 나는 숄더백 대신 백팩을 메고 출근한다. 너를 혼자 두고 집을 나선다. 금방 올게, 빨리 올게, 현실감이 없다. 나는 흙탕물이 넘실대는 한강을 버스로 건넌다. 다리 위에서 일 년 내내 하루종일 차들이 끊임없이 내달리는 강변도로가 텅 비어 있는 것을 본다. 현실감이 없다.

마스크를 쓴 사람들로 가득한 전철 안에서 나는 이들 중 아픈 고양이를 혼자 두고 출근하는 사람이 있을까 생각해본다. 백팩을 멘 채로 종종걸음쳤지만 역시 꼬박 한 시간이 걸린다. 새로 출석을 부르고, 강의 안내문을 나눠주고, 커리큘럼을 소개하고, 과제를 공지한다. 강의실과 복도와 계단에서 내가 없는 사이 너 혼자 세상을 떠나고, 집에 돌아온 내가 그런 너를 발견한다면 나는 결코 나를 용서하지 못할 거란 생각을 한다. 나는 네게 돌아가야 한다. 두 개의 강의를 마치고 다시 백팩을 메고 다시 숨차게 종종걸음친다. 전철 안에서 시계를 보고 또 본다. 동해안으로 빠져나간 태풍이 오늘밤 소멸할 거라는 기사를 본다. 네게 도착할 시간을 기다리며, 나는 힌남노가 '돌가시나무 새싹'이란 뜻을 가진 라오어라는 것을 알게 된다. 돌가시나무 새싹이 라오스 캄무안주州의 국립공원 이름이란 것도 알게 된다. 돌가시나무가 어떤 나무인지, 그냥 돌가시나무가 아니라 왜 돌가시나무 새싹이 국립공원 이름이고 태풍 이름인지, 힌남노의 어떤 글자가 돌이고 가시이고 나무이고 새싹인지 도통 알 수가 없다. 뜻도 소리도 너무 생경하다. 그러나 지금 내게 아픈 너만큼 생경한 것은 없다.

나는 도어 록의 번호를 누른다. 간신히 늦은 오후, 아직 저녁은 아니다. 나는 네 이름을 부른다. 네가 보이지 않는다. 묘조야, 너는 옷방의 커튼식 가림막을 두른 행거 안쪽에서 불쑥 튀어나온다. 평소에는 들어가지 않는 곳이다. 종일 좁고 어두운 곳에서 나를 기다린 네가 작지만 날카로운 울음소리를 내며 내게 닿는다. 숨결이 거칠고 얼굴이 달라져 있다. 언니 나 좀 어떻게 해줘. 나는 이동장을 연다. 그래 알았어, 언니 왔어, 미안해, 이제 병원에 가자, 괜찮아, 언니랑 같이 가자, 우리 묘조 왜 이렇게 아픈지 가서 같이 물어보자. 이동장에 들어가면 불편해했던 예전 기억, 들어가지 않으려 요란하게 몸부림치던 예전 기억. 그러나 내가 너를 들어올리자 너는 아무 저항 없이 순순히 이동장 안으로 들어간다. 너는 너무 가벼워져 있다. 까탈을 부릴 기운조차 없다. 아득히 현기증이 인다. 나는 너를 데리고 다시 집을 나서 R동물병원으로 향한다. 운전하는 동안 나는 네게 계속 말을 건다. 너는 내내 조용하다.

친절하게 전화를 받아준 R동물병원의 간호사가 역시 걱정스레 공감하며 응대를 해준다. 그러다 이동장 안의 너를 본다. 어머 얘 눈 좀 봐, 감탄조로 말한다. 진료 전부터 유난스레 심각한 분위기를 풍겼기 때문인지, 진료실의 수의사도 짐짓 긴장한 얼굴로 나를 맞는다. 이동장을 여는 순간 네가 튀어나와 온통 난장판이 벌어지면 어쩌지 지레짐작은 말도 안 되는 기우였다. 너는 정말 그럴 기운이 없는 것이다. 나는 너를 잘 알았는데, 나는 지금 너를 이렇게 모른다. 아이고 너 진짜 예쁘구나, 수의사도 반사적인 감탄조로 말한다. 그 와중에 나는 진

106

심으로 기쁘다. 수없이 많은 고양이를 보았을 동물병원의 간호사와 수의사가 평생 가장 아프고 여윈 모습의 너를 예쁘다고 하는 것이 가슴이 터질 정도로 기쁘다. 동시에 온몸이 타들어갈 정도로 슬프다. 나는 울기 시작한다. 뼈가 만져지는 네 몸에 왼손을 올려놓고 걷잡을 수 없이 눈물을 흘린다. 네 상태를 설명하지도 못한 채, 나는 운다. 울음을 그칠 수가 없다. 너는 미세하게 몸을 떨며 진료실 테이블 위에서 오열하는 나를 바라본다.

네가 수의사의 손에 들려(내가 아닌 다른 사람이 너를 만지는 것이 도대체 얼마 만일까) 검사실 안쪽으로 들어가고, 나는 신설 동물병원의 넓고 쾌적한 대기실에 혼자 남는다. 목줄을 한 흰 개를 품에 안은 중년 부부가 병원으로 들어온다. 캐릭터 디자인의 이동장을 든 젊은 여성도 병원 카운터를 찾는다. 나는 친구에게 문자를 보내고, 대기실의 그들과 그들의 반려동물을 바라본다. 다시 눈물이 쏟아진다. 나는 자리에서 일어나 구석진 창가로 향한다. 등을 돌리고 2층 아래 대로변을 내려다본다. 보이지 않는다. 얼룩진 안경을 벗는다. 마스크 내부는 축축하다못해 흥건히 눈물이 고여 있다. 등뒤로 사람들이 나를 바라보고 있음을 안다. 자신들에게도 나와 같은 시간이 찾아올까 두려워하기 시작했다는 것이 느껴진다. 그럼에도 나는 좀처럼 울음을 그치지 못한다.

거리가 어두워진다. 나는 다시 진료실로 불려간다. 모니터 화면에 깨알처럼 작은 영문과 숫자가 빽빽하다. 수의사가 설명을 시작한다. 눈을 부릅뜨고 귀를 기울이지만, 잘 보이지도 잘 들리지도 않는다. 한참 시간이 걸린다. 그럼 신부전증이 맞나요? 나는 고양이 카페에서 알아낸 단어를 겨우 되묻는다. 네, 신부전, 급성신부전, 멀쩡했는데 갑자기, 고양이가 가족들 제일 놀래키는 병이죠. 너는 진료실 벽 뒤 어딘가에 있다. 너의 엑스레이 사진이 모니터에 뜬다. 너의 뼈와 장기들, 동그랗고 하얀 두 개의 신장, 수의사의 설명이 계속된다. 오른쪽 신장에 종양이 꽉 차 있다, 이건 아예 손을 쓸 수가 없다, 그동안 왼쪽 신장으로만, 그래서 물을 그렇게 많이 자주 먹은 거다, 이 왼쪽 신장도 좋지 않다, 정상 수치는 0.8~1.5 정도, 오른쪽은 측정 불가, 왼쪽도 지금 11이 넘는다, 지난달에 같은 질환으로 수술을 한 고양이가 있다, 삼 주쯤 입원해 신장 수치를 정상 범위로 떨어뜨리는 집중 치료를 먼저 진행하고 수술을 했다, 다행히 경과가 좋았다, 하지만 다섯 살 고양이였고, 신장이 어쨌든 양쪽 다 기능을 했다, 묘조는 열 살이 넘은 노령묘라 경과를 장담할 수 없다, 다행히 수치가 떨어지다가도 정체되거나 되레 오를 수도 있다, 우선 수치를 3~4 수준 정도라도 떨어뜨리는 걸 목표로…… 선생님, 만약 오늘 병원에 오지 않았다면요, 내가 묻는다. 수의사는 내가 또 울기 시작할까

눈치를 보면서도, 하루이틀을 넘기기 어려웠을 겁니다, 라고
답한다.

나는 울지 않으려 안간힘을 쓴다. 나는 다시 대기실로 나왔
다 너를 보러 병원 안쪽으로 들어간다. 개와 고양이의 치료실
과 입원실을 분리해 운영하고 있을 만큼 사려 깊고 시설 좋은
병원이지만, 네가 투명 플라스틱 넥칼라를 하고 앞다리에 수
액 링거를 꽂은 채 들어앉은 케이지는 결국 그저 작은 상자일
수밖에 없다. 이제 처음 보는, 믿을 수 없는 모습 운운은 무의
미하다. 나는 울지 않으려 안간힘을 쓴다. 묘조야, 오늘은 여
기 있어야 해, 언니 내일 올게, 내일은 오후에 학교 가니까, 그
전에 일찍 와서 묘조 볼게, 이거 좀 아파도 맞으면 배 안 고프
고 목 안 마르고, 여기 조금만 있자, 많이 답답할까 우리 묘조,
안 아프게 해주신다니까 무서워하지 말자, 언니가 바보같이
굴어서 미안해, 언니 옆에 없어도 언니 묘조랑 같이 있는 거
야, 계속 같이 있는 거야, 우리 예쁜 묘조, 우리 착한 묘조(온
통 잠기고 갈라진 내 목소리가 너를 안심시키기는커녕 겁을
먹게 만들었을 것만 같다). 나는 너를 만진다. 너는 너무 지쳐
있어 체념한 듯 눈을 감았다 뜬다. 나도 지쳐 있다. 모든 감각
이 둔하게 어그러져 있다. 너를 입원시키고 나는 혼자 집으로
돌아온다.

귀가 직후, 친구의 전화를 받는다. 몇 년 전 오래 잦은 병치

레를 했던 열두 살 반려견을 힘들게 떠나보낸 친구다. 간신히 몇 마디 주고받은 후 한동안 서로의 울음소리만 듣고 있을 수밖에 없다. 그때 친구의 펫로스를 제대로 위로해주지 못했다. 멀리서 마음 아파하며 간절히 기도했지만, 이내 내가 겪을 일이 될까 두려워, 아프지 않고 건강한 묘조의 존재가 미안해, 친구의 상실과 절망을 충분히 자세히 나누지 못했다. 나는 친구에게 사과한다. 선생님 우리 묘조 배고프고 목마른 상태로 죽지 않게 해주세요. 방금 겨우 그따위 얘기밖에 하지 못하고 왔어. 친구는 계속 운다.

혼자 밤을 맞는다. 이 집에 이사를 온 후 네가 이 집에 없던 적은 한 순간도 없었다. 돌가시나무 새싹, 나는 오늘밤 소멸한다는 힌남노를 떠올린다. 어젯밤의 폭우가 먼 옛날처럼 느껴져 문득 시계를 본다.

침실의 벽시계가 죽어 있다. 내가 전철 안에서 힌남노를 검색하던 그즈음의 시간을 가리킨 채 시계가 멈춰 있다. 건전지 수명 때문이 아니란 것을 이미 몇 주 전 확인한 터. 이사를 오며 새로 산 침실용 무소음 벽시계였다. 올리브색 테두리에 요란하지 않은 금빛 눈금과 바늘이 마음에 들었다. 폭염이 기승이던 어느 여름날 멈춰 있는 시계를 보고 건전지를 교체했다. 새 건전지였는데 한 시간도 안 돼 시계가 다시 멈췄다. 시계를 벽에서 떼어내 쇼핑백에 넣고 외출하는 길에 시계 수리를 겸

하는 보석상에 들렀다. 주인은 시계를 살펴보더니 대뜸 얼마 주고 산 시계냐 물었다. 건전지 문제가 아니라 시계 본체인 무브먼트가 고장이 났는데, 그 부품 교체 비용이 시곗값보다 더 들 거라고 했다. 그냥 다른 걸 새로 사라고 했다. 묘하게 기분이 나빠져 시계를 도로 쇼핑백에 넣고 그날 여기저기 들고 돌아다니며 하루를 보냈다. 귀가 후 시계를 바로 버릴 수는 없었다. 지름 30센티미터의 둥근 벽시계는 쉽게 10리터 규격 쓰레기봉투에 넣을 수 있는 물건이 아니다. 혹시 몰라 건전지를 새로 끼워봤다. 작동하지 않았다. 그래도 당장은 버릴 엄두가 나지 않아 벽시계가 담긴 쇼핑백을 다탁 아래로 밀어두었다. 며칠이 지나 버릴 결심을 하고 다시 시계를 꺼냈다. 마지막으로 한 번만, 하며 다시 건전지를 교체했다. 시곗바늘이 움직였다. 얼마나 가다 멈추려나 지켜보았다. 한 시간, 두 시간, 한나절이 지나도 멈추지 않았다. 시간도 정확했다. 그냥 저절로 고쳐졌나봐, 옆에 있던 네게 실없이 웃으며 말했던 것 같다. 나는 다시 침실에 벽시계를 걸었다. 다음날도 시계는 멀쩡히 작동했다. 한 달 넘게 시계는 제 시간을 정확히 지키며 움직였다. 그러다 오늘 오후, 내가 쫓기듯 네게 돌아오던 시간, 시계는 죽었다. 새 건전지를 끼워본다. 초침 한 칸도 움직이지 않는다. 과연 고장이란 표현은 어울리지 않는다. 시계는 정말 죽어버린 것이다.

네가 없는 집에서 눈을 뜨고 아침을 맞는다. 시계를 다시 떼어낸 흰 벽, 나는 네가 있는 병원으로 갈 준비를 한다. 문득 거울 속 내 얼굴도 달라져 있음을 깨닫는다. 너무 갑작스럽게, 울고불고, 이제 다른 것들이 필요한 때다. 나는 시계 대신 달력을 본다. 이틀 후 여느 해보다 두 주 정도 빠른 추석 연휴가 시작된다. 네가 이상 증세를 보이기 시작한 날짜를 되짚어본다. 당혹감과 두려움을 걸어내고, 지난 일주일쯤을 복기해본다. 여름의 끝물과 개강 첫 주와 슈퍼 태풍의 폭우와 전에 없이 가족으로부터 이러저러한 상황이니 이번 추석 연휴엔 집에 오지 않아도 된다고 보름 전쯤 받은 통보까지, 모든 것이 공교롭기만 하다.

정오 무렵, 나는 다시 R동물병원 고양이 입원실 안 너의 케이지 앞에 쪼그려앉는다. 너는 내게 등을 지고 옆으로 누워 있다. 내가 왔다는 걸 알지만 너는 나를 바로 돌아보지 않는다. 어제와 달리 케이지 안에는 모래 대신 펠릿이 담긴 화장실과 함께 물그릇과 밥그릇이 하나로 이어진 식기가 놓여 있다. 어제는 케이지 바닥에 깔린 반려견용 용변 패드도 알아차리지 못했다. 잠깐 케이지 문을 여는 것이 허락된다. 나는 속삭이듯 네 이름을 부른다. 너는 움직이지 않는다. 링거를 통해 며칠 만에 양분이 들어간 너의 몸, 나는 손을 뻗어 네 등을 천천히 쏟아내린다. 네가 말하지 않으며 말한다. 언니는 내가 혼자 여기서 어떤 시간을 보냈는지 알 수 있어? 너는 내게 묻고 있다. 너와 나는 십삼 년간 서로를 낱낱이 샅샅이 보고 또 보았다. 서로를 보지 않을 수 없이 살아왔다. 우리는 존재 전체를 사용해 서로를 감지하고 파악하고 인식한다. 너는 말하고 나는 듣는다. 내 차례. 나는 울지 않고 말한다. 묘조야 집에 갈까, 언니랑 같이 집에 갈까. 등을 보이고 누운 네 꼬리 끝이 살짝 움직인다. 네 종양이나 아픔과는 별개로, 네가 편안해하지 않을 펠릿과 식기와 패드와 케이지, 그리고 내가 아닌 사람들, 생경한 냄새와 소리와 감촉. 나름 최선이며 어쩔 수 없다는 것을 알지만, 네 신장 수치를 떨어뜨리는 것이 중요하다는 것을 알지만…… 묘조야 집에 갈까, 너는 플라스틱 넥칼라와 링거 튜브를 힘겹게 움직이며 고개를 든다. 그것들이 네게 너무 무겁고 불편하다는 것을 나는 안다. 나는 너를 사랑한다. 이렇게까지 내게 속한 존재는 세상에 없다. 네가 조금씩 천천히 몸을 움직인다. 나를 향해 돌아앉기까지 오 분 넘게 시간이 걸린다. 나는 마스크를 내리고 너와 눈을 맞추고 고개를 끄덕인다. 어제보다는 덜 무력한 너의 눈동자, 내 눈동자에서도 네가 같은 걸 보길 바란다. 화장실과 식기 사이로 손을 뻗어 네 정수리를 쓰다듬는다. 움직였다 멈췄다를 반복하던 네가 끝내 몸을 일으켜 앉는다. 늘 의젓하고 늠름하고 초연했던 너, 4킬로그램에서 2.4킬로그램이 된 네가 몸을 떨며 내게로 향한다. 힘에 부치는지 숨을 고르다 다시 눕는다. 그러나 내게 얼굴을 향한 채 눈을 떼지 않는다. 꼬리를 크게 흔든다. 네가 십삼 년을 살면서 가장 많이 한 일, 가장 오래한 일, 나와 함께 있어준 일, 그리고 나를 기다린 일. 너도 나를 사랑한다.

다음날, 오전과 오후에 강의가 있다. 병원에서 혼자 두번째 밤을 보내고 나를 기다리고 있을 너. 추석 연휴 전날이다. 나는 R동물병원 수의사에게 전화를 건다. 오늘 저녁 너를 퇴원시키겠다고 말한다. 수의사는 만류한다. 그러나 강하게 만류하지는 못한다. 대신 연휴 기간에도 응급실을 운영하니 재입원을 시켜도 된다고 말한다. 지난 2박 3일, 나는 상상했다. 갑자기 상태가 나빠진 네가 병원에서 세상을 떠났다는 전화를 받게 된다면, 치료실의 차가운 스테인리스 테이블 위나 좁은 케이지 안에서 넥칼라를 한 채 네가 세상을 떠났다는 말을 듣게 된다면, 나는 나와 너와 이 세상 모든 것을 영원히 용서하지 못할 거란 생각을 했다. 그 말을 수의사에게 하지는 않는다.

이제 걱정이 되는 것은 일 년 중 손에 꼽을 정도로 교통 체증이 심한 날이 바로 오늘이란 것이다. 오후 수업은 하필 저녁 무렵 끝난다. 서둘러 학교 지하 주차장을 빠져나왔지만, 어제부터 각오를 해둔 참이지만, 고가도로를 거쳐 강변도로에 이르기까지 평소의 세 배쯤 시간이 걸린다. 너는 나를 기다리고 있다. 내가 오늘 어제와 같은 시간에 병원을 찾지 않았기에, 지금 너를 퇴원시키러 가고 있다는 것을 네가 알지 못하기에, 너는 외롭고 무서울 것이다. 피가 마른다. 이 많은 차 중에 지금 동물병원으로 향하는 차가 있을까 생각한다. 기어이 날이 저문다. 기어이 두 시간을 넘겨 동물병원 근처 사거리에 닿는다. 좌회전 신호를 세 번이나 기다린다. 장이 꼬이고 뼈가 녹는 것 같다. 이제 다 왔다. 나는 동물병원의 지하 주차장 입구를 향해 오른쪽으로 핸들을 꺾는다. 퍽 소리가 난다. 급한 마음에 한 뼘쯤 먼저 핸들을 꺾었는지 보도 경계석에 차의 앞부분이 긁힌 모양이다. 아니다. 차를 대여섯 대쯤 주차할 수 있는 작은 지하 주차장에서 나는 너만큼 나이를 먹은 자동차의 조수석 앞바퀴가 펑크로 완전히 주저앉은 것을 본다.

나는 또 울고 싶어진다. 이십 년쯤 운전하며 타이어 펑크를 경험하기는 처음이다. 간신히 다잡았던 마음이 모래알처럼 흩어진다. 2층 동물병원으로 올라가는 엘리베이터 안에서 보험사 전화번호를 찾는 손이 덜덜 떨린다. 추석 연휴 전날이다. 벌써 여덟시에 가까운 시간이다. 나는 뛰듯이 병원 카운터로 향한다. 간호사가 바뀌어 있다. 퇴원 서류를 작성해야 하고, 긴급출동 서비스도 요청해야 한다. 보험사의 ARS는 바로 상담원을 연결해주지 않는다. 식은땀이 나고 현기증이 인다. 이동장에 담겨 네가 대기실로 나온다. 넥칼라와 링거 튜브에서 벗어난 너는 얌전히 엎드려 나를 바라본다. 나는 이동장 가까이 얼굴을 가져간다. 두 시간 넘게 달려왔는데 너를 바로 집으로 데려갈 수 없다는 것이 믿기지 않는다. 전화벨이 울린다. 너를 대기실에 두고 병원 밖으로 나온다. 누군가 야비하게 이죽거리며 내게 소리치는 듯하다. 그냥은 못 데려간다!

종일 바쁘고 피곤한 하루를 보냈을 것 같은 인상의 수리 기사가 좁고 어두운 지하 주차장에서 펑크난 타이어를 트렁크 속에 있던 스페어타이어와 교체해준다. 그는 차림새가 지저분하고 땀에 흠뻑 젖어 있다. 나는 그저 고맙다. 스페어타이어는 말 그대로 스페어예요, 이걸로는 어디 못 갑니다. 이 연휴에 나는 어딜 가게 될까. 내일 문 여는 타이어 수리점이 있을까요. 뭐라 확실한 답을 주지 않았지만 나는 그가 그저 고맙다. 영원히 누군지 모를 그가 오늘밤 너와 나를 집으로 돌아가게 도와준 것이다.

밤 아홉시가 넘어 집에 도착한다. 나는 네 이동장을 열고 집안의 모든 조명을 켠다. 네 숨숨집과 방석과 스크래처를 모두 바닥에 내려놓는다. 너는 기운 없이 비틀비틀 움직이지만, 확연히 홀가분하다는 얼굴로 익숙한 스크래처에 가서 눕는다. 숨을 크게 내쉰다. 이곳은 우리집, 너의 영역이다. 이제 네 얼굴에 영문을 모르겠다는 표정은 없다. 너는 네 이름을 부르는 내 목소리에 반응한다. 꼬리를 천천히 크게 움직인다. 비틀거

116

리며 모래 화장실에 들어가 소변도 본다. 나는 다시 네 밥그릇과 물그릇을 채우지만 너는 스크래처에 누워 움직이지 않는다. 나는 병원에서 받아온 바늘 없는 주사기에 물을 채워 네 입속으로 밀어넣는다. 너는 거부한다. 이제 또다른 차원에 진입한 듯한 너. 어쨌든 너와 나는 다시 함께 있다. 긴 하루였다. 여기는 세상과 동떨어진 고래 뱃속 같은 우리 둘의 집이다.

연휴 첫날 아침, 나는 내가 아주 깊이 잠들었다 깨어났다는 것에 놀라 침대에서 몸을 일으킨다. 네 이름부터 부른다. 어젯밤 숨숨집을 침대 바로 아래에 두고 도톰하고 깨끗한 수건을 깔아주었더니, 너는 그 안으로 들어가 몸을 둥글게 말았다. 숨숨집이 비어 있다. 이상한 느낌에 안으로 손을 집어넣는다. 수건이 네 오줌으로 흠뻑 젖어 있다. 너를 처음 내 집으로 데려왔던 십삼 년 전 입춘 이후, 너는 단 한 번도 화장실이 아닌 곳에 소변을 본 적이 없다. 2박 3일 동안 투여받은 수액. 젖은 수건에서는 아무런 냄새도 나지 않는다. 나는 다시 네 이름을 부르며 침실 밖으로 나온다. 너는, 식탁 아래 몸을 길게 늘어뜨리고 누워 있다. 왜 여기 있어, 바닥이 차가운데. 나는 가벼운 너를 안아올려 스크래처에 눕힌다. 내내 수면 부족이었던 내가 곯아떨어진 새벽, 너는 화장실에 가고 싶었지만 힘이 들어 숨숨집 안에 오줌을 누었고, 젖은 수건 위에 있을 수 없어 있는 힘을 다해 밖으로 나왔고, 겨우겨우 몸을 옮기다 지쳐 식탁 밑에 누워버린 것이다. 언니가 모르고 잠만 자서 미안해. 나는 무언가가 시작되었다는 느낌을 받는다.

나는 울지 않는다. 젖은 수건을 치우고 너를 쓰다듬고 네게 입맞추고, 이내 주변 타이어 수리점을 검색한다. 스페어타이어로는 어디 못 갑니다. 전철역 부근 브랜드 타이어 대리점이 전화를 받는다. 연휴 첫날이라 고향 내려가기 전에 공기압 체크하는 손님들 계셔서 오늘 점심 전까지만 영업합니다. 나는 곧 가겠다고 말하고 전화를 끊는다. 전화를 끊고 돌아서다 나는 다시 돌처럼 굳는다. 타이어 펑크 이상으로 놀랄 일이 있을 거라 생각하지 못한 참이다. 너는 내 침대 위에 올라가 있다. 너는 이미 병원에 가기 전부터 캣 타워의 첫번째 칸도 뛰어오르지 못할 만큼 기력이 없었다. 또다시 머릿속에 사진이 찍힌다. 어떻게 가능했는지 도저히 알 수 없지만, 어느새 내 침대에 오른 네가 정리하지 못한 이불 더미 위에서 오줌을 누고 있다.

나는 세탁기에 젖은 수건과 이불을 집어넣는다. 힘들었던 2박 3일간의 입원에 대한 분풀이 같기도 하고, 영원히 자기를 잊지 말라는 몸의 인증 같기도 하다. 나는 네게 명랑하게 말한다. 묘조 고마워, 언니 침대에 오줌 싸줘서 고마워, 언니 꼭 기억할게, 고마워. 진심이다. 나는 마음이 급하면서도 스크래처에 누워 있는 네게 찬찬히 설명한다. 자동차 타이어를 새로 바꾸러 갔다 와야 한다고, 꼭 그래야 한다고, 잠깐 거기만 다녀와서 연휴 내내 너와 같이 있을 거라고, 약속한다고, 세탁기가 탈수를 마치기 전에 바로 돌아올 거라고. 나는 또 너를 혼자 두고 집을 나선다. 여느 해보다 훨씬 이른 추석 연휴의 첫날, 날씨가 화창하다. 여름이 막 물러간 오전의 가을 햇빛, 거리가 한산하다. 나는 스페어타이어를 끼운 차를 몰아 타이어 대리점으로 향한다.

내가 분명히 알 수 있는 건 이 연휴 나흘은 네가 온 힘을 다해 벌어준 시간이란 것이다. 이 나흘 이후의 시간을 나는 알지 못한다. 가늠할 수도 없다. 온전히 너와 함께하도록 허락된 이 나흘 동안, 나는 그저 너를 지키고 너를 돌보고 너를 사랑할 뿐이다.

네가 병원에 입원했던 2박 3일 동안, 나는 나의 죄를 생각했다. 급성신부전, 급성이란 단어로 나를 합리화할 수는 없다. (주관적인 내 판단에) 네가 건강하다는 이유로 열 살을 넘긴 노령묘에게 권하는 종합검진을 나는 미루고만 있었다. 중성화 수술을 시키고 필수 예방접종을 마친 것은 까마득히 오래전이다. 논문 심사, 출간, 이사, 임용 준비, 코로나, 한 학기 15학점 강의, 아직은 괜찮다, 나는 너를 안다. 결국 모두 자기 본위의 합리화. 견디고 감내하고 기다린 것은 결국 너였다. 나는 정말 최선을 다해 너를 지키고 돌보았던 걸까.

양쪽 타이어를 다 교체해야 한다고 해서 그렇게 한다. 추석 연휴에 문을 열고 수리를 해주는 그들이 그저 고맙다. 나는 집에 환자가 있어 급하게 병원에 가다 병원 주차장 입구에서 어이없이 펑크가 났다고 묻지도 않은 말을 늘어놓는다. 연휴 중에 또 급하게 운전을 해야 할 일이 생길지도 모르는데, 오늘 타이어를 바꿀 수 있어 정말 다행이라고도 말한다.

나는 세탁기가 작동을 마치기 전에 집으로 돌아온다. 네 모습이 바로 보이지 않아 잰걸음으로 집안을 휘젓는다. 너는 거실 소파 밑으로 들어가 늘어져 있다. 소파는 시트가 바닥에서 한 뼘쯤 떠 있는 구조다. 너는 그동안 한 번도 그 밑으로 들어가지 않았다. 이번엔 너를 안아올리거나 억지로 끌어낼 수가 없다. 나는 소파 아래 너와 마주한 자세로 눕는다. 네게 눈을 맞추고 나직이 얘기를 건넨다. 세탁 완료를 알리는 멜로디가 울린다.

결국에 마지막 순간과 방식을 결정하는 건 우리가 아니야, 통화를 하며 나는 개를 떠나보낸 친구의 말에 동의했었다. 나는 지금의 상황을 알고 있는 두 친구에게 연휴 동안 연락을 하지 말아달라는 문자를 보낸다. 연휴에 어울리는 안부 인사도 전한다. 가족과는 지극히 심상한 말투로 짧게 통화를 마친다. 연휴 중 외부의 의뢰를 받은 업무를 해야 한다고 말한다. 그건 사실이다. 냉장고를 먹을 걸로 가득 채워놨다는 건 거짓말이지만, 나는 한끼라도 식사를 하려고 노력한다. 온전히 너를 지켜야 하기 때문이다. 너는 어느새 거실 책장 앞으로 자리를 옮겨 누워 있다. 너는 집안 여기저기 자리를 옮겨다니며 눕는다. 서재의 내 책상 아래, 현관 중문 앞, 변기 안의 고인 물을 빤히 들여다봤던 화장실 앞 발 매트 위에도 눕는다. 집안 여기저기, 네 영역이었던 곳을 몸으로 스캔이라도 하듯 그렇게 한다. 나는 너를 따라다니며 네 옆에 앉거나 눕는다. 외부로부터 완벽하게 차단된 우리만의 시간과 공간, 첫날이 그렇게 지나간다.

둘째 날. 음력 8월 보름, 추석이다. 전날과 달리 나는 잠을 설쳤고, 너는 아침부터 본격적으로 앓는다. 지금까지와는 또 다르게 앓는다. 나는 예의 침실 벽시계가 아니라, 거실의 벽시계를 바라본다. 시간이 이상하게 흐른다. 시간을 이상하게 흐르도록 하는 것은 물론 너다. 오늘일까, 나는 그저 네 옆에 있을 뿐이다. 잠을 설치며 나는 고양이 카페에서 '고양이별로 돌아간 우리 천사' '○○이의 마지막 순간' '무허가 화장 업체 조심하셔야 합니다' 같은 게시글을 읽었다. 나는 그런 글을 읽게 될까 두려워 몇 년 전부터 이 카페에 접속하지 않았는지도 모른다.

너는 어제보다 더 힘겹게 비틀거리며 옷방으로 들어간다. 네가 내내 밥을 먹던 방이다. 입이 짧아진 후, 음식을 먹지 않기 시작한 후, 내 걱정과 한숨이 가득했던 방이다. 방에 딸린 작은 다용도실에 너의 모래 화장실이 있다. 서랍장엔 너의 먹이와 간식과 장난감이 있다. 너는 그 좁고 어두운 방에 누워 몹시 앓는다. 나는 적당한 것을 찾으려 애쓴다. 바닥에 네가 좋아하는 깔개와 방석과 비닐을 번갈아 펼쳐본다. 나는 그런 네 옆에 요가 매트를 깔고 앉거나 눕는다. 어제부터 목이 결리고 허리가 아프다. 아무래도 괜찮다.

나는 네가 아프지 않았으면 좋겠다, 무섭지 않았으면 좋겠다, 외롭지 않았으면 좋겠다, 슬프지 않았으면 좋겠다, 너에 대한 내 고마움을 네가 알았으면 좋겠다, 너에 대한 내 사랑을 네가 알았으면 좋겠다. 묘조야, 언니는, 묘조야, 언니가. 나는 네게 꼭 들려줄 얘기가 있다.

길고 요란한 청춘이 끝나고, 혼자 끝없이 어두운 지하로 내려가던 시절에 너를 만났다. 내가 지리멸렬한 삶의 대가를 치르는 동안 너는 나와 함께 있어주었다. 네가 없었다면 나는, 소금 기둥으로 부서져 땅 밑을 흐르는 검은 강 속으로 녹아 사라졌을 것이다.

병원에 가기 전 나를 기다렸던 좁고 어두운 행거 안쪽으로 네가 들어간다. 너는 언제 어디를 택할까. 나는 시계를 본다. 잠시 화장실에 다녀온 사이, 너는 그곳을 나와 행거 옆 캐리어를 세워둔 좁은 틈새에, 그 좁디좁은 틈새에 몸을 집어넣고 나를 향해 얼굴만 내밀고 있다. 나는 시계를 본다. 너는 몹시 아프다. 그리고 오직 나를 원한다. 나는 네게 말한다. 약속한다. 걱정하지 말라고, 이제 우리는 다르게 함께 있게 되는 거라고, 계속 같이 있는 거라고, 아프지 않고 무섭지 않고 외롭지 않고 슬프지 않고, 지금까지와는 다르지만 계속 함께. 내가 그렇게 할 거라고 네게 말한다. 약속한다.

긴긴낮이면서도 한순간인 낮이 지나간다. 네 죽음이 다가온다. 이제 더이상 그걸 다르게 말할 수가 없다. 아무래도 괜찮다. 우리는 온전히 결속되어 있다.

이 방은 좁고 어둡다. 바닥의 깔개 위에 누운 채로 네가 오줌을 싼다. 나는 놀라거나 당황하지 않는다. 나는 그것을 닦아낸다. 곧이어 너는 검붉은, 탁한 보랏빛에 가까운 체액을 토해낸다. 나는 놀라거나 당황하지 않는다. 나는 그것을 닦아낸다. 괜찮다. 정말 괜찮다. 이런 모습을 내게만 보여주는 네가 나는 고맙다. 나는 더 적합한 것을 찾아야 한다. 오래도록 침대 시트로 썼던 진회색 피그먼트 패드를 떠올린다. 많이 낡았지만 감촉이 마음에 들어 버리고 싶지 않았던 패드다. 나의 냄새가 가장 많이 배어 있을 그것에 너를 눕히고 싶다. 내가 패드를 꺼내 거실에서 그것을 접어 크기를 조절하고 있을 때, 네가 옷방에서 거실로 걸어나온다. 너는 결코 쓰러지지 않고 나를 향해 다가온다. 흔들리지만 단호한 너의 마지막 걸음이다. 그래 묘조야, 이리 와, 우리 여기 있자. 나는 거실에 환히 불을 밝힌다. 네가 선택한 이 자리. 나는 시계를 본다.

　나는 내가 왜 그토록 울고불고했는지 알 것 같다. 나는 두려웠던 것이다. 죽음으로 향해 가는 네가 감당 불가의 모습으로 변해버릴까봐, 네가 흉하고 더럽고 무섭게 변할까봐, 그래서 내가 너를 흉하고 더럽고 무섭게 느끼게 될까봐, 그렇게 기억하게 될까봐, 나는 그게 두려웠던 것이다. 네가 다시 탁한 체액을 토해낸다. 나는 그것을 손으로 받아낸다. 너는 흉하지도 더럽지도 무섭지도 않다. 나는 울지 않는다. 너를 쓰다듬고 어루만진다. 너는 온전히 내게 너를 맡긴다. 감사하다. 네게서 마지막 숨이 빠져나간다. 너는 멈춘다. 그래 잘했어 이제 괜찮아 아프지 않아 정말 잘했어. 나는 시계를 본다. 오후 5시 23분.

　반쯤 뜬 네 눈을 차례로 감기고, 나는 살균 티슈로 너를 꼼꼼히 닦아낸다. 너는 흉하지도 더럽지도 무섭지도 않다. 너는 가엽도록 말랐지만 그저 예쁘고 아름답다. 너를 깨끗이 구석구석 닦아내며, 나는 한겨울 혹한의 길에서 너를 낳은 네 어미를 떠올린다. 얼어죽게 하지 않으려 맹렬하게 너를 핥은 네 어미, 그때 네 어미처럼 나도 죽음을 녹일 기세로 네 항문과 콧등과 정수리를 핥는다면, 너는 다시 깨어날 수 있을까.

　여섯시가 되기 직전, 나는 미리 검색해둔 장례 업체에 전화를 건다. 서울에는 반려동물을 합법적으로 화장할 수 있는 곳이 없다. 추석인데, 장년 남성의 목소리가 전화기 너머에서 들려온다. 오십 분 거리의 K시에 업체가 있다. 나는 모레 아침 일찍 그곳으로 가겠다고 말한다. 그는 익숙한 듯 낮고 차분한 목소리로 응대한다. 관련 안내를 문자로 보내주겠다고 말한다. 문자를 확인한 뒤 영정 사진으로 쓸 너의 사진 파일을 보내달라고도 말한다.

이 집으로 이사와 네가 좀처럼 응시하지 않았던 창밖, 건너편 빌라 너머 하늘빛이 문득 나를 사로잡는다. 나는 너를 옆으로 반듯하게 눕히고 자리에서 일어선다. 저물녘 네가 떠난 시간의 하늘을 보러 밖으로 나가야 한다. 나는 강가로 향한다. S섬으로 건너가는 아치형 인도교가 사람들로 북적인다. 추석 저녁이다. 한가위 보름달을 보려 모두 동쪽 하늘을 바라보고 있다. 삼삼오오 사진 찍을 준비를 하고 있다. 나는 그들과 반대로, 해가 사라지며 주홍색과 보라색과 회색과 남색이 마블링처럼 번진 서쪽 하늘을 바라본다. 네가 죽은 직후의 하늘이다. 시간과 공간이 음악처럼 뒤섞인 아름답고 신비롭고 덧없는 하늘이다. 나는 S섬의 공원으로 들어간다. 내가 손꼽아 좋아하는 곳, 늘 너와 함께 오고 싶었던 곳. 나는 버드나무 가까이 벤치에 앉아 오래도록 하늘을 바라본다. 노을 진 하늘이 검푸른 어둠에 덮일 때까지 나는 네가 없는 혹은 네가 있는 하늘을 바라본다.

나는 집으로 돌아온다. 언제나처럼 네가 나를 기다리고 있다. 아직 멀었다. 나는 이 죽음을 완수해야 한다.

　나는 울지 않는다. 네 죽음이 너무 생생하게 살아 있기 때문이다. 나는 침대 옆에 작은 테이블을 놓고, 그 위에 차갑게 녹은 아이스팩을 깔고, 겹겹이 접은 패드 위에 너를 눕히고, 네가 좋아했던 깔개를 이불처럼 덮어준다. 너는 차갑고 뻣뻣하지만, 흉하지도 더럽지도 무섭지도 않다. 너와 함께 자고 일어난 연휴 셋째 날, 나는 밥을 먹고 일을 한다. 일하는 틈틈이 너를 쓰다듬고 속삭이고 반대로 눕히거나 아이스팩을 교체한다. 나는 너의 화장을 준비한다. 검색 결과가 제각각이라 일단 이런저런 물건을 고른다. 네가 마지막으로 사용했던 여름용 방석, 불쑥 일어서더니 다시는 눕지 않았던 여름용 방석에 너를 눕혀 내일 그곳으로 데려갈 생각이다. 깃털 장난감과 생선 파우치와 물그릇도 챙긴다. 나는 예전 증명사진 두 장을 꺼낸다. 몇 주 전 여름, 서랍을 정리하다 사용하고 남은 채로 오래 작은 봉투 안에 담겨 있던 증명사진들을 발견했다. 사 년 전쯤의 내 얼굴, 칠 년 전쯤의 내 얼굴, 너와 가장 많은 시간을 보낸 내 얼굴, 어쩌면 네게 가장 친숙할 내 얼굴. 나는 사진 뒷면에 풀칠을 해 두 장을 하나로 붙인다.

　연휴 마지막날, 나는 일찍 일어나 너와 함께 K시로 출발한다. 타이어 대리점으로 향하던 아침보다 한층 가을빛이 짙어진 맑은 아침이다. 새 타이어를 장착한 자동차 조수석에 너를 태우고 강변도로를 따라 서쪽으로 달린다. 이내 낯선 경이에 사로잡힌다. 나는 네게 저 하늘을 좀 보라고, 저 강물을 좀 보라고 말한다. 태어나 제대로는 한 번도, 이토록 넓은 하늘과 깊은 강물을 본 적이 없는 고양이처럼, 나도 그렇게 하늘을 보고 강물을 본다.

내비게이션을 따라 아파트와 논밭과 식당과 할인매장과 전원주택과 컨테이너형 창고나 공장 들이 늘어선 도로를 달려, 반려동물 장례 업체에 도착한다. 1층은 사무실과 화장 시설, 2층은 납골당. 오십대 중후반의 두 남자가 나를 맞는다. 추석 연휴 마지막날, 각각 품종이 다른 고양이 세 마리도 나를 맞는다. 나는 서류를 작성한다. 작은 사이즈의 태블릿에 어제 내가 전송한 네 사진이 영정으로 준비되어 있다. 인공 촛불과 조화도 있다. 너는 간단히 염을 마친다. 수의도 관도 선택하지 않은 나는 가져간 무엇도 함께 태울 수 없다는 얘기를 듣는다. 하나로 붙인 내 증명사진만 허락된다. 천천히 마지막 시간을 가지세요, 남자가 말한다. 나는 너와 작은 방으로 안내된다. 나는 네게 말한다. 약속한다. 걱정하지 말라고, 이제 우리는 다르게 함께 있게 되는 거라고, 계속 같이 있는 거라고, 지금까지와는 다르지만 계속 함께, 내가 그렇게 할 거라고 네게 말한다. 약속한다. 나는 며칠 만에 다시 운다.

나는 가져간 물그릇에 물을 따라 네 사진 앞에 올린다. 그리고 유리벽 너머 가스 불꽃으로 화장되는 너를 지켜본다. 고양이들이 내 등뒤에서 생선 파우치를 기다리고 있다. 두 남자에 대해서도 세 고양이에 대해서도 아무것도 알 수 없지만, 그저 고맙다. 나는 아무 장식이 없는, 딱 밥공기만한 크기의 뚜껑 달린 도자기 유골함을 선택한다. 내 증명사진의 재도 조금은 섞인 네 뼛가루는 유골함의 절반 정도를 채운다. 나는 다시 서류 한 장을 작성하고 카드를 건네 결제를 마친다. 고양이들이 생선을 먹는 동안 나는 물그릇을 들고 건물 밖으로 나온다. 입구에 세워둔 차가 마주보인다. 박석이 깔린 잔디 마당이 있고, 양옆 돌담 아래 일부러 심은 것 같지는 않은 꽃들이 피어 있다. 나는 물그릇의 물을 그곳에 뿌린다. 추석 연휴 마지막날이다. 출입구 옆 쉼터처럼 꾸민 곳에 벤치와 테이블이 놓여 있다. 여기 잠깐 앉아 있다 가도 될까요, 나를 배웅하러 나온 남자에게 묻는다. 그럼요, 얼마든지. 남자가 안으로 들어간다.

나는 벤치에 앉는다. 흰 보자기로 단단하게 묶은 작은 유골함 속의 너를 무릎 위에 올려놓는다. 가을 햇빛과 푸른 하늘, 박석이 깔린 잔디 마당, 그 끝에 너와 나를 이곳으로 데려온 새 타이어의 낡은 자동차. 나는 눈을 감는다. 정해진 수순이다. 눈꺼풀 안쪽의 밝은 빛이 점점 넓고 하얗게 펼쳐진다, 끝없이 흰 스크린이 열린다. 아득히 하얀 빛 속에 멀리, 아주 작게, 묘조, 너다. 네가 나타난다. 가득히 하얀 빛 속에 또렷이, 묘조, 너다. 네가 나타난다. 다른 세계에 도착한 것처럼, 나는 눈을 뜬다. 네가 있다. 꿈이 아니다. 두 귀와 목덜미와 등과 꼬리를 덮은 너의 검은 무늬, 흰 배와 흰 다리를 편안히 오므리고, 네가 내 아랫배에 찰싹 달라붙어 있다. 언덕의 능선처럼 부드럽게 몸을 휘어 나를 감싸고 있다. 꿈이 아니다. 네가 있다. 이제 우리는 다르게 함께 있게 되는 거라고, 네가 그렇게 했다.

펫로스. 이건 다른 카테고리에 속하는 일이다. 가족이나 다름없지, 나도 그동안 그렇게 생각했다. 가족이 떠난 거나 다름없지, 아니다. 나는 가족과의 사별을 경험했다. 사안의 경중이나 의미 부여의 문제가 아니다. 다르다. 아예 다른 차원의, 새로운 언어를 필요로 하는 일이다. 이 슬픔과 결락과 회한을 사람에 빗대어, 결국 인간을 기준으로 설명한다는 것 자체가 어불성설이다. 언어가 터무니없이 부족하고 미진하게 느껴진다. 무지개다리를 건넜다, 고양이별로 돌아갔다. 적어도 내게는 전혀 와닿지 않는 표현이다. 자살을 극단적 선택이라 칭하는 것처럼 묘하게 기만적이다. 죽은 존재가 아닌 산 존재를 위한 회피성 순화 표현이다. 새삼 입양, 보호, 돌봄도 마찬가지로 느껴진다. 이 보살핌과 교감과 책임의 목적은 교육적 성장이나 번듯한 독립이 아니지 않은가. 늙고 병든 반려동물을 지키고 치료하고, 끝내 죽음의 과정을 감당하는 것이 봉양이나 효는 아니지 않은가. 이 사랑과 섭리만을 위한 다른 언어가 필요하다.

네가 죽은 직후 나는 낯선 경이에 사로잡혀 오히려 충만하기까지 한 시간을 경험한다. 네 죽음이 너무 생생하게 복기되며 극적으로 펼쳐지고, 네가 다른 방식으로 나와 함께 있다는 것이 의심의 여지 없이 분명하기에, 내 세계는 새롭고 풍부하게 한껏 고양되고 확장된다. 중년 이후 나이가 들면 '전과는 달라졌다'의 배타적 진부함으로 세상을 본다. 하지만 내 아랫배에 자리한 너, 나는 모든 것을 처음 보는 고양이의 눈으로 세상을 탐색하는 경이로움을 맛본다.

머지않아 감각 이상이 찾아온다. 지극히 물리적이고 육체적인 감각의 문제다. 너와의 일상적 실체가 증발해버린 느낌. 너와 함께였던 시간과 공간을 도려내버린 느낌. 나는 혼자 밥을 먹어도 혼자 밥을 먹는 것이 아니었고, 혼자 잠을 자도 혼자 잠을 자는 것이 아니었다. 5미터 이내, 3미터 이내, 1미터 이내, 언제나 네가 있었다. 쯥쯥, 익숙했던 소리와 생생했던 감촉이 화석처럼 깊고 굳게 봉인되어버린 듯한 느낌. 그저 한 마리 고양이 옆에 가만히 앉아 있는 순간, 그 수렴의 시간이 찾아오지 않는다. 내 삶의 상수, 기본값, 바로미터, 피아노의 49

번 건반 같은, 나의 기준음인 네가 없다. 피아노 건반들이 죄다 뽑혀 있고, 뒤엉킨 현들은 뚝뚝 끊겨나간다. 조율이 불가능하다. 몸의 일부가, 머리 가죽이나 견갑골 부근이 한순간에 녹슨 쇠붙이나 바스러진 낙엽이 되는 것 같다. 나는 감각 이상에 시달린다. 적막한 주말 오후, 희미하게 공황이 찾아온다.

나는 모자와 안경, 마스크를 쓰고 저녁의 강가로 나간다. 어둡고 서늘하고 사람이 드문 길을 따라 걷는다. 그리고 네 이름을 부르며 운다. 아무도 알지 못한다. 네게 중얼중얼 넋두리를 늘어놓아도 아무도 알지 못한다. 너는 당연히 나와 함께 있음을 확인시켜준다. 언제나 그랬듯 너는 의연하고, 나는 그렇지 못하다. 네게 부끄럽고 싶지 않다는 생각을 하며 집으로 돌아온다. 종일 비가 내리는 어느 휴일, 나는 가족에게 전화를 걸어 네가 죽었다는 소식을 전한다. 급작스러웠던 여름의 끝과 다시없을 추석 연휴에 대해 말한다. 오래전 나를 낳은 여자는 나와 함께 울어준다. 내가 오늘 이 얘기를 들으려고 어젯밤 꿈에 고양이가 왔다갔다했나보구나.

나는 펫로스증후군을 검색하고 특집 기사의 인터뷰를 읽는다. 애도 모임 후기도 접한다. 내가 없는 사이 빈집에서 너 혼자, 네 곁을 끝까지 지키지 못하고, 제대로 장례를 치르지도 애도를 표하지도…… 내가 두려워했던 것들을 고스란히 경험한 사람들이 많음을 알게 된다. 새삼 내가 너로 인해 얼마나 큰 행운을 누렸는지, 네가 떠나면서도 나를 위해 얼마나 애를 썼는지 사무치도록 실감한다.

일터에서 나는 네 얘기를 결코 입에 올리지 않는다. 정신없이 바쁘고 벅찬 일들을 꾸역꾸역 해내는 것으로 일상의 다른 실체에 집중한다. 너와 나에 대해 전혀 알지 못하는 사람들 속에 섞여 도리어 너를 생생하고 소중한 비밀로 간직한다. 어쩌면 결국 모멸에 가까울 섣부른 위로를 받고 싶지 않기 때문인지 모른다. 한동안 길에서 고양이들을 바라보지 못한다. 개를 산책시키는 사람들도 바라보지 못한다. 즐겨 보던 동물 동영상도 재생하지 못한다. 저 많은 생명과 저 많은 사랑이 맞이할, 저 많은 죽음과 저 많은 이별. 나는 다른 차원에 머물고 있다. 가을이 깊어간다.

줄곧 '너만의 자리'를 마련해주고 싶다는 생각을 했다. 나는 흰 보자기로 단단하게 묶은 너의 작은 유골함을 백팩에 집어넣고 집을 나선다. 버스를 한 번 갈아타고 너와 함께 십 년을 살았던 그 집으로, 그 동네로 향한다. 내가 직접 조립해 네가 즐겨 오르내리던 4단 캣 타워를 널 위한 메모리얼 테이블로 꾸몄지만, 네 유골함과 사진들과 초와 물그릇과 생선 캔을 놓아주었지만, 그곳만이 너의 자리이기에는 부족하게 느껴졌다. 반려동물 납골당도 너와는 어울리지 않는다고 생각했다. 오래

132

된 메모리 카드를 뒤져 너의 예전 사진들을 찾다가, 나는 너만의 자리로 알맞을 곳을 떠올렸다. 너는 아무래도 강이 가까운 새집보다 산이 가까운 옛집을 더 좋아했던 것 같다.

너와 함께, 우리가 오래도록 살았던 집 앞에 선다. 네가 햇볕을 쬐고 나무와 새를 구경하던 창을 올려다본다. 저곳에 이제 누가 살고 있을까. 뒤돌면 바로 공원이 있다. 옛 성곽을 복원한 공원의 언덕 위에 기상청 산하 서울 기상관측소가 있다. 나는 너와 함께 두런두런 지난날을 얘기한다. 너와 내가 저 창밖으로 보았던 모든 날씨는 집에서 불과 50미터 거리인 기상관측소에서 정확히 측정되어, 서울의 공식 날씨로 기상청 사이트에 기록으로 남아 있다. 우리의 온도와 습도와 풍향과 일출과 일몰, 폭염처럼, 한파처럼, 안개처럼, 태풍처럼, 생생한 너의 죽음이 계절과 날씨처럼 매 순간 나를 통과해간다. 너와 나의 삶처럼 집도, 공원도, 동네도 어딘가 달라져 있다.

나는 구불구불 오르막 골목길을 걸어 I산의 숲과 연결되는 산책로로 향한다. 십 년 넘게 이 동네에 살며 수없이 다녔던 숲길, 나는 등산 대신 그저 숲속을 헤매듯 걸어다니는 게 좋았다. 조금만 높이 오르면 왕조시대 궁궐을 둘러싼 빌딩숲과 서울의 오랜 랜드마크들이 보였다. 그런 풍경과 함께 청설모와 꿩과 딱따구리를 보기도 했다. 그리고 종종 고양이를 보았다. 길고양이가 아니라 산고양이. 나는 네가 종종 산고양이가 되었으면 어땠을까 생각했다. 서울의 사대문 안 오래된 동네에서 태어난 너는 그해 겨울을 무사히 나고, 어쩌면 가까운 숲이나 산으로 들어갈 수도 있었다. 나는 산고양이가 된 네 모습을 떠올려본다. 작은 맹수처럼 숲속을 달리고, 새를 잡으려 수풀속에 숨고, 발톱을 세워 나무에 오르고, 햇볕에 데워진 바위에 누워 털을 고르는 모습, 네 삶의 또다른 가능성이었던 그 모습을 상상하며 나는 목이 멘다.

오래된 메모리 카드에서 찾아낸 짧은 동영상 속 장소. 언젠가 숲속을 헤매듯 산책하다 운동기구들이 설치된 쉼터에서 조금 벗어나 한 오솔길을 발견했다. 그 오솔길 끄트머리에서 서울의 오래된 풍경과 하늘과 구름을 볼 수 있고, 평평한 바위에 걸터앉아 햇살의 따뜻함과 바람의 시원함을 오롯이 즐길 수 있는 장소를 발견했다. 아주 외진 곳은 아니었지만, 한 시간쯤 머물면 두 사람쯤 스쳐가는 아늑한 장소, 나는 오늘 그곳을 너만의 자리로 만들어주기 위해 이곳에 온 것이다.

평평한 바위를 중심으로 나무를 몇 그루 선택한다. 크고 울창한 나무가 아니라, 작고 평범하지만 나름의 존재감을 가진 나무들. 밥공기만한 유골함의 뚜껑을 열고 그 나무들 아래 너의 뼛가루를 조금씩 나누어 뿌린다. 물병에 담아온 물도 나누어 붓고 그 위를 낙엽으로 덮는다. 나는 샘플용 사료 봉지를 뜯어 수풀 사이 여기저기로 던진다. 이곳의 새와 곤충들이 너를 받아주었으면 좋겠다. I산의 정령도 너를 받아주었으면 좋겠다. 이곳은 나의 장소이고 너의 자리다. 너는 내 아랫배에도 있고, 강이 가까운 집의 메모리얼 테이블에도 있고, 자동차의 조수석에도 있고, 연구실 구석의 의자에도 있고, S섬 공원의 벤치에도 있고, 이 숲속의 나무와 바위에도 있다. 너는 동시에, 얼마든지 그럴 수 있다.

겨울이다. 너는 추운 겨울에 태어났다. 나는 네가 태어나던 순간을 모른다. 그러나 떠올릴 수는 있을 것 같다. 너의 열네 번째(추정) 생일에 나는 이 글을 쓰기 시작했다. 춥고 눈이 내린 아침, 너와 함께 잠에서 깨어나, 나는 네게 I산 숲속에 얼마나 눈이 왔는지, 얼마나 추운지, 그래도 누가 그곳에 다녀갔는지 물었다. 너는 나와 눈을 맞추고 입을 맞춘다. 네가 나로 하여금 경험하게 한 모든 것, 그를 통해 나는 내가 자연이란 것을 배웠다. 입춘, 네가 내게로 왔던 입춘, 한겨울 추운 거리에서 태어나 천천히 눈과 귀를 열고 입춘이 되어 너는 내게로 왔다. 너는 나를 만나러, 나와 함께 십삼 년을 살다 죽으러, 오직 그리하러 이 세상에 온 것이다. 네게 이 글을 쓰며, 나는 겨울을 통과해 봄에 닿았다.

오늘 서울은
　　　하루종일 맑음

오후 두시 무렵, 지수는 서울 양화대교 북단, 다리의 보행로로 향하는 횡단보도 앞에 서 있었다. 폭이 좁은 도로였지만 선뜻 건너기가 어려웠다. 지수가 걸어온 합정역 방면과 강변북로 나들목에서 양화대교로 진입하려는 차들이 쉴새없이 밀려왔다. 보행 신호등 기둥의 버튼을 누르면 잠시 후 녹색불이 켜진다는 안내문이 있었다. 지수는 눈앞을 스치는 차들을 바라보며 하릴없이 망설였다.

맑은 날이었다. 이래도 되나 싶게 환한 햇빛과 투명한 공기, 생생하고 아찔한 기운이 눈꺼풀 안쪽과 콧속 점막을 파고들었다. 귓바퀴를 따라 현기증이 일었다. 세상 모든 것에 맑음이 작동하고 있었다. 깊은 어둠에 잠긴 것들에까지 가닿을 강력한 청명함. 5월의 두번째 수요일, 문득 삶이란 것이 시간의 표면에 신선한 크림처럼 부드럽게 발릴 수 있을 것만 같은 기대, 그러나 너무 많은 가능성을 깨닫고 이내 초조해지는 마음, 그 초조함을 애써 모르는 척해도 괜찮을 정도의 날씨. 세찬 비나 바람처럼, 극단적인 더위나 추위처럼, 속수무책으로 맑은 날이었다.

지수는 천안에 살고 있었다. 오늘 아침 기차로 영등포역에 도착한 것은 9시 22분, 열시쯤 2호선 전철을 타고 당산철교로 한강을 건넜다. 홍대입구역에 내려 합정과 상수 일대를 오가며 시간을 보냈다. 지수 옆으로 자전거 한 대가 멈춰 섰다. 사이클 선수처럼 상하의 타이츠를 입고 헬멧과 고글을 쓴 중년 남자가 팔을 뻗어 신호등의 버튼을 눌렀다. 한 발은 땅에, 한 발은 페달에. 망설임이나 어색함은 없었다. 짙게 그을린 피부에 근육과 힘줄이 도드라진 작은 체구가 다소 거북하게 시선을 끌었다. 어쩐지 건강관리보다 건재 과시에 가까울 법한 운동 취미. 녹색불이 켜지고 은색 승합차가 멈춰 서자 자전거 안장 위 검은 타이츠의 엉덩이가 들썩이며 횡단보도를 건넜다. 타이츠의 광택이 적나라하게 반짝였다. 지수도 뒤를 따라 길을 건넜다. 자전거는 금세 시야에서 멀어졌다.

지난겨울의 초입, 지수는 집 근처에서 교통사고를 당했다.

종일 미세먼지가 '나쁨' 단계였던 일요일의 늦은 저녁이었다. 원룸 밖으로 나서는 것이 귀찮아 저녁을 먹고도 한참을 미적대다 마지못해 동네 마트에 다녀오던 참이었다. 몇 가지 물건을 사고 티브이를 켜두고 나온 원룸으로 돌아가기 위해 다시 왕복 6차선 도로의 횡단보도로 향했다. 출퇴근길 매일같이 건너다니는 곳이었다. 녹색불이 켜지는 동시에 행인 둘이 먼저 길을 건너기 시작했다. 몇 초 늦게 지수도 잰걸음으로 뒤를 따랐다. 맞은편에서 건너오는 사람은 없었다. 지수의 왼쪽으로 승객이 거의 없는 시내버스와, 운전자의 모습이 보이지 않는 차 몇 대가 정지선을 앞에 두고 신호 대기중이었다. 갑자기 도로 중앙선을 따라 오토바이가 튀어나왔다. 그리고 횡단보도의 중간쯤을 지나던 지수의 몸을 들이받았다. 몸이 옆으로 휘어지며 아스팔트 바닥에 떨어지던 순간, 지수는 멀리 다른 곳으로 내던져진 느낌을 받았다. 눈을 감지는 않았던 것 같다. 한 칸씩 줄어드는 신호등의 녹색 역삼각형 눈금을 도로에 쓰러진 채로 바라보는 것은 아주 기괴한 일이었다.

걸어서 한강 다리를 건너는 것은 처음이었다. 처음인 것은 그뿐만이 아니어서, 스물일곱 살의 지수가 서울에 와본 것은 채 열 번을 넘지 않았다. 기억조차 흐릿한 어린 시절 가족 동반의 결혼식과 장례식, 내내 두리번거리기 바빴던 학창시절의 단체 여행과 공연 관람. 오 년 전 입사 면접을 위해 한 달 새

두 차례 상경했을 때 지수는 처음으로 혼자 서울의 거리를 걷고 전철과 버스를 탔다. 역삼역 주변과 종로5가 일대는 같은 도시라기에 비슷한 느낌이 전혀 없어 당혹스러웠다. 광진구의 어느 2차 종합병원 행정 부서 면접을 보러 삼 년 전 겨울 서울에 왔던 것이 마지막이었다.

지수는 양화대교 중간의 대형 철제 아치를 바라보았다. 아치를 연결한 흰색 기둥들 사이사이 선명한 하늘이 반듯하게 오려붙인 것처럼 들어차 있었다. 왼쪽으로는 오전에 한강을 건넜던 당산철교, 그 너머로 여의도가 보였다. 뉴스에서 보는 편이 더 실제 같은 국회의사당과 이 정도는 돼야 마천루지 으스대는 듯한 고층 빌딩들. 오른쪽은 양화대교와 연결된 섬, 선유도였다. 선유도에 공원이 들어선 것은 이십여 년 전, 그전의 이십여 년간 선유도에는 강물을 수돗물로 만들어 공급하는 정수처리장이 있었다고 했다. 지수는 그 사실을 서울의 이곳저곳을 브이로그로 촬영해 소개하는 유튜브 채널을 통해 알게 되었다. 뭐든 처음이었지만 또 완벽히 처음일 수는 없는 것이, 검색창에 선유도공원을 입력하면 당연히 전부 살펴볼 수 없을 만큼의 검색 결과가 떴다. 한강 유람선 탑승, 콘래드호텔 호캉스, 홍대 힙스터들의 최애 편집숍, 합정역 강추 디저트 카페…… 연차를 내고 서울로 향하는 아침 기차 안에서 지수는 며칠 전부터 검색해둔 SNS 게시물을 다시 살폈다. #합정_상수_핫플 #홍대_빵지순례 #선유도공원_후기 #한강_셀카_명소 #서울_당일치기_코스 #지방러_일상탈출…… 인스타그램 사진들 아래엔 많게는 열몇 개씩 해시태그가 달려 있었지만, 지수의 오늘 하루를 정확히 설명할 수 있는 표현은 보이지 않았다. 관광, 여행, 나들이, 기분전환, 그 모두인 것 같기도 하고 그 어느 것도 아닌 듯한.

한강은 크고 넓고 깊고, 이해하기 어려운 안도감과 두려움을 동시에 불러일으켰다. 청록색과 회갈색이 진하게 뒤섞인 물결, 담담하게 일렁이며 단호하게 흘러간다. 그건 너무 마땅한 일이고, 한 번도 그러지 않은 적이 없기에 요란을 떨 건 없다. 무언가 다른 중요한 일이 있고 그것에 골몰할 뿐, 출렁임 자체에 연연하지 않는다. 싱그럽고 부드럽게 반짝이려 들지 않는다. 모든 강이 이런 느낌은 아닐 것이다. 지수는 강을 잘 몰랐다. 자신에게 익숙한 천안천이나 곡교천이 단순히 한강보다 훨씬 작고 좁고 얕다는 얘기가 아니었다. 크고 넓고 깊기로는 천안과 가까운 아산만 하구가 훨씬 그러했다. 그러나 한강은 달랐다. 지수는 제가 본 바다를 떠올려보았다. 충남의 서해안, 강릉과 양양, 포항과 부산, 그런 바다들과도 한강은 달랐다.

지수는 양화대교 보행로를 걸으며 한강을 바라보았다. 한강도 자기를 바라보는 것 같았다. 서울, 서울스러운 것, 흔히 애기하듯 서울이 얼마나 크고 넓고 복잡한지, 얼마나 번화하고,

세련되고, 유명하고, 대단한지. 하지만 지수는 자신이 느끼는 버거움이 꼭 그런 것들로부터 비롯되지는 않는다는 생각을 했다. 으리으리하고 화려한 것, 첨단과 발전과 유행이란 수식어를 필요로 하는 것, 그런 것들은 다른 도시에도 있었다. 그런 것들은 강박적으로 '서울에 못지않은' '서울을 능가하는'에 집착했기에 결국 서울로부터 자유롭지 못했다. 서울 어디서나 아주 흔하게 번화하지도 세련되지도 유명하지도 대단하지도 않은 것들과 마주칠 수 있었다. 낡고 더럽고 초라하고 뒤죽박죽 방치되거나 볼썽사납게 버려진 것도 많았다. 이도 저도 아닌 그저 그런 것도 얼마든지 있었다.

대신 이 도시에는 질문이 있었다. 감당할 수 있을까, 견뎌내고 버텨낼 수 있을까. 서울에서 나고 자란 사람들은 어떨지 모르겠으나, 제가 살던 곳을 떠나 이 도시에 와닿은 사람이라면 그런 질문을 마주해야 했다. 압도적으로 넓고 깊고 복잡한 세계에 도착했다는 안도감, 그러나 이내, 견뎌보겠지만 버텨보겠지만 끝내 감당할 수 없을 것 같은 두려움. 지수는 한강의 크기나 넓이나 깊이 그 자체보다 한 도시를 가로지르는 강에 대교라 불리는 다리가 서른한 개나 놓여 있다는 사실이 가장 놀라웠다. 그렇게나 많은 사람이 이 강을 건너다닐 일이 그렇게나 많다는 것. 강변을 따라 남쪽과 북쪽으로 길게 이어진 왕복 8차선의 자동차전용도로 위로 셀 수 없이 많은 차가 강물처럼 끊임없이 흘러가고 있다는 것. 그것이 단연 놀라운 일이었다.

이 강은 이 도시의 삶에 직접적으로 관여하고 있다. 사람들이 그렇게 생각하든 말든 강은 그렇게 하고 있다. 아주 오래 아주 많이 아주 깊이 그렇게 해온 것이다. 그러지 않을 수 없었던 것이다.

지수는 티 없이 맑은 하늘 아래 양화대교 보행로를 걸으며 한강을 바라보았다. 한강도 지수를 바라보았다. 양화대교를 내달리는 자동차들, 올림픽대로와 강변북로, 서강대교와 성산대교, 마천루와 아파트 군락, 서울도 지수를 바라보고 있었다. 감당할 수 있을까.

양화대교 중간쯤 선유도공원과 연결되는 입구가 있었지만, 지수는 페이즐리 무늬의 에스닉 원피스를 입은 소녀들을 따라 다리 남단에 설치된 엘리베이터를 타고 한강공원 잔디밭으로 내려갔다. 스무 살 정도, 걸그룹 멤버라면 딱 어울릴 법한 두 소녀가 양화대교 보행로에서 사진을 찍고 있었다. 리본을 늘어뜨린 챙이 넓은 모자, 하얀 프릴과 오프숄더, 양산과 선글라스, 레이스 스타킹과 빈티지 투톤 슈즈, 그리고 피크닉용 라탄 바구니까지. 셀카봉을 들고 애니메이션 캐릭터처럼 들떠 웃는 모습이 마치 오늘의 날씨를 위해 특별히 마련된 삽화 같았다.

지수는 홀리듯 소녀들을 쫓아갔다. 소녀들이 먼저 탔던 놀이기구를 닮은 엘리베이터 안에 이름 모를 향수의 따뜻하고 달콤한 향이 남아 있었다. 지수는 메스꺼움에 숨을 참았다. 몇 시간 전 서교동 유명 브런치 카페의 세트 메뉴를 반의반도 비우지 못한 참이었다. 카페의 시그니처로 명성이 자자한 트러플 오일을 곁들인 구운 가지와 버섯이 입에 댈 수 없을 정도로 역했던 것이다.

지수는 소녀들을 따라갔다. 한강이 한결 가까이 있었다. 햇빛을 머금은 잔디와 싱싱한 신록의 나무들, 걷는 사람, 뛰는 사람, 앉은 사람, 누운 사람, 커피와 벤치, 자전거와 킥보드, 스마트 워치와 러닝화, 아이와 유아차, 개와 하니스, 캐치볼과 배드민턴, 돗자리와 그늘막. 색색의 장미를 신경써 가꿔놓은 작은 정원의 포토 존은 평일임에도 사람들로 붐볐다. 세상 모든 것에 맑음이 작동하고 있었다. 셀카봉을 든 원피스 소녀들은 이곳저곳을 거닐다 강을 향해 비스듬히 경사진 너른 잔디밭에 자리를 잡았다. 강물이 정면의 선유도를 에두르며 호숫가 같은 분위기를 자아내는 곳이었다. 오른쪽은 양화대교, 왼쪽은 한강공원에서 선유도로 건너가는 아치형 보행교, 강가에서 낚시를 하는 사람들, 잔디밭 여기저기 날씨를 만끽하는 사람들, 어디선가 현악사중주라도 들려온다면 꿈결처럼 느껴질 만한 순간이었다.

소녀들은 잔디밭 위로 체크무늬 깔개를 펼쳤다. 대각선으로 얼마간 떨어진 곳에 지수도 자리를 잡았다. 가방에서 접이식 방석을 꺼내 깔고 앉았다. 한강공원 잔디밭에 앉아보는 것은 처음이었다. 주변 사람들은 모두 처음이 아닌 듯했다. 그들의 캠핑용 의자와 블루투스 스피커와 텀블러와 무릎 담요와 개 장난감. 강은 이들의 삶에 관여하고 있었다. 소녀들의 셀카봉 촬영은 한동안 계속되었다. 웃음과 속삭임, 모자를 벗어 머리칼을 가다듬고 선글라스를 벗어 화장을 고치고, 다시 웃음과 속삭임, 이윽고 큼직한 라탄 바구니의 덮개가 열렸다. 소녀들이 바구니 안에서 꺼낸 것이 설탕, 컵라면, 생리대는 물론 아니었다.

횡단보도를 건너던 지수를 들이받은 오토바이는 미끄러지며 휘청대다 이내 옆으로 쓰러졌고 운전자는 도로 위를 한 바퀴 굴렀다. 지수보다 앞서 길을 건너던 행인 중 한 사람이 뒤돌아 달려왔고, 신호 대기중이던 개인택시의 기사와 횡단보도 앞 프랜차이즈 제과점의 주인도 합세했다. 통증과 충격과 고립감. 지수는 그들의 말을 제대로 알아들을 수가 없었다. 일어설 수 있냐는, 어디 부러진 것 같지 않냐는 말이 세상 가장 답하기 어려운 질문처럼 느껴졌다. 여기가 아닌 다른 먼 곳. 행인과 택시 기사가 지수를 부축해 일으켰고, 제과점 주인이 도로 위로 떨어진 지수의 가방과 휴대폰을 주워 들었다. 오토바이 운전자가 다리를 절뚝이며 길가로 오토바이를 옮기는 동안 지수도 절뚝이며 세 사람과 함께 인도로 올라섰다. 주변에 누군지 모를 사람이 몇 명 더 늘어나 있었다.

아따 놀랐네, 보행 신혼데 어쩌자고 냅다 달려들어, 쯧쯧, 길 건너는 사람이 뒤에 더 없는 줄 알았던 거지, 거참, 경찰 불러요 경찰, 응급실부터 가는 게 낫지, 정확히 엑스레이를 찍어봐야, 전화번호들 서로 먼저, 거 조심 좀 하지, 글쎄 몸 상태부터 확인해야 합의를 하든 보험 처리를 하든, 본 사람이 여럿이니 사진은 안 찍어도, 허 진짜 큰일날 뻔했네, 119까진 아니고 암튼 병원부터, 어디 이 동네 살죠, 가족 누구 나오라 하든가 병원으로 오라 해요.

헬멧을 벗은 오토바이 운전자는 지수 또래로 보였다. 그는 얼이 빠진 얼굴로 연신 죄송하다는 말을 중얼거렸다. 술을 마신 것 같지는 않았다. 다시 도로에 차들이 다니기 시작했다. 지수는 저를 도와준 택시 기사를 따라 그의 택시 뒷좌석에 올랐다. 정신 나간 놈이네, 배달 오토바이는 아닌가본데, 어딜 횡단보도 녹색불인데 그냥 막 밟아. 택시가 가까운 대학병원 응급실로 향하는 동안 지수는 거미줄처럼 금이 간 휴대폰의 화면을 들여다보려 애를 썼다. 현실감이 없었다. 평소 장보기 용도로 사용하는 에코백을 열어보고는 더욱 아연해지고 말았다. 사고가 나기 이 분 전쯤 마트에서 계산을 마친 물건들, 설탕과 컵라면과 생리대, 1킬로그램짜리 설탕 봉지는 터져버렸고, 컵라면 세 개는 제각각 우그러지고 부서져 있었다. 열여섯 개들이 생리대 두 팩은 멀쩡했지만, 가방 안은 온통 설탕 범벅이었다. 횡단보도 보행 신호 사고라 벌점에 보험료에 왕창 폭탄 맞을 게 뻔하니 아마 합의해달라고 사정사정할 거요, 애먼 소리 한다 싶으면 바로 경찰에 사고 접수하는 게 낫고. 택시 기사가 룸미러로 지수를 살피며 말했다. 깨진 액정 위로 오토바이 운전자의 문자메시지가 떴다. 자신도 택시를 타고 응급실로 출발했다는 내용이었다. 죄송합니다, 다음 문장은 도저히 알아보기가 어려웠다. 다행히 아가씨 어디 부러지거나 하진 않은 거 같은데, 그래도 맨몸으로 오토바이에 치였으니 치료 제대로 받아야 할 거요, 교통사고는 제일 무서운 게 후유증이야, 후유증.

구름 한 점 없이 푸르기만 하던 하늘에 드문드문 뭉게구름이 떠 있었다. 햇빛은 여전히 넘치도록 흠뻑 쏟아져내렸다. 그 빛을 통과한 어떤 특별한 몽상이 거품처럼 피어올라 구름이 될 것 같은 날씨, 지수는 나른한 졸음에 잠겼다. 잔디밭 위의 원피스 소녀들은 라탄 바구니에서 꺼낸 샌드위치와 감자튀김과 버블티를 말끔히 먹어치운 후, 반쯤 누운 자세로 휴대폰을 들여다보고 있었다. 강도, 구름도, 강 위의 섬도 소녀들을 바라보고 있었다. 지수도 배가 고팠다. 그러나 며칠 전부터 음식을 앞에 두면 멀미를 하듯 메스꺼웠다. 사실 트러플 오일에 구운 가지나 버섯이 아니라, 귤이나 딸기 같은 겨울 과일이 먹고 싶었다. 입덧의 증상이란 것이 억지스럽고 유치한 설정의 티브이 드라마 같은 데서 보던 그대로여서 지수는 우습기도 했고 무섭기도 했다. 임신 5주에서 6주 사이, 몸속 작은 거품 같은 것이 구름처럼 부풀어오르기 시작한 것이다. 그 구름에 자신이 잠식당하기 시작한 것이다.

지수는 사고가 나던 순간을 거꾸로 영상을 돌려보듯 자주 복기해보았다. 신호등이 녹색불로 바뀌는 걸 본 것은 횡단보도를 십여 미터 앞둔 지점이었다. 뛰듯이 걸으며 무심결에 오른쪽 어깨에 메고 있던 에코백을 왼쪽 어깨로 옮겨 메었던 기억, 그 '무심결'에 대해서도 지수는 곰곰이 생각해보았다. 발걸음이 빨라지며 오른팔을 크게 젓느라 그랬을 테지만, 평소 가방을 오른쪽 어깨에 메는 자신이 발걸음을 빨리할 때마다 가방을 왼쪽으로 옮겨 메는 습관이 있는지 어떤지는 뭐라 단정하기 어려웠다. 출퇴근길에 매일같이 건너다니는 횡단보도였다. 지수는 그 길을 건널 때의 감각을 알고 있었다. 그런데 갑자기, 채널이 바뀌듯 난데없이 시야를 가득 채운 오토바이, 제게 그토록 가까이 다가온 것이 오토바이라는 것에 미처 놀라지도 못한 채, 오토바이는 지수의 몸 왼쪽, 에코백을 메고 있던 왼쪽 몸통을 들이받았다. 설탕과 컵라면과 생리대로 불룩한 에코백이 에어백처럼 완충재 역할을 한 셈이었다.

지수는 머릿속의 영상을 돌려보는 것 말고도, 영상을 여러 버전으로 새로 찍는 가상의 촬영을 거듭했다. 에코백 안에 들어 있던 것이 우유나 계란이었다면, 묵직한 병에 든 파스타 소스거나 묶음 판매용 캔맥주였다면, 도로 위로 깨진 계란과 유릿조각이 나뒹구는 모습, 흰 우유와 붉은 소스와 맥주 거품이 흐르는 장면, 경찰차의 경광등, 구급차의 사이렌, 가던 길을 멈추고 놀라 입을 틀어막은 목격자들. 지수는 상상을 멈추기가 어려웠다. 마트에서 계산을 삼십 초쯤 먼저 마쳤다면, 삼십 초쯤 늦게 마쳤다면, 여느 휴일처럼 점심 무렵 장을 보러 나섰다면, 일요일 저녁 티브이 프로가 마트에 가는 걸 잊게 할 정도로 재밌었더라면, 마트 진열대에서 생리대를 두 팩이 아니라 한 팩만 집어들었다면, 그랬다면…… 가장 치명적인 장면의 연출은 역시 '무심결'에 에코백을 오른쪽에서 왼쪽으로 옮겨 메지 않는 것이었다. 시나리오를 다시 쓸 수도 있었다. 집에 설탕이 다 떨어지고도 번번이 사는 것을 잊어 일주일 만에야 설탕을 샀다는 것, 여분의 생리대가 넉넉했음에도 마침 평소 사용하던 제품이 할인을 하고 있었다는 것, 갈비뼈와 골반뼈의 복합 골절, 장기 파열과 기억상실, 언제까지나 켜져 있는 빈 원룸의 티브이…… 지수는 사납고 어지러운 꿈을 꾸듯 공상에 집착했다. 통증과 충격과 고립감이 내내 안개처럼 자욱했다.

문득 강가가 소란스러워졌다. 우와, 히트, 히트. 낚시꾼 중 누군가 물고기를 잡은 모양이었다. 잔디밭의 다른 사람들처럼 지수도 끝이 물음표처럼 휘어진 낚싯대를 금방 알아보았다. 둥글게 떨리는 전율이 강물 속으로부터 전해졌다. 좀만 더, 다 왔어, 야 크다. 물위로 불쑥 솟아오른 물고기의 몸통이 햇빛을 받아 얼음덩어리처럼 빛났다. 여기저기서 낮은 탄성이 들려왔다. 말 그대로 팔뚝만한 물고기였다. 말도 안 돼, 저렇게 크다고? 한강에 물고기 사는 거였어? 대박, 가보자. 원피스 소녀들이 자리에서 일어나 강가로 다가갔다. 모자와 선글라스는 벗어두고 셀카봉을 든 채였다. 소녀들을 따라 일어서는 사람은 없었다. 지수는 잠시 망설이다 자리에서 일어섰다. 방석을 접어 가방에 넣고 천천히 소녀들 쪽으로 향했다. 커다란 물고기를 잡은 것은 뜻밖에도 소녀들 또래의 소년이었다. 주위를 둘러싼 낚시꾼 서넛은 모두 후줄근한 외양의 중년 남자들이었다. 야구 모자에 뿔테안경을 쓴 소년이 다른 낚시꾼들의 훈수를 듣는 척 능숙하게 물고기 입에서 낚싯바늘을 빼냈다. 촘촘히 비늘을 두른 탄탄한 몸통이 격렬하게 꿈틀거렸다. 헐 완전

헐, 이렇게 큰 물고기 잡은 거 처음 봐, 나도 나도. 마침 산책을 하며 옆을 지나던 젊은 부부와 어린 남자아이가 구경에 합세해 분위기는 어색함을 지웠다. 아이가 물고기 물고기, 혀 짧은 소리를 내며 발을 구르자 가숭어야, 가숭어. 한 낚시꾼이 이름을 알려줬다. 네? 뭐라구요? 소녀들이 대신 물었다. 가숭어. 가숭어? 그게 뭐예요? 숭어, 숭어 몰라? 이건 눈이 노랗잖아, 눈이 노란 건 그냥 숭어가 아니라 가숭어. 이상해 이름. 여기 숭어 말고도 많아, 붕어, 잉어, 배스, 쏘가리. 물고기를 잡은 소년은 말없이 여유로운 표정을 짓고 있었다. 저기요, 사진 찍어도 돼요? 소녀들이 셀카봉을 들이밀었다. 아가미를 헐떡거리며 바닥에 놓여 있던 가숭어가 죽음처럼 힘껏 퍼덕이자 사방에 물이 튀었다. 소녀들이 소리를 질렀다. 우리 인스타 라이브 켜자.

지수는 천천히 그곳을 벗어났다. 가숭어라는 이름의 생경한 리얼함. 지수 역시 누군가에게 처음 이름을 말해야 하는 상황이면 비슷한 반응을 접하곤 했다. 특히 전화로 공적인 용건을 전할 때 그랬다. 네? 임지수요? 김지수? 지수는 인印씨였다. 아뇨, 인지수요. 인간 할 때 인. 어쩐지 참을 인 할 때 인, 해야 더 정확히 알아들을 것 같았지만 그렇게 설명하고 싶지는 않았다.

인지수, 무슨 수학책에 나오는 이상한 숫자 이름 같다. 오래 전 하늘은 그렇게 말했다. 지수의 아빠와 하늘의 엄마는 사촌 간이었다. 너희 엄마도 인씨잖아. 열여섯 살 동갑내기 하늘이 엄마와 살고 있지 않아 지수는 그렇게 말할 수가 없었다. 하늘은 제 외할머니가 돌아가신 뒤, 박씨인 아빠와 살다가 아빠와도 살 수가 없게 되어 말 그대로 친척집을 전전하는 신세였다. 지수네는 그 친척집 중 한 곳이 되었고, 하늘은 지수의 학교로 전학했다. 중학교 3학년 봄부터 겨울까지, 지수는 하늘과 방을 함께 썼다. 하늘은 여름방학이 되자 아빠가 사는 서울로 떠났다 돌아왔는데, 여름내 연예기획사 오디션을 보러 다녔다고 했다. 하늘은 지수의 엄마가 설거지를 시키면 자주 그릇을 깼고, 생리 뒤처리를 깔끔하게 못한다고 잔소리를 들었다. 학교에서는 책상에 엎드려 있을 때가 많았고, 시험 때면 아무렇게나 답안지를 마킹하고 다시 책상에 엎드려버리는 것에 거리낌이 없었다. 지수의 엄마는 하늘이 지수에게 나쁜 물을 들일 거라 끌탕을 했다. 자매가 없는 지수는 하늘을 좋아하게 되었고, 또 이내 싫어하게 되었다. 하늘은 조악한 액세서리나 화장품 따위를 선심 쓰듯 지수에게 선물하곤 했다. 지수가 잘 알지 못하는 것들에 대해 과장된 무용담을 곁들여 설명하는 것도 좋아했다. 나란히 이부자리를 깔고 잠이 들었다가 지수는 새벽녘 이상한 기척에 자주 잠을 깨곤 했다. 어둠 속에서 조심스레

옆을 살피면, 이불을 무덤처럼 뒤집어쓴 하늘이 짐승처럼 끅 끅대며 울고 있었다. 울음이 잦아들 때까지 지수는 숨을 죽인 채 꼼짝할 수 없었다. 종종 울음 끝에 하늘의 손이 지수의 어 깨에 닿곤 했다. 그러나 그 축축하고 끈끈한 무언가가 저로서 는 도무지 감내하기 어려운 것임을 감지하고 지수는 깊이 잠 든 척을 했다. 집에 둘만 있을 때면 하늘은 오디션 연습을 한 다며 노래를 부르거나 춤을 추었다. 배우의 연기를 따라 하는 모습을 지수에게 촬영해달라고도 했다. 박하늘 이름 괜찮지, 인하늘이었으면 존나 이상했을 것 같아, 그런데 바카늘, 소리 나는 대로 쓰면 좀 이상하긴 해. 지수는 동갑내기 육촌이 그 자체로 어떤 사건처럼 느껴졌다. 결국 하늘이 자기네 집과 제 방을 떠나주길 바라게 되었다. 그건 누구보다 하늘이 가장 바 라는 일이기도 했다. 나는 그냥 사는 건 싫어, 서울 가서 사는 것처럼 살고 싶어.

지수는 양화대교 보행로에서 셀카봉으로 사진을 찍던 원피 스 소녀들이 자기로 하여금 하늘을 떠올리게 했음을 깨달았 다. 사는 것처럼 살고 싶어. 에스닉 원피스도 입고, 한강으로 피크닉도 가고, 인스타 라이브도 하면서. 지수는 한강공원에 서 선유도공원으로 이어지는 보행교에 올랐다. 왼쪽 다리에서 희미한 통증이 느껴졌다. 교통사고는 제일 무서운 게 후유증, 그 말은 응급실로 자신을 태워준 택시 기사보다 지수가 평소 더 많이, 더 자주, 더 심각하게 하는 말이었다.

지수는 천안의 어느 한방병원 원무과에 이 년째 근무중이었다. 내원 환자의 안내와 접수, 전화와 온라인으로 진행되는 상담 예약, 병원 홈페이지 관리, 진료 차트 정리와 보험 처리, 각종 통계 입력 등이 지수의 업무였다. 천안 소재 전문대학의 보건행정과를 졸업한 뒤, 지수의 첫 직장은 조치원의 한 통증클리닉 의원이었다. 서울의 병원들에도 취업을 시도했지만 번번이 불합격 통지를 받았다. 보건 분야 공무원 시험을 잠시 준비하다 그만두고, 아산의 한 정형외과 의원에 근무하던 지수는 우연히 지금의 한방병원으로 이직할 기회를 얻었다.

네, 저희 병원은 한방 양방 협진 시스템이 잘 갖춰져 있어서, 진단서상으로는 전치 2, 3주라 해도 교통사고는 후유증을 절대 가볍게 보셔서는, 추나요법도 건강보험 적용되는 거 아시죠, 병원 홈페이지의 자가진단표 내용을 참고하시면, 도수치료는 전문 물리치료사 선생님이 담당하시고, 약침 치료와 탕약 복용을 병행해야 어혈을 풀고 어긋나 있는 몸의 밸런스를 바로잡으실 수, 보험사에서 진료비 지불보증서 발급받으셔서, 화 목은 아홉시까지 야간 진료 가능합니다.

지수는 평소 자신이 환자들에게 안내하던 내용을 대학병원 응급실의 대기용 휠체어에 앉아 되뇌어보았다. 통증과 충격과 고립감이 설명을 제대로 이해하기 어렵게 만든다는 생각을 처음으로 했다. 병원 행정직 경력이 사 년을 넘긴 지수였지만 응급실의 환자가 된 것도 처음이었다. 지수는 뼈 상태를 확인하기 위해 엑스레이 검사실의 촬영용 침대에 누웠다. 어둡고 춥고 고요했다. 그리고 자신에게 교통사고로 인한 응급실행을 곧바로 알릴 사람이 없다는 것에 대해, 당장 병원으로 와달라 부탁할 사람이 없다는 것에 대해 생각했다. 아스팔트에 쓸려 피가 맺힌 손등에 드레싱 처치를 해준 응급실 레지던트는 몹시 피곤해 보였지만 비교적 친절한 편이었다. 오토바이에 치이고도 뼈가 부러지거나 금이 가지 않은 것을 흥미로워하는 눈치였다. 지수는 온통 설탕 범벅이 된 에코백 속을 그에게 보여주고 싶었다. 타박이랑 염좌 해서 진단서는 전치 3주지만 이런 경우 대부분 보험 처리로 정형외과나 한의원에서 물리치료를 받으시더라구요. 레지던트의 설명에 지수는 전혀 몰랐다는 표정을 지어 보이며 고개를 끄덕였다. 아 그런가요.

지수는 선유도의 보행교를 건너 공원 서쪽 입구의 전망대에 다다랐다. 강물이 흘러가는 방향으로 가까이 성산대교와 월드컵대교가 겹쳐 보였고, 강 건너 북서쪽은 월드컵경기장이 위치한 상암동이었다. 도훈에게 메시지가 와 있었다. 아산 재활 두 타임 끝내고 천안으로 이동중, 서울 친구는 잘 만나고 계신가, 아 친구가 아니라 친척이라고 했던가; ㅋㅋ 쏘리~.
지수의 메신저에 도훈의 이름은 여전히 '구쌤'으로 입력되어
있었다.

도훈은 물리치료사였다. 특정 병원 소속이 아니라 여러 병
원과 계약을 맺고 예약제로만 일하는 일종의 프리랜서 치료사
였다. 천안의 병원 두 곳과 아산의 한 곳에서 '복합 도수치료'
나 '특수 재활치료'라는 고가의 비급여 요법을 담당했는데, 종
종 대전과 세종으로 출장을 갈 정도로 실력자란 평판이 나 있
었다. 지수보다 아홉 살이 많은 서른여섯의 도훈은 얼핏 헬스
트레이너라 해도 믿을 법한 근육질의 거구였다. 병원의 간호
조무사와 원무과 여자 직원들 사이에 물리치료사 구도훈은 미
혼의 남자 한의사 이상으로 관심의 대상이었다. 구쌤, 구쌤,
모두 자주 구쌤을 입에 올렸다. 지수는 그들로부터 도훈이 서
른둘에 결혼했다 일 년도 안 돼 이혼했고, 서울의 유명 척추관
절 전문 병원에서 스카우트 제의를 받았으며, 머지않아 억대
연 수입도 가능할 거란 얘기를 들었다.

사고 후, 지수는 병원에서 근무와 치료를 병행했다. 예약 환
자가 비는 아침 시간이나 저녁 시간에 뜸을 뜨고 침을 맞고 저
주파치료를 받았다. 작은 항아리 모양의 부항을 등판 가득 붙
였다 떼고 나면 짙은 팥죽색 원들이 섬뜩하고 적나라한 자국
으로 남았다. 왼쪽 무릎엔 한동안 보호대를 착용해야 했다. 아

이고, 지수씨 진짜 큰일날 뻔했다, 어디 부러지기라도 했으면. 어깨와 허리에 약침을 놓아주며 여자 한의사가 혀를 찼다. 원장을 제외하고 병원 소속 한의사 넷 모두에게 교대로 추나요법도 받았다. 치료용으로 특수 제작된 침대에 엎드려 제 경추나 요추에서 나는 뼛소리를 듣고 있으면, 사고 당시 멀리 다른 곳으로 내던져지는 것 같던 감각이 되살아났다. 한의사들에게 벗은 등과 멍든 다리를 보이는 일도 대수롭지 않은 척했지만 내내 불편했다. 지수씨가 치료 쭉 받고 병원 홈피에 완치 체험기 올리면 제대로 바이럴 마케팅 되겠네. 지수는 어혈을 풀고 기력을 회복하는 데 탁월한 약재가 사용되었다고 자신이 환자들에게 설명한 한약도 조제해 복용했다. 모두 20퍼센트 직원 할인 혜택을 받았다.

지수는 도훈에게 답신을 보낸 뒤, 선유도공원 안내도 앞에서 휴대폰의 지도 앱을 켰다. 현재 위치가 한강의 섬 위에 파란색 점으로 표시되었다. 손가락으로 화면을 움직여 합정역쪽에서 양화대교를 건너 이곳까지 걸어온 길을 가늠해보았다. 지수가 교통사고를 당했던 그날 밤, 하늘도 같은 길을 걸어왔을 터였다.

응급실에서 집으로 돌아오니, 밤 열시가 가까운 시간이었다. 지수는 켜두고 나갔던 티브이를 껐다. 응급실 레지던트가 일러준 대로 욱신거리며 부어오르고 있는 다리에 냉찜질부터 할 생각이었다. 그러나 이내 원룸 안에 연기처럼 차오르는 통증과 충격과 고립감, 뭔가 돌이킬 수 없이 달라져버렸다는 느낌이 불안하게 목을 죄었다. 지수는 다시 티브이를 켜고 볼륨을 높여 광고를 열 개쯤 시청했다. 냉찜질 대신 에코백을 열어 생리대 두 팩을 꺼냈다. 조심했음에도 바닥에 설탕 알갱이가 후드득 떨어졌다. 우그러진 컵라면 용기와 과자 조각처럼 부서진 면덩어리, 아래쪽이 터진 포장 비닐을 끄집어내자 설탕이 가방 안을 수북이 채웠다. 설탕 속에 파묻힌 카드지갑도 빼냈다. 신분증과 이런저런 카드를 꽂아둔 좁은 칸마다 설탕 알갱이가 박혀 있었다. 지수는 왼쪽 다리를 절룩이며 화장실로 가서 에코백을 기울여 변기에 설탕을 쏟아냈다. 조심했음에도 여기저기 설탕이 떨어졌다. 가방을 뒤집어 힘껏 털어보았지만 설탕 알갱이는 말끔히 떨어지지 않았다. 갑자기 목덜미와 등줄기를 타고 찌르는 듯한 통증이 온몸으로 퍼졌다. 손바닥과 발바닥이 설탕의 감촉으로 까끌거렸다. 무력한 고통과 불쾌한 이물감. 정확히 무엇을 향하는지 알 수 없는 화가 치밀어올랐다. 문득 에코백을 버려야겠다고 생각한 순간, 전화벨이 울렸다. 어지럽게 금이 간 액정 화면에 박하늘이란 이름이 떠 있었다.

아, 안녕, 어, 그래, 잘 있었지, 완전 오랜만, 정말, 아니, 너무 늦었나, 미안, 괜찮니, 그래, 음, 있잖아, 지난번 연락, 이 년 전, 삼 년 전이었나, 겨울에, 네가 서울 와서, 전화했는데, 면접 본다고, 내가 일이 있어서, 그때 좀, 네가 먼저 연락, 미안했어, 갑자기 그냥, 생각이 났지, 맞아, 너무 오랜만에, 진짜, 여기, 선유도, 선유도공원이라고, 한강인데, 아까 계속, 홍대 쪽에 있다가, 어, 혼자, 걸어왔어, 아니 괜찮아, 집은 이쪽 아닌데, 그냥 한참, 너 계속 천안에 있다며, 그래, 병원 일 하는 거, 나, 은평구, 가까워, 너 언제, 서울 한번 올래, 여기 좋다, 지금 추운데, 한강, 밤이라, 나도 처음 왔어, 그때 못 만났으니까, 음, 예전에, 너희 집에 있을 때, 네 방에서, 같이, 맞아, 그래 벌써, 십 년 넘었다, 진짜 오래, 나는 뭐, 지난번에는 너무 갑자기, 생각을 못하고, 그래, 서울 한번 와, 여기 같이 오면, 아, 근데, 너 목소리가 좀, 어디 아프니……

하늘과의 통화를 마치고 지수는 설탕을 쏟아부은 변기의 물을 내렸다. 에코백을 쓰레기봉투 속에 욱여넣고 냉찜질을 하려 비닐에 얼음을 채웠다. 마지막으로 서울에 면접을 보러 갔던 겨울의 추운 한낮, 지수는 하늘에게 전화를 했었다. SNS로 어렵게 연락이 닿아 짧은 안부를 주고받은 얼마 뒤였다. 지수는 면접을 마치고 나와 구의역 인근에서 건대입구역 방향으로 걸었다. 하늘의 번호를 누르자 지수가 알지 못하는 노래가 컬러링으로 길게 이어졌다. 감당할 수 있을까, 견뎌내고 버텨낼 수 있을까. 면접관은 합격 여부를 며칠 내 알려주겠다고 친절하게 말했지만 예감은 좋지 않았다. 지수는 직업을 구하기 위해 자기가 다시 서울을 찾는 일이 있을까 생각했다. 전화를 받지 않는 하늘에게 문자를 남겼다. 함께 한방에서 지냈던 열여섯, 하늘은 중학교 마지막 학기를 간신히 마치고 제 엄마를 따라 대구로 갔다. 졸업식에 참석하지 않아 지수가 대신 하늘의 졸업장을 받았다. 그 졸업장을 어떻게 했는지 도통 기억나지 않았다. 고등학교를 마칠 무렵 하늘이 서울로 거처를 옮겼다는 얘기를 들었다. 그뒤 온라인 쇼핑몰에서 의류 피팅 모델을 하고 있다는 소식, 영화 오디션을 준비한다는 소식, 메이크업 아티스트인지 스타일리스트인지 한다며 배우러 다닌다고, 제 엄마한테 돈이나 뜯어가고, 아무튼 걔는 여전히 헛바람이 든 모양이더라, 지수의 엄마는 종종 묻지도 않은 하늘의 근황을 힐난조로 전해주곤 했다. 서울 소재 병원의 취업 정보를 찾을 때면 지수는 하늘의 이름을 SNS에 검색해보곤 했다. 박하늘, 바카늘, 나는 그냥 사는 건 싫어, 서울 가서 사는 것처럼 살고 싶어.

5월의 두번째 수요일, 세상 모든 것에 맑음이 작동하고 있었다. 깊은 어둠에 잠긴 것들에까지 가닿을 강력한 청명함. 물밖으로 나온 눈이 노란 가숭어는 지금쯤 숨이 끊어졌을까. 지수는 선유도공원 내 '시간의 정원'으로 들어섰다. 이곳이 오래

전 한강 정수처리장의 약품침전지였다는 설명을 읽었다. 불투명한 강물을 투명한 수돗물로 정화하는 복잡한 화학 공정에 대해 지수는 전혀 아는 바가 없었다. 정수처리장이 공원으로 바뀌며 약품침전지의 설비와 장치는 철거되었고, 남은 석재와 철재 골조는 친환경 재활용 콘셉트로 설계된 생태 정원의 일부가 되었다. 환한 햇빛이 정원 위로 쏟아져내리며 넝쿨식물에 뒤덮인 골조 잔해의 짙은 그림자를 만들어냈다. 미로 같기도 하고 동굴 같기도 한 시간의 정원, 시간 속을 헤매거나 시간 속에 숨거나. 벤치 옆 키 큰 버드나무 이파리가 누군가의 머리칼처럼 부드럽게 흩날렸다.

박하늘, 바카늘, 하늘은 죽었다. 교통사고 후 병원에서 근무와 치료를 병행하며 겨울을 보내다 오랜만에 본가에 갔던 지난 설 연휴, 지수의 엄마는 내내 뜸을 들이다 불경한 비밀을 털어놓듯 하늘의 자살 소식을 전했다. 한강으로 떨어졌냐니? 애가 무슨 소리야, 미쳤어, 끔찍하게, 아휴, 아니 그보다 더 끔찍해 아주, 걔가 글쎄, 지 사는 원룸, 보일러 가스관에 목을 맸단다, 세상에, 내가 얼마나 놀랐는지, 언제? 벌써 몇 주 됐는데, 진짜 말하기도 무섭다, 그게 참, 죽고 나서 일주일이나 지나서 발견됐다지 뭐냐, 걔 엄마 전화를 받고 내가, 손이 벌벌 떨리고 심장이 두근대서, 그거 있잖니, 뉴스 같은 데도 나오는, 쓰레기 집, 집안이 온통 쓰레깃더미에 뒤덮여서, 일절 청소도 안 하고,

코딱지만한 원룸이 발 디딜 틈도 없이 쓰레기로, 냄새가 말도 못하고, 그런 데서 세상에, 끔찍해라, 걔가 글쎄 왜.

지수가 횡단보도를 건너다 교통사고를 당한 지난겨울의 어느 일요일 저녁, 하늘은 홍대 쪽에서 걸어와 양화대교를 건너 선유도공원에 도착했을 것이다. 밤 열시쯤 공원 어딘가에서 지수에게 전화를 걸었을 것이다. 너 언제, 서울 한번 와, 하늘은 차가운 밤의 한강을, 어두운 밤의 서울을 바라보았을 것이다. 한강과 서울도 하늘을 바라보았을 것이다. 어디가 아프냐는 하늘의 물음에 지수는 감기 기운이 있다고 둘러댔다. 전화를 끊은 뒤 지수는 설탕을 쏟아부은 변기의 물을 내리고, 에코백을 둘둘 말아 쓰레기봉투에 버리고, 왼쪽 무릎에 냉찜질을 했다. 어깨와 이마로 열이 올랐다. 추운데 몸 잘 챙기고, 건강하게 지내길, 봄에 따뜻해지면 서울에서 한번 보자. 어지럽게 금이 간 액정 화면으로는 물결 모양 기호와 느낌표 세 개, 웃는 얼굴 이모티콘을 제대로 알아보기 어려웠다. 물티슈로 바닥에 떨어진 설탕을 닦아내다 하늘의 메시지를 확인했지만, 지수는 답신을 하지 않았다.

낳는 거, 지우는 거, 둘 다 가능한데, 둘 다 당연히 쉽지 않지, 이미 알고 있겠지만, 난 결혼도 한 번 했었고, 헤어진 건 대여섯 번쯤 되는데, 오래전에 한 번 경험 있어, 지우는 쪽으로, 그때도 가능성이 없었는데 그러더니, 이상하게 이번에도 그러네, 음, 아닌가, 느낌이 좀 달랐나, 도훈의 말을 끊고 지수는 낳을 거예요, 라고 말했다. 제 목소리가 생각보다 크고 빠르고 단호해, 낯설고 두렵고 수치스러웠다. 여기가 아닌 멀리 다른 곳으로 내던져지는 느낌을 받았다.

그네처럼 만들어진 벤치에 앉아 한강을 바라보며 발을 구르자, 졸음과 메스꺼움이 투명한 막처럼 지수를 서서히 감쌌다. 그래도 화창한 날씨가 모든 것에 와닿았다. 뉴스를 보니 이십대 여자 90퍼센트가 미혼이라는데 괜찮겠어? 통증과 충격과 고립감이 느껴지는 청혼이었지만, 지수는 상처받지 않았다. 푸른 하늘과 흰구름 아래, 강과 섬과 나무가, 강물 속 가숭어들도 속속들이 햇빛의 세례를 받고 있었다. 세찬 비나 바람처럼, 극단적인 더위나 추위처럼, 죄나 자비처럼, 속수무책으로 맑은 날이었다. 지수는 다음주 병원에 사직서를 제출할 예정이었다. 너무 많은 가능성을 깨닫고 이내 초조해지는 마음, 그 초조함을 애써 모르는 척해도 괜찮을 정도의 날씨.

교통사고 후 이틀이 지난 저녁, 지수는 당사자 간 합의 대신 정식 사고 접수를 택했다. 도훈이 경찰서에 동행해주었다. 야간 진료 근무일이었고, 액정을 교체한 지수의 휴대폰에 오토바이 운전자의 전화와 문자가 종일 쇄도한 날이기도 했다. 예의 택시 기사의 말대로 그는 자신이 사고 벌점과 보험료 인상을 감당할 처지가 아니라며 읍소하듯 아쉬운 소리를 늘어놓았다. 형편이 어렵다며 제시한 합의금은 치료비의 반도 안 될 금액이었다. 지수는 근무 틈틈이 통화를 하고 답신을 했다. 상대의 말투는 점점 막무가내 우격다짐으로 변하고 있었다. 횡단보도 건너다 사고 났다면서요? 마지막 환자의 도수치료를 마친 후 운동치료실에서 함께 차트를 정리하던 도훈이 지수에게 말을 걸었다. 이런저런 얘기를 나누는 동안에도 지수의 휴대폰으로 전화와 문자가 계속됐다. 스피커폰으로 받아봐요, 지수는 도훈의 말대로 했다. 오토바이 운전자는 횡단보도가 아니라 골목길에서 사고가 난 걸로 합의를 해달라며 생떼를 부렸다. 뭐래 웃기는 놈이네 이거, 도훈은 지수의 휴대폰을 빼앗듯 가져가 목소리를 높이기 시작했다.

지수는 졸음과 메스꺼움을 떨치고 벤치에서 일어섰다. 귓바퀴를 따라 현기증이 일었다. 사는 것처럼 살고 싶어. 가스관에 목을 매는 것이 아니라, 넓고 깊은 강물로 뛰어들고 싶었다. 하늘도 그랬을 것이다. 이 강이 이 도시의 삶에 관여하는 방식. 불현듯 헬리콥터 소리가 들려왔다. 지수는 고개를 들어 하늘을 바라보았다. 작고 검은 벌레를 닮은 헬리콥터 한 대가 매끈하고 정결한 하늘에 심술궂은 흠집을 내듯 날아가고 있었다. 저기, 일어나시는 건가요? 페이즐리 무늬의 에스닉 원피스를 입은 소녀들이 지수 가까이 다가와 있었다. 소녀들은 지수가 비켜난 그네 벤치에 냉큼 앉았다. 그리고 애니메이션 캐릭터처럼 들뜬 모습으로 발을 굴렀다. 다시 웃음과 속삭임, 그냥 사는 건 싫어, 사는 것처럼 살고 싶어. 다시 셀카봉 촬영이 시작되었다.

지수는 소녀들을 뒤로하고 양화대교 방면으로 걷기 시작했다. 정수처리장이 생태 공원이 되기까지의 시간. 하루종일 맑은 날이었다. 모든 것이 처음부터 끝까지 선명한 날이었다. 몸 어딘가에서 미미한 통증이 느껴졌다. 부디 감당하지 못할 정도의 후유증이 아니길, 지수는 간절히 바라기 시작했다.

세탁기 속의 그녀—
『인어공주』 외전外傳

메트로폴리스 T시市, 늦가을의 구도심. 대대적인 리모델링을 마치고 지난달 다시 문을 연 비즈니스호텔이 어둠 속에서 빛나고 있다. 한때 호텔은 번성했고, 시나브로 쇠락했고, 흉물스럽게 황폐해지며 한동안 방치되었다가, 딱히 대안이 없는 무모한 쇄신의 의지를 통해 지루한 과정을 거쳐 부활했다. 어쨌든 호텔이 오래전부터 이 거리의 랜드마크였던 것은 분명하다. 호텔 주변의 카페, 식당, 술집, 편의점은 오늘 제법 분주한 저녁을 보내고 밤을 맞은 참이다. 잰걸음으로 오가는 사람들과 브레이크등을 켜고 늘어선 자동차들, 밤의 거리는 쉼없이 움직이며 물결처럼 출렁이고 있다.

호텔 뒤편 이면도로를 건너면 분위기는 사뭇 달라진다. 허름한 집들이 전체를 가늠할 수 없는 무언가의 파편처럼, 낡은 건물들이 한데 엉겨붙은 덩어리처럼 난맥상으로 펼쳐진다. 상점들은 대부분 불을 끄고 문을 닫은 상태다. 몇 시간 전 혹은 며칠 전 문을 닫은 곳도 있고, 몇 달 혹은 몇 년씩이나 문이 닫힌 곳도 있다. 드물게 사람들이 오간다. 이 일대가 도시정비촉진지구임을 알리는 현수막들은 하나같이 색이 바래 있다. 그리고 그 어디쯤 A빨래방이 있다.

24시간 영업을 알리는 빨래방의 둥근 외등 간판이 이물스럽게 빛난다. 형광 불빛으로 환한 빨래방의 내부, 유리벽을 마주한 긴 테이블, 후드 티에 야상 점퍼를 입은 젊은 여자가 스툴에 앉아 휴대폰 화면을 들여다보고 있다. 그녀의 빨래는 2번 세탁기 속에 있다. 호텔과 대각선 방향에 위치한 주상복합 아파트 단지가 유리벽 너머로 보인다. 25층 높이에 다섯 개 동 규모로 올해 초 입주가 시작된 곳이다. 빨래방에서 느린 걸음으로 십 분 거리, 십 분 내내 파편 같기도 덩어리 같기도 한 집과 건물을 지나면, 어둡게 문이 닫힌 상점들을 지나면 그곳에 닿을 수 있다. 고개를 한껏 젖히고 다른 세상의 비늘처럼 반짝이는 25층 창문들을 올려다볼 수 있다.

2번 세탁기가 첫번째 헹굼 코스를 마치자 다시 급수장치가 작동한다. 스툴에 앉아 있는 그녀의 세탁물과 함께 인어공주는 세탁기 속에 있다. 출입문 옆 벽시계는 막 밤 열시를 넘어

섰다. 겨울이 차가운 뱀처럼 조용히 다가오고 있는 11월의 밤이다.

인어공주는 얼마 전 266세가 되었다. (잘 알려진 대로) 바다에서 태어난 인어공주는 십육 년을 인어로 살았다. 마녀에게 목소리를 내주며 혀를 잘리고 칼날 같은 다리를 얻어 뭍으로 올라와 잠시 인간과 비슷한 무엇으로 살았다. 이후 물거품이 되어 이백오십 년을 살았다. 물거품으로 훨씬 오래 살았기에 인어공주의 이름은 물거품공주가 더 적당할지 모른다. 그러나 이제는 아무래도 상관없는 일이라고 인어공주는 생각한다.

다시 세탁기가 회전을 시작한다. 빠르게 돌아가는 와중에도 세탁기 속의 인어공주는 세탁기 밖의 그녀를 주시한다. 그녀가 맨발이기 때문이다. 빨래방의 실내 온도가 바깥보다야 높겠지만 맨발은 시릴 수밖에 없는 날씨다. 카키색 점퍼 아래 회색 트레이닝복 바지, 발등을 덮는 투박한 디자인의 슬리퍼를 신은 그녀는 틀림없이 맨발이다. 휴대폰 화면을 두드리던 그녀의 손가락이 잠시 멈춘다. 세탁기가 반대 방향으로 회전한다. 인어공주는 계속 그녀를 주시한다. 세탁중인 그녀의 침대 시트에 피가 묻어 있기 때문이다. 삼십 분 전쯤 빨래방에 도착한 그녀는 천장 구석의 시시티브이를 의식하며 피 얼룩이 보이지 않도록 둥글게 뭉친 시트를 서둘러 세탁기 속에 집어넣었다. 인어공주는 그녀가 이곳에 오기 전 이미 한 차례 다급한 손길로 피 얼룩을 지우기 위해 무력한 시도를 했음을 알 수 있었다.

너도 인어일까. 손가락을 멈춘 그녀가 고개를 들어 유리벽 너머 높다란 주상복합 아파트를 바라본다. 인어공주는 알 수 있다. 그녀는 저곳에서 오지 않았다. 그녀는 리모델링 후 새로 문을 연 호텔에서 왔다. 호텔은 그녀의 집이 아니라 그녀의 일터다. 그녀는 오늘 새벽까지 나흘째 밤근무를 하고 휴일을 맞았다. 인어공주는 세탁기 속에서 크게 몸을 부풀린다. 세제 성분이 피 얼룩을 말끔히 지울 수 있을까. 피와 함께 시트 가득 배어 있는 피로와 초조와 낙담. 그녀의 손가락이 휴대폰 위에서 다시 빠르게 움직이기 시작한다.

충동적이고 부주의하여 일을 그르친다는 것, 인어공주는 알고 있다. 사로잡혀 들끓고 전전긍긍 안간힘을 쓰다 무력하게 스러져버린다는 것, 인어공주는 그런 것들을 아주 잘 알고 있다.

왕자를 죽이지 못하고 바다로 뛰어들어 물거품이 된 후 몇 개월간, 인어공주는 십육 년 남짓 알았던 것보다 훨씬 많은 것을 알게 되었다. 인어공주의 혀를 잘라 목소리를 앗아간 대신 칼로 베듯 아픈 다리를 내어준 마녀가 아버지의 전 연인이었다는 것을, 막내인 인어공주까지 여섯 인어 자매를 애지중지 보살폈던 할머니가 어머니를 끔찍하게 괴롭히고 잔인하게 학대했다는 것을, 미쳐버린 어머니는 인어공주를 낳은 뒤 바다 왕궁을 떠나 영원히 사라져버렸다는 것을. 인어공주는 그런 것들을 알게 되었다.

인어공주는 물거품이 되어 세상의 모든 날씨와 계절을 경험하며 수십 년을 흘려보냈다. 파도와 증발, 구름과 결정, 비와 낙하, 눈과 해빙을 수없이 반복하며 자신이 살았던 날들을 낱낱이 되새겼다. 동굴의 이끼 속에서, 늪의 수초 속에서, 밀림의 진흙 속에서, 태풍의 해일 속에서 인어공주는 수없이 몸을 바꾸며 자신이 알게 된 것들을 찬찬히 되새겼다.

문득 인어공주를 멈추게 한 것은 왕자와의 재회였다. 왕자가 자신을 알아보지 못한 것이 처음은 아니었기에 인어공주는 딱히 실망하지 않았다. 자신 역시 왕자를 바로 알아보지 못했다. 단지 수십 년의 시간이 지나서였기 때문만은 아니었다.

인어공주는 무거운 빗방울 속에 담겨 숲으로 떨어지고 있었다. 거센 소나기가 퍼붓기 시작하자 사냥을 마치고 만찬을 준비하던 무리에 작은 소동이 일었다. 인어공주는 은으로 만든 술잔 속으로 떨어졌다. 잔이 기울며 포도주가 누군가의 입술과 수염을 적셨다. 인어공주는 잿빛 수염 끝자락에 매달려 있다 담비 가죽 망토의 앞섶에 스며들었다. 누군가 테이블을 주먹으로 거칠게 내리치며 소리를 질렀다. 사람들은 빗속에서 우왕좌왕하며 두려움에 몸을 사렸다. 인어공주는 누군가의 목소리와 냄새를 간신히 기억해냈다.

젊고 아름다웠던 왕자는 늙고 괴팍한 왕이 되어 있었다. 인어공주는 사슴피를 모아둔 단지로, 감자를 삶는 법랑 솥으로, 왕궁 중정의 연못으로, 왕비의 침실 화병으로 몸을 옮겨가며 왕이 된 왕자 곁에 한동안 머물렀다. 그리고 그제야 비로소, 왕자를 알게 되었다.

인어공주가 물거품이 되어 사라진 뒤 일 년쯤 지나, 왕자와 결혼한 이웃나라의 공주는 쌍둥이 아들을 출산하다 사망했다. 쌍둥이 아들은 왕자의 어머니인 늙은 왕비와 왕자를 키운 늙은 유모 손에서 자랐다. 몇 년 후 왕자는 연합 왕국 군대에 소속되어 전쟁에 참가했다. 왕자는 초원과 사막을 지나 이교도의 나라에 당도했다. 전쟁터에서 왕자는 많은 사람을 죽였다. 그러다 괴질에 걸려 죽을 고비를 맞았다. 연합 왕국의 점령지 천막에 격리되어 왕자는 고열에 시달리며 피를 토했다. 왕자는 몇 달이나 자신을 간호한 유색인종 노예 소녀를 사랑하게 되었다. 오래전 바다에 빠져 정신을 잃었던 순간 환영처럼 보았던 누군가와 소녀가 닮았기 때문인지 몰랐다. 가까스로 회복한 왕자는 소녀를 데리고 왕국으로 돌아왔다. 그 모습을 보고 왕자의 늙은 부모인 왕과 왕비는 불같이 화를 냈다. 소녀는 늙은 유모와 함께 왕자의 쌍둥이 아들을 돌보게 되었다. 늙은 왕이 세상을 떠났다. 왕자는 어머니가 선택한 귀족 영주의 딸과 결혼식을 올리고 왕위를 물려받았다. 새 왕비가 된 귀족 영주의 딸은 자신을 엄마로 인정하지 않는 듯한 쌍둥이가 유색인종 노예에게 배운 이교도 말을 늘어놓는 것을 보고 불같이 화를 냈다. 몇 년이 지나도 왕비에게는 아이가 생기지 않았다. 왕비는 쌍둥이가 계속 이교도 말을 하는 것도, 아름다운 유색인종 노예가 왕의 아이를 낳을지 모른다는 것도 견딜 수 없어 했다.

차가운 돌벽에 이슬로 맺힌 인어공주는 젊은 왕자였던 늙은 왕을 오래도록 바라보았다. 수십 년 전 그를 마녀의 칼로 찔러 죽이고 그의 피로 자신의 다리를 적셨다면 다시 인어가 되어 바다로 돌아갈 수 있었다. 그랬다면 왕자는 지금까지의 모든 일을 겪지 않았을 터였다. 아름다운 유색인종 노예는 왕궁의 가장 높은 첨탑에서 떨어져 죽었다. 어머니와 아내는 그녀가 향수병에 걸려 자살한 거라고 주장했다. 늙은 유모는 말없이 왕궁을 떠났다. 왕은 끝내 이교도 말을 한마디도 알아듣지 못했다. 쌍둥이 아들은 청년이 되었다. 쌍둥이 형은 자기를 낳다 죽은 어머니의 고향인 이웃나라로 떠났다. 쌍둥이 아우는 기행과 비행을 일삼더니 이교도의 나라로 떠났다. 왕비는 뒤늦게 딸 하나를 낳았다. 왕비는 어린 공주가 왕국을 물려받아야 한다고 말했다.

인어공주는 자신이 이제야 왕자를 알게 된 것에 대해, 왕자를 그토록 알지 못한 채 그토록 사랑했던 것에 대해 생각하며 차가운 돌벽의 거친 표면을 피처럼 흘러내렸다. 늙고 괴팍한 왕, 주름투성이 이마와 흐리고 탁한 눈자위와 주독으로 붉게 변한 코, 사냥을 하다 말에서 떨어진 이후 끔찍한 통증이 반복되는 허리와 무릎, 발작처럼 고함을 지르고 닥치는 대로 물건을 집어던져 어린 공주를 얼어붙게 만드는 고약한 습성, 늙고 괴팍한 왕, 외롭고 슬픈 왕. 커다란 방의 커다란 의자에 홀로 앉은 그가 두개골이 으깨어져 죽은 아름다운 유색인종 노예와 무섭게 하혈을 하다 숨을 거둔 첫번째 아내를 떠올리고 있는 모습을 인어공주는 (예전처럼 말없이) 지켜보았다. 설혹 목소리를 되찾아 말을 할 수 있게 된다 해도, 그에게 결국 아무 말도 할 수 없으리란 것을 인어공주는 깨달았다. 그가 수십 년 전의 자신을 떠올리고 있지 않다는 것, 이제는 아무래도 상관없는 일이었다. 모든 것은 물거품이 되었다. 모든 것은 물거품이 되고야 만다. 인어공주는 그를 떠났다.

인어공주에게 부족했던 것은 사랑이 아니라 삶이었다. 왕을 떠난 인어공주는 이백 년이 넘는 시간 동안 많은 곳을 돌아다니며 많은 사람 곁에서 많은 삶을 지켜보았다.

죽은 자들을 태운 재를 뿌리며 노래를 부르는 깊은 강, 마춰도 없이 팔다리를 잘라내는 야전병원의 끔찍한 수술대, 여자들끼리 모여 몇 시간이나 수영 연습을 하던 외진 호숫가, 가난한 수도사들이 양젖을 짜서 버터와 치즈를 만드는 고원의 수도원, 종일 죄수들이 수천 장의 접시를 닦는 주방의 지하실, 오랜 가뭄으로 완전히 말라버리기 직전인 오지 마을의 우물, 수시로 포탄이 떨어지는 도시의 광장에 위치한 분수대, 누군가는 울고 누군가는 잠들고 누군가는 연인을 더듬고 누군가는 음료를 쏟는 극장의 객석, 결혼 이민자들이 사다리에 올라 특수작물을 수확하는 대형 비닐 온실, 발가벗긴 세 아이를 차례로 씻기는 좁은 욕조, 시나브로 모든 것은 물거품이 된다. 인어공주는 모든 것이 결국 물거품이 될 수 있어 다행이란 생각을 하게 되었다.

A빨래방의 2번 세탁기가 탈수를 시작한다. 세탁기 밖의 그녀가 휴대폰을 테이블 위에 올려놓고 스툴 위에서 일어난다. 그녀가 빨랫감이 세탁되길 기다리며 주고받은 메시지에는 예의 비즈니스호텔과 주상복합 아파트가 등장한다. 겨울이 차가운 뱀처럼 조용히 다가오고 있는 11월의 밤, 빨래방에는 그녀와 인어공주뿐이다. 세탁기 앞으로 다가온 그녀가 둥근 거울에 얼굴을 비추듯 세탁기 속을 들여다본다. 자신을 찾는 것이 아니라는 걸 알면서도, 이 속으로 들어올 심산이 아니라는 걸

알면서도, 뱅글뱅글 돌아가고 있는 인어공주는 어쩐지 조마조마하다. 부디 침대 시트의 피 얼룩이 물거품이 되어 말끔히 사라졌기를 바라는 것은 세탁기 밖의 그녀도 세탁기 속의 그녀도 마찬가지다. 그녀는 맨발이다. 인어공주는 오래전 왕자 앞에서 아름다운 맨발로 고통스럽게 춤을 추었던 기억을 떠올린다. 이윽고 세탁기가 회전을 멈춘다.

세탁기 밖 그녀의 전화벨이 울린다.

숲그늘의

개와 비

나경은 자다 깨기를 반복했다. 소혜가 모는 차는 한 시간 가까이 좁다란 지방 도로를 달리고 있었다. 주변은 어느새 첩첩 산중이었다. 제법 가을다운 햇빛이 쏟아지는 주말 오후, 조수석의 나경은 흐릿한 눈으로 전방을 바라보았다. 오전에 서울을 출발한 뒤, 줄곧 마취 주사의 여운 같은 졸음에 잠겨 있었다. 지난여름을 내내 그런 상태로 보낸 셈이었다. 나경의 아버지가 죽은 것은 한 달 전, 나경이 회사를 그만둔 것은 그보다 두 주 전이었다. 한여름 폭염 속에 치른 장례, 그럴 리가 없음에도 나경의 머릿속에는 아버지의 시체가 부패해 곤죽처럼 물크러지는 모습이 집요하게 그려졌다. 그럴 리가 없음에도 지독한 악취가 풍겨오는 듯했다.

"거의 다 왔어."

운전중인 소혜가 말했다. 펜션의 이름은 '숲그늘 산방', 소혜 남편의 직장 동료의 외삼촌 부부가 운영하는 곳이라 했다. 남편과 아이들을 데리고 두 차례 묵은 적이 있다는 소혜는 더없이 한적하고 조용한 곳이라며 나경을 설득했다. 여름 휴가철과 가을 단풍철 사이, 비수기이기도 했지만 딱히 성수기라 해도 사람이 몰릴 일 없는 외진 곳이라고 했다. 바람이 졸음을 쫓아주길 바라며 나경은 차창을 내렸다. 차가 연달아 커브를 돌자 어지럽고 메스꺼웠다. 나경은 다시 차창을 올렸다. 잠시 후 차는 비포장 진입로를 오르기 시작했다.

라벤더, 재스민, 로즈메리, 펜션 별채엔 각각 그런 이름들이 붙어 있었다. 나경은 로즈메리실에 짐을 풀었다. 뒤뜰 가장 안쪽에 자리잡은 별채였다. 침대와 붙박이장, 인덕션과 싱크대, 미니 냉장고와 좌식 탁자, 그리고 욕조가 없는 욕실. 언뜻 신도시 주택가의 원룸에라도 들어온 듯했지만, 커튼을 젖히자 그런 느낌은 단번에 사라졌다. 커다란 창밖으로 내다보이는 높은 산의 능선과 울창한 숲. 도시와는 다른 질서가 작동하는 다른 세계에 도착한 것이었다. 짐 정리를 마친 나경은 소혜를 따라 밖으로 나왔다. 정원과 텃밭을 둘러보고, 비닐 온실에서 일하던 펜션 주인 부부와 다시 제대로 인사를 나눴다. 온실 안은 나경이 이름을 알지 못하는 식물들로 가득했다. 나경과 소혜는 안주인을 따라 부부가 생활하는 본채로 향했다. 본채 앞마당의 파라솔 테이블에 자리를 잡자 안주인이 차를 내왔다. 여러 가지 허브를 블렌딩했다는 차는 달큰하면서도 쌉싸름한 향을 풍겼다.

애써 다른 화제가 필요하다는 듯, 이곳으로 오는 동안 소혜는 펜션 주인 부부에 대한 얘기를 시시콜콜 들려주었다. 오십대 후반의 아내가 자궁암 판정을 받자 남편은 정년을 몇 년 앞당겨 퇴직했다. 아내의 수술과 항암치료가 진행되는 동안, 남편은 조금씩 준비해왔던 귀촌을 서둘렀다. 그럼에도 수십 년 살았던 도시를 떠나기까지는 적잖은 시간이 걸렸다. 외딴 숲속으로 이사온 부부는 두문불출 요양을 하며 지냈다. 도시와는 전혀 다른 방식으로 시간이 흘렀다. 수술 후 사 년, 다행히 아내의 암은 재발하지 않고 있었다. 작년 봄 남편은 집 주변에 원룸 형태의 조립식 별채 세 동을 들이고 손수 글씨를 새겨넣은 나무 간판을 내걸었다. 펜션에는 가족과 지인들, 혹은 그들의 소개를 받은 손님들이 드물게 머물다 갔다. 약초를 효소로 담그거나 약재로 손질해 파는 일에 정성을 쏟게 된 터라, 부부는 펜션에 딱히 큰 욕심을 부리지 않았다.

나경은 맞은편에 앉아 허브차를 권하는 안주인을 바라보았다. 소혜에게 들은 얘기를 알은체하며 입을 열 필요는 없었다.

그저 허브차의 향이 좋고 경치가 멋지다는 정도면 족했다. 안주인 역시 내일 소혜가 떠난 뒤 일주일간 혼자 펜션에 머물기로 한 손님인 나경에 대해 아무것도 물어오지 않았다. 그저 블렌딩한 허브의 종류와 효능에 대해 설명했을 뿐이다. 전화로 예약하며 소혜가 자신에 대해 미리 무슨 얘기를 했을지 생각하다 나경은 먼산의 능선을 바라보았다.

전화벨이 울렸다. 소혜가 테이블에서 일어서며 남편의 전화를 받았다. 그리고 마당의 잔디 위를 오가며 일곱 살짜리 아들과 네 살짜리 딸과의 전화를 이어갔다. 셋을 상대하는 목소리가 조금씩 달랐다. 그건 김치냉장고에 있지, 다음주 수요일이라니까, 그래 그럼 두 번만 해, 전화 끊고 아빠한테 바로 물어봐…… 안주인이 나경의 빈 잔에 다시 허브차를 따라주었다. 제 친구인데, 이런저런 힘든 일이 있어서, 조용히 쉬면서, 머리를 식히고, 기운도 좀 차리고…… 소혜는 그 정도로 말했을 터였다. 이런저런 힘든 일들. 이를테면, 아버지의 부정, 그에 대한 추문, 언론의 공격과 법정 다툼, 파면이나 다름없는 퇴임, 그리고 갑작스러운 발병과 악화와 사망. 또한 H의 부정, 그에 대한 추문, H의 몰락과 구속, H와 관련된 사업의 중단과 무산, 나경과 회사를 향한 공격, 망신과 손해와 패배, 그리고 해고나 다름없는 퇴사…… 문득 내내 익숙해진 마취 주사의 여운 같은 졸음이 밀려왔다. 어쩌면 처음 마셔본 허브차 때문일지도 몰랐다. 통화를 마친 소혜는 안주인과 숲속 펜션의 야외 테이블에 어울릴 만한 얘기를 주고받았다. 지난여름 근처 계곡에서 물놀이를 하며 촬영한 동영상을 두고두고 돌려본다는 소혜의 아들과 딸, 어성초 겨우살이 쇠비름 석창포 같은 이름의 약초들, 차로 삼십 분 거리에 있다는 로컬푸드 직판장, 그리고 항구도시에 살고 있다는 주인 부부의 딸이 첫아이를 임신중이며 예정일을 한 달쯤 남겨두었다는 것까지.

펜션 텃밭의 채소와 오는 길에 장을 봐온 음식들로 저녁을 해먹고 나니 빠르게 날이 어두워졌고 기온이 내려갔다. 바깥주인이 별채 앞에 모닥불을 피워주고는 아내가 있는 본채로 돌아갔다. 나경과 소혜는 캠핑용 접이식 의자에 앉아 모닥불을 바라보았다. 불티가 일며 나무가 타들어가는 소리와 냄새. 다시 소혜의 전화벨이 울렸다. 이번에는 딸, 아들, 남편의 순서로 통화가 이어졌다. 전화를 끊은 소혜가 작게 쪼개진 장작 몇 개를 모닥불 아래쪽으로 집어넣으며 혼잣말처럼 중얼거렸다.

"여기 사장님, 고등학교 선생님이셨대. 생물 과목이랬던가, 암튼…… 근데 교사는 몇 년 앞당겨 퇴직하면 연금을 어떻게 받는 거지?"

나경의 아버지 역시 교사였다. 나경이 태어나기 전부터 아버지는 한 사립 남자중학교에서 사회 과목을 가르쳤다. 나경이 초등학교 4학년이 되던 해, 아버지는 교사직을 유지한 채 대학원에 진학했다. 이후 십대의 나경이 기억하는 아버지는 언제나 과로에 시달리며 쫓기듯 절박하고 맹렬하게 공부하는 사람이었다. 아버지는 학교 창고에서 여분의 책걸상을 얻어와 자신의 공부방 구석에 두고 그 자리에 나경을 앉혔다. 나경의 방에도 물론 책상이 있었지만, 나경은 그 자리에 앉아 아버지와 한 공간에서 숙제를 하고 시험공부를 했다. 언제나 아버지가 더 많이 더 오래 더 열심히 공부했다. 교실에서도 집에서도 같은 모양의 책걸상을 사용했기 때문인지, 나경은 밤에도 휴일에도 학교에 다니는 기분이었다. 방학을 맞으면 아버지는 분초를 다퉈가며 공부에 매달렸다. 여름엔 등과 엉덩이에 땀띠가 났고, 겨울엔 두꺼운 파카를 껴입고 책상 앞을 떠날 줄 몰랐다. 석사를 마치고 박사과정에 들어간 아버지는 교사를 그만두었고, 여러 대학을 분주히 오가며 시간강사 생활을 시작했다. 중학생 나경은 예의 책걸상에 앉아 영어 단어나 한자 성어를 외우다 건너편 책상에서 아버지가 코피를 쏟는 모습을 번번이 목격했다. 아버지가 쓰는 박사논문의 주제, 맡고 있는 강의들의 커리큘럼, 벽면을 가득 메운 복잡한 메모, 그리고 탑처럼 높이 쌓여가는 온갖 문서와 책들, 나경은 그 모든 것에 경외심을 느꼈다. 모두 견고하고 엄격하며 고고하게 빛나는 세계의 일부였다. 아버지가 하는 것이 진짜 공부이며, 자신은 그저 공부하기를 흉내내고 있다는 생각이 들었다. 아버지가 나경의 공부를 일일이 참견하고 감시했다고는 할 수 없다. 그러나 겉으로는 언제나 그렇게 보였다. 부모가 직접 공부하는 것으로 모범을 보이는 자식 교육은 충분히 이상적이라 할 만했다. 그러나 아버지가 죽은 뒤, 나경은 그 시절 아버지가 오히려 어린 딸의 시선을 필요로 했던 것은 아닐까 생각했다. 형편이 어려운 고향의 부모, 생계와 결혼을 위해 서둘러야 했던 교사 임용, 안정된 교직을 버리고 늦은 나이에 처자식이 딸린 처지로 교수라는 목표를 이루려 악착같이 아등바등하는 삶. 자신과 같은 방에서 모의고사 오답 노트를 작성하는 외동딸의 존재를 애써 의식하며 아버지는 스스로를 더 몰아붙였을 터였다. 나경은 알고 있었다. 아버지로 하여금 자식에게 모범을 보이고 있다고 스스로 확신하도록 존재하는 방법을, 낡은 책걸상에 앉아 아버지가 안심하고 공부에 집중할 수 있도록 자신의 상태를 조절하는 방법을.

나경이 고등학교 1학년을 마친 겨울, 아버지는 한 대학의 경영학과 교수로 임용되었다. 어느 날 학교에서 돌아와보니 낡은 책걸상은 사라지고 없었다. 아버지의 공부방을 가득 채웠던 책들은 아버지의 교수 연구실로 옮겨졌다. 고3 수험생이 된 나경은 여느 학생들처럼 학교와 학원과 독서실과 제 방을 오가며 공부했다. 그러나 공부를 하는 것도, 공부 흉내를 내는 것도 쉽지 않았다. 문득 책에서 눈을 떼고 고개를 들었을 때, 미간을 찌푸린 심각한 표정으로 유난히 뾰족하게 깎은 연필을 빠르게 놀려 무언가를 적고 있는 아버지의 옆얼굴이 보이지 않는다는 사실이 나경은 몹시 어색하고 두려웠다. 나경은 아버지가 재직중인 대학보다 수능 등급이 한 단계쯤 낮은 대학의 문헌정보학과에 입학했다. 1학년을 마치고 휴학하자 아버지는 편입 시험을 권했다. 나경은 자신이 없었다. 대신 싱가포르로 어학연수를 떠났다. 일 년 과정을 마치고 돌아온 나경은 복학 후 경영학을 복수전공으로 선택했고, 4학년 1학기에 처음으로 장학금을 받았다.

다음날 정오 무렵, 소혜가 펜션을 떠났다. 주말에 다시 차를 몰아 나경을 데리러 올 터였다.

소혜를 배웅한 나경은 로즈메리실로 돌아와 문을 닫고 커튼을 친 채 침대에 누웠다. 휴대폰으로 포털 사이트에 접속했다. 뉴스란 첫 화면에 유명 여자 배우와 골프 선수의 열애를 알리는 기사가 올라와 있었다. '6살 연상 연하 커플의 장거리 비밀연애' 같은 제목의 기사가 여럿이었다. 작년 봄과 여름 사이, 티브이 예능 채널의 강연 버라이어티쇼가 진행되는 동안 H도 여러 차례 포털 사이트의 뉴스란을 화려하게 장식했다. H의 책은 팔 개월 동안 종합 베스트셀러 1위를 기록했다.

나경은 그 책의 기획자이자 편집자였다. 숨은 저자이기도 했다. H는 지금 구치소에 있다. '스타 강사의 추악한 몰락' '드림메이커의 파렴치한 과거' 등의 기사 제목이 H의 구속에 맞춰 포털 사이트를 도배했다. H의 범죄가 밝혀진 후, 한동안 SNS에서는 H의 책을 갈기갈기 찢은 인증 숏이 유행되기도 했다. 나경은 휴대폰 화면을 껐다. 마취 주사의 여운 같은 졸음이 밀려왔다.

나경은 꿈을 꾸다 잠에서 깨어났다. 어느 집의 어두운 지하 창고 안을 뒤지는 꿈이었다. 그 집이 누구의 집이며, 창고 안에서 무얼 찾고 있었던 건지. 어리둥절 현실감이 없었다. 잠에서 깨어난 순간의 선득한 낯섦과 먹먹한 고립감은 꿈만큼이나 비현실적이었다. 빗소리. 창문을 닫고 커튼을 여몄음에도 선명하게 빗소리가 들려왔다. 숲그늘 산방, 로즈메리실, 전화기 너머 소혜의 아들과 딸, 자궁암, 허브차, 생물 교사, 모닥불, 그리고 아버지와 H.

나경은 침대에서 일어나 커튼을 젖혔다. 마땅히 그럴 수밖에 없지 않냐는 듯, 비가 내리고 있었다. 멍하니 창밖을 바라보던 나경은 점퍼를 입고 캐리어 안에서 접이식 우산을 꺼냈다. 밖으로 나온 나경은 우산을 쓰고 빗속으로 들어섰다. 도시에서와는 다른 비. 지난밤 모닥불을 피웠던 자리가 까맣게 젖어 있었다. 나경은 천천히 뒤뜰을 거닐다 본채 쪽으로 발길을 옮겼다. 주인 부부의 모습은 보이지 않았다. 펜션 입구에 주차되어 있던 바깥주인의 SUV도 보이지 않았다. 나경은 비닐 온실을 지나, 대파와 고추가 자라고 있는 텃밭을 지나, 돌담 화단 뒤편의 오르막길로 올라섰다. 그 길을 따라 걷다 왼편의 좁은 샛길로 들어서면 조금 뒤 작은 계곡이 나온다고 소혜는 말했다.

빗방울이 연신 우산을 때렸다. 똑똑 문을 두드리듯, 딱딱 손가락을 튕기듯, 땅땅 건반을 내리치듯, 선명하고 단호한 기세로 비가 내렸다. 마땅히 그럴 수밖에 없지 않냐는 듯, 누구의 모습도 보이지 않았다. 습기를 가득 머금은 진한 흙냄새, 셀 수 없이 많은 나뭇잎과 풀잎과 빗방울. 나경은 왼쪽으로 이어진 좁은 샛길로 접어들었다. 비를 맞는다기보다, 비에 녹아들고 있는 듯한 느낌. 바짓단이 차갑고 축축하게 젖어들었다.

비가 내리는 작은 계곡, 서둘러 떨어진 낙엽들이 계곡의 물살을 따라 빠르게 흘러갔다. 나경은 우산을 쓴 채 돌더미 위에 쪼그려앉아 물줄기를 바라보았다. 삼베 수의를 입은 파리한 얼굴의 아버지가 계곡물에 잠겨 떠내려갔다. 그럴 리가 없음에도 아주 빠르게 떠내려갔다. 낡은 책걸상에 앉아 구한말의 복잡한 연표를 외우다 말고 아버지의 모습을 살피던 중학생 때처럼 고개를 든 순간, 나경은 계곡 맞은편의 경사면을 걸어

내려오는 검은 개 한 마리를 발견했다. 머리끝부터 발끝까지 온통 검은 털을 가진, 마치 늑대의 그림자처럼 보이는 커다란 검은 개였다. 검은 개가 나경을 보고 멈추어 섰다. 도통 표정을 읽을 수 없는 검은 눈과 검은 얼굴, 꿈처럼 비현실적인 장면이었다. 검은 개가 짖었다. 비에 젖은 몸뚱이를 잔뜩 경직시킨 채 검은 개가 나경을 향해 사납게 짖기 시작했다. 날카로운 이빨 가득 적의를 드러내며, 가차없이, 맹렬하게, 마치 악귀라도 본 것처럼 마구 짖어댔다. 폭이 좁은 계곡이었다. 검은 개가 힘껏 뛰어오른다면 한순간에 나경을 덮칠 수도 있었다. 얼마든지 그럴 것만 같았다. 나경의 몸이 돌처럼 굳었다. 눈을 감자 검은 개에게 물어뜯겨 온통 피투성이가 된 자신의 모습이 그려졌다.

갑자기 개가 다르게 짖기 시작했다. 무어라 말이라도 하는 것처럼 다른 소리를 냈다. 나경은 눈을 떴다. 이번엔 남자였다. 등산 모자를 쓰고 검은 뿔테안경을 낀 남자였다. 백팩을 메고 등산화를 신고 있었지만, 어딘지 평범한 등산객의 분위기는 아니었다. 검은 개가 꼬리를 치며 그의 다리에 주둥이를 밀착시켰다. 남자는 달래듯 중얼거리며 개의 목덜미를 쓰다듬었다. 검은 개에게서 뿜어져나왔던 난폭함이 잦아들고 있었다. 남자는 의심의 여지 없이 개의 주인이었다. 남자와 검은 개가 계곡 가까이로 다가왔다. 남자는 우산 없이, 자신의 개처럼 젖은 모습이었다.

"······손님이세요?"

빗방울과 물줄기를 뚫고 남자의 목소리가 나경에게 와닿았
다. 나경은 꿈에서 깨듯 자리에서 일어섰다.

"저 위의 펜션, 손님?"

"······"

나경은 남자를 기억해냈다. 다시 검은 개가 짧게 짖었다. 나
경은 우산을 옆으로 내렸다. 그로 하여금 자기를 기억해내도
록 만들겠다는 듯이.

남자의 이름은 인준이었다. 하인준, 양재역 부근의 피부과
전문 병원에서 일하는 페이 닥터라고 했다. 칠 년 전, 서른 살
의 나경은 어머니 지인들의 소개로 꽤나 자주 선을 보았다. 인
준은 네번째 상대였다. 아직 독립 전이었던 나경은 부모와 함
께 살고 있었고, 의구심과 회의를 품고 있으면서도 결혼 생각
이 강했다. 대학원 수료 후 이 년째 다니고 있던 첫 직장을 그
만둘 기회를 엿보던 시기이기도 했다.

인준은 예외적으로 복잡한 표정을 가진 맞선 상대였다. 주
선자 없이 만난 호텔 커피숍의 맞선 자리를 더없이 거북해하
면서도, 나경을 의식하며 그 거북함을 최대한 부정하는 듯한
태도. 그러나 먼저 너스레를 떨어 어색함을 풀거나 굳이 분위

기를 주도하겠다는 의지는 전혀 느껴지지 않았다. 음료를 주문하는 짧은 순간에도 감출 수 없는 경계심과 환멸, 진부할 수밖에 없는 방식으로 주고받는 자기소개에 짐짓 체념하고 있으면서도 끝내 속물로는 보이지 않는 반듯함. 부적절함을 오랫동안 수용해온 듯한 태도, 그 방식을 애써 내면화한 것 같은 남자였다.

나경은 일단 그 과민함과 복잡함이 흥미로웠다. 선 자리가 몇 차례 되풀이되고 보니, 얼핏 복잡해 보이는 상대 남자에 대한 온갖 정보가 실은 지극히 단순한 속성을 갖고 있다는 것을 알게 되었다. 대기업 산하 IT 연구소의 연구원, 수입 가구 업체 사장의 아들, 개업 준비중인 치과 의사 들은 나경에게 각기 다른 제 얘기를 들려주었다. 권사이자 약사인 어머니, 못 말리는 기분파라는 아버지, 미국 대학에서 산업디자인을 전공했다는 큰누나, 나경과 마찬가지로 외동으로 자란 자신, 친가 외가 합쳐 집안에 다섯이나 된다는 의사, 실내 골프 연습장을 운영한다는 동창생, 가끔 오프라인 모임을 갖는다는 인터넷 자동차 동호회, 드러머로 활동중인 아마추어 밴드, 집밖으로 나가기 싫어 공들여 갖추어놓았다는 홈시어터, 전혀 까다롭지 않다는 식성, 꽤 자신 있게 만들 줄 안다는 알리오 올리오, 꼭 추천하고 싶다는 단골 일식집, 신병 훈련소에서 조교로 복무한 군 시절, 늘 공짜로 받는다는 뮤지컬 초대권, 회사 소유의 제

주도 리조트에서 보낸 휴가, 출장차 처음 가봤다는 마카오, 본격적으로 공부를 시작했다는 주식, 야구나 축구보다 좋아한다는 볼링과 당구, 혈액형이 O형이라 그런지, 오히려 동부이촌동 같은 데가 좋죠, 한 오 년 정도 후로 예상하고 있는데, 요즘은 조카가 너무 예쁘더라고요…… 그들이 들려준 각기 다른 얘기는 결국 비슷한 얘기였다. 결혼 상대자로서 한 인간의 호감도를 높일 목적으로 편찬된 사전이 있어, 그 사전에 수록된 단어들만을 사용해 이루어지는 듯한 대화. 그들의 질문에 나경 역시 구체적이고 특수한, 그러나 결국 뻔하고 단순한 대답을 늘어놓았다. 공포영화는 잘 못 봐요, 어머니는 성당에 열심히 다니시는 편인데, 그 근처에는 가봤어요, 직장생활은 진짜 인복이 중요하죠……

커피를 마시는 동안 인준은 불쾌하지 않을 정도로만 겨우 입을 열었다. 짐작대로 맞선은 처음이라고 했다. 나경도 뻔한 매뉴얼을 가동시킬 수 있었다. 휴일엔 주로 뭐하세요? 무슨 음악 좋아하세요? 그러나 나경은 그러지 않았다.

커피숍을 나와 인준이 마지못해 선택한 식사 자리는 같은 호텔 내에 있는 중식당이었다. 예약을 하지 않았음에도 작은 별실로 안내되었다. 젓가락으로 유린기 몇 점을 집어 앞접시로 옮기는 그의 얼굴은 '진짜 고역이군, 딱 여기까지야'라고 말하고 있었다. 이상하게도 나경은 그것이 별로 모욕적으로 느껴지지 않았다. 나경은 문득 대학원 시절 헤어진 연인, 선배 Y에 대해 인준에게 말하고 싶은 충동을 느꼈다. 식사를 마칠 즈음, 인준이 뜻밖의 말을 꺼냈다. 고등학생 때는 한의학과에 가고 싶었어요. 의대 본과 때는 약리학이나 병리학에 더 관심이 있었는데…… 이내 여러 감정과 상념이 뒤섞여 선명한 듯 어지러워지는 표정. 그러나 얘기는 더이상 이어지지 않았다.

　대학원 시절의 연인, Y는 편안한 상대였다. 다감하고 모나지 않은 성격에 두루두루 평판이 좋았고, 괴팍하기로 소문난 학과장 교수의 연구 조교를 별 탈 없이 수행해냈다. 나경이 또래의 남자에게 그 정도의 세심한 매너나 친근한 신뢰를 경험한 것은 처음이었다. 그러나 연애가 본격화된 후, Y가 종종 고향인 남쪽 도시에 다녀오고 난 뒤면 어김없이 문제가 발생했다.
　Y의 좁은 원룸에서 첫 섹스를 한 어느 오후, Y는 고백조로 자기가 아홉 살 때에야 부모가 결혼을 했다고 말했다. 나경은 그 의미를 바로 이해하지 못했다. 요는 유부남이던 Y의 아버지가 외도로 Y를 낳았고, 아버지가 전처와 이혼하고 Y의 어머니와 재혼하기까지 그야말로 드라마틱한 우여곡절이 있었다는 것이었다. Y는 나경에게 첫사랑의 존재를 고백하기도 했다. 고향 도시에서 같은 고등학교를 다니며 미대 진학을 희망했던 동갑내기 소녀. 예민하고 감성적인 그녀는 Y와 함께 서

울 소재 대학에 지원했지만 Y와 달리 입시에 실패했고, 재수 후 고향 도시의 한 전문대학 시각디자인과에 입학했다. Y는 고등학교 2학년 때부터 지금껏 그녀와 열네 차례 만남과 헤어짐을 반복했다고 말했다. Y가 대학원 진학을 결정하며 최악의 갈등이 있었고, 결국은 구 년간의 관계가 끝이 났다고도 말했다. 나경에게 입을 맞추며 Y는 이렇게 즐겁고 편안한 연애는 처음이라고 말했다. Y의 뒤통수를 쓰다듬으며 나경은 Y가 다른 남자들보다 정직하고 진솔하다고 생각했다. 그러나 나경은 미처 알지 못했다. 많은 남자에게 고향과 어머니와 첫사랑은 강력한 혼연일체로 결속돼 그것을 극복하는 일이 때로 평생의 과제로 주어진다는 것을. 자신이 휘둘리고 있는 무의식의 실체를 알지 못한다는 점에서 Y는 정직하지도 진솔하지도 않은 셈이었다.

 Y는 급박한 연락을 받고 응급실로 달려가는 보호자처럼 고향을 찾곤 했다. 평생 온갖 증세를 동반한 신경증에 시달리는 어머니와 사실상 헤어짐이 불가능하게 프로그래밍된 첫사랑의 그녀. 두 여자는 애타게 구조 신호를 보내는 조난자들처럼 극단적인 상황에서 Y를 호출했다. 특히 첫사랑의 그녀는 술에 취해 자해를 하거나 다리 위에서 뛰어내리겠다 울부짖으며 Y에게 전화를 걸어왔다. 구조대원처럼 고향으로 달려가 비상사태를 수습하고 서울로 돌아올 때마다 Y는 더없이 낯선 표정을 짓

고 있었다. 십 년쯤 지속된 관계가 쉽게 정리되기 어려울 거라 생각하며 나경은 인내했다. 그러나 같은 상황의 신물나는 반복이었다. 명절 때 고향에 내려갔던 Y가 그녀와 여행을 다녀왔다는 사실을 알게 된 나경은 Y의 어머니나 예의 그녀가 그러했을 것처럼 폭발하듯 소리를 지르며 Y를 몰아세웠다. 아버지에게 가정폭력을 경험하고 자란 애야, 굳은 얼굴로 Y가 정색하며 내뱉은 대꾸에 나경은 말문이 막혔다. 아무럼 즐겁고 편안한 연애가 괴롭고 파괴적인 연애보다 바람직한 것은 분명했지만, 괴롭고 파괴적인 연애가 즐겁고 편안한 연애보다 훨씬 막강한 힘을 발휘한다는 것을 인정하기까지 나경은 꽤나 많은 상처를 입어야 했다. 결국 나경은 작정하고 준비한 잔인한 말을 쏟아내고 Y와의 관계를 끝냈다. 울고불고 매달리면 그 여자한테서 선배 엄마가 보이니까 그러는 거잖아.

Y와 헤어지고, 아버지의 마뜩잖은 표정에도 석사논문을 포기한 채 수료로 대학원을 마친 나경은 한 공기업이 대학원생들을 대상으로 주최한 프로젝트 공모에서 입상한 경력으로 그 공기업 산하 문화재단의 행사기획팀에 입사했다. 이십대 끝자락의 시간을 통과하며, 본격적인 사회생활을 경험하며, 나경은 차츰 제 안에 잠재된 신랄한 공격성과 경쟁적 성취욕을 감지하게 되었다. 짐짓 난감하고 두려운 각성이었다. 결혼에 대한 생각이 커진 것은 그에 대한 회피 반응이었을지도 몰랐다.

숲그늘의 개와 비 199

그러나 맞선 자리에 나온 남자들의 비슷비슷한 얘기를 들으며 나경은 상대의 숨겨진 어둠을 은밀히 상상해보는 자신을 발견하곤 했다. 맞선용 언어사전에는 결코 등재되지 않을 법한 단어들로 이루어진 얘기들, 이를테면 살면서 가장 강렬하게 살의를 느낀 순간, 군대의 고참이 되어 신참을 가장 야비하게 괴롭힌 경험, 잊을 수 없는 굴욕이나 치명적인 결핍, 어리석고 졸렬한 추태, 교만한 자기합리화, 누구에게나 성격파탄자 같은 가족이 한둘쯤은 있을 테고, 들키지 않은 자잘한 범죄의 기억도 존재할 터였다.

나경은 인준에게 Y와의 연애에 대해 말하고 싶은 충동을 느꼈다. 맞선 자리에서는 결코 입에 올리지 않을 것들로 대화를 나눠보고 싶었다. 그래서 나경은 월차를 낸 어느 평일 오후, 양재동 부근의 피부과 전문 병원으로 인준을 무작정 찾아갔다. 그 전날 병원으로 전화를 걸어 하인준 선생님과 진료 상담을 원한다고 예약을 해둔 터였다. 흰 가운을 입고 진료실에 앉아 있던 인준은 나경을 보고 몹시 당혹해했다. 심술궂고 일방적인 만남으로 받아들였을 터였다. 그러나 나경은 다른 방법을 마땅히 떠올릴 수 없었다. 뜨악한 표정을 짓던 인준의 얼굴이 차츰 싸늘하고 딱딱하게 굳어갔다. 나경은 인준에게 피부 상태를 봐달라고 했다. 두 달 코스로 관리를 받겠다고도 했다. 인준이 거부감을 드러내며 경멸조로 말했다.

"그때 댁이 대치동이라고 했죠? 가까운 역삼역 쪽에 대학 선배가 하는 개인 피부과를 소개해드리죠. 단골도 많고, 관리실 서비스도 좋다고 하더군요."

다음날 아침, 나경은 다시 펜션 뒤편의 숲길을 걸어 계곡으로 향했다. 비는 어젯밤 모두 그쳤지만 하늘은 여전히 흐렸다. 비로 인해 서늘한 가을의 기운이 숲속 가득 흩뿌려져 있었다. 계곡에 도착한 나경은 어제 오후 쪼그려앉았던 자리 주변을 서성였다. 흐르는 물줄기를 사이에 두고 자신을 마주했던 인준의 모습은 보이지 않았다. 빗속에서 나경이 우산을 내리자, 인준은 칠 년 전 진료실에서처럼 당혹스러운 표정을 지었다. 나경은 인준과 마주친 시선을 돌리지 않았다. 펜션의 손님이냐는 질문에 답하지 않았다. 자기를 기억하느냐고 되묻지도 않았다. 둘은 입을 굳게 다물고 얼마간 서로를 바라보았다. 당혹감이 희미해진 인준의 얼굴 위로 뭐라 읽어낼 수 없는 복잡한 표정이 깃들었다. 칠 년 전과는 완연히 다른 것이었다. 비가 내리고 있었고 물이 흐르고 있었다. 검은 개가 다시 짖었다. 인준이 먼저 시선을 거두며 돌아섰다. 인준은 검은 개와 함께 다시 맞은편 경사면을 올랐다. 어디론가 사라지는 그 모습이 도망치는 것처럼 느껴지진 않았다. 나경은 다시 우산을 썼다.

착각이 아니었다. 검은 개와 함께 나타난 남자는 인준이었다. 다른 누구일 수 없었다. 나경은 칠 년 사이 인준이 양재동의 피부과나 호텔 커피숍과는 무관한 삶을 살게 되었다는 걸 직감했다. 기억이 맞다면 인준은 나경보다 세 살 위, 올해 마흔이 되었을 터였다. 점퍼 주머니에 손을 찔러넣고 나경은 계곡 주변을 천천히 거닐었다. 인준도, 죽은 아버지도, 누구의 모습도 보이지 않았다. 개 짖는 소리가 들려오나 싶어 공중의 어디쯤에 애써 귀를 기울여보았다. 문을 두드리듯, 손가락을 튕기듯, 건반을 치듯 떨어져내린 무수한 빗방울이 모두 어디로 사라졌을까 새삼 궁금했다. 아마도 사라진 것이 아닐 터였다. 계절이 달라지는 흐린 하늘 아래, 나경은 종일 숲속을 서성였다.

인준과의 이상한 만남을 가진 몇 달 후, 나경은 문화재단을 그만두고 외국계 자본으로 설립된 신생 컨설팅 회사에 들어갔다. 부모와 함께 살던 집을 나와 얼마간 모아둔 돈에 대출금을 보태 오피스텔을 얻었다. 나경이 입사한 컨설팅 회사는 선제적으로 고객 기업을 유치하는 방식을 선호했다. 내부 문제를 자체적으로 해결하려는 성향의 대기업이나 온라인이 사업 토대가 되는 IT 업종, 구성원과 지배 구조가 유동적인 벤처기업은 의뢰 업체에서 제외시켰다. 대신 계열사의 종류와 숫자가

한정적이고 경영진의 연배가 높거나 이전 시대의 스타일을 고
수하며 보수적인 경영 마인드로 운영되는 중견 기업들이 주요
타깃 업체가 되었다. 이를테면 전문 CEO 경영 체제를 꺼리는
자수성가형 오너가 있는 제조사나 건설사, 영업이나 대인 서
비스가 업무의 주를 이루며 스테디셀러 제품을 보유하고 있는
제약회사나 식품회사 등이 실속 있는 고객으로 분류되었다.
그들은 변화의 필요성을 인지하면서도 변화를 두려워하는 부
류였고, 적극적으로 변화를 추구할 의사나 능력은 없으면서도
변화를 통해 뚜렷한 성과를 이루었다는 것을 대내외적으로 과
시하고 싶어했다. 예의 변화라는 단어를 '경영혁신' '지속성
장' '경쟁력 강화를 위한 토털 솔루션' 등의 표현으로 치환해
세련된 스타일의 프레젠테이션을 제작하고 시연하는 게 무엇
보다 중요했다. 소구 대상의 욕구를 미리 구체적이고 완성된
형태로 제시해 고객 기업을 확보하는 차별화된 포지셔닝으로
나경이 속한 컨설팅 회사는 급속도로 성장하며 업계의 주목을
받았다.

　첫 직장과는 업무 처리 방식도, 조직 운영 체계도, 사내 문
화도 모든 것이 달랐다. 노골적인 경쟁은 당연한 것이었고, 철
저한 성과 중심주의에 따라 분명한 보상이 주어졌다. 나경은
업무에 빠르게 적응했고, 뚜렷한 성과를 냈으며, 확실히 지급
되는 보상에 고무되었다. 제 안에 잠재된 신랄한 공격성과 경

쟁적 성취욕을 스스로 난감해하고 두려워하던 태도에서 벗어나자 모든 것이 몸에 맞춘 듯 자연스러웠다. 스트레스와 피로가 당연히 뒤따랐으나 동시에 자극적인 에너지원으로 변환된다는 점이 흥미로웠다. 오 년의 재직 기간 중 나경이 전체 사원을 대상으로 하는 분기별 실적에서 상위권을 놓친 적은 한 번도 없었다. 별도의 상여금과 성과급 명단에도 나경은 늘 높은 순위에 이름을 올렸다. 물론 입사 초기 나경의 아버지가 경영학계 전문가로 회사의 자문위원에 위촉되고, 나경의 주선으로 아버지의 지인 교수들이 회사와 이런저런 관계를 맺은 것이 경영진으로 하여금 나경을 눈여겨보게 만들었음은 틀림없었다. 그러나 이미 그 정도로 만족하지 않게 된 것은 나경 자신이었다. 나경은 특히 의뢰 업체의 직원 교육 기획 업무에서 두각을 나타냈다. 나경은 아버지 같은 학자 외에도 다양한 분야의 강사들을 섭외해 특색 있는 프로그램을 기획했다. 대기업에 비해 상대적으로 미비한 복지 제도나 권위적인 사내 분위기 탓에 소홀히 취급받고 있던 직원들의 사적인 욕구까지도 충족시킬 수 있는 흥미롭고 내실 있는 강좌가 필요하다고 판단했다. 그러한 업무를 담당하며 나경이 발굴하다시피 한 강사가 바로 H였고, 속칭 '부적절한 관계'로까지 발전한 상대가 S였다.

S는 한 건설사의 상무였다. S의 회사가 나경의 회사에 마케팅 컨설턴트를 의뢰하며 알게 된 사이였다. 나경은 그 건설사의 중간관리직 사원들의 역량 강화 위탁교육을 맡아 실무 책임자로서 진행했다. 당시 S는 나경보다 열 살이 많은 마흔넷이었고, 회사 경영진 중 최연소 임원인 동시에 오너의 아들인 사장을 제외하고는 역대 가장 빨리 임원으로 승진한 인물이었다. 이력에 걸맞게 S는 머리가 좋았고 추진력이 강했으며 눈치가 빨랐다. 노회하고 음흉한 임원들을 상대하기에 술이 세지 못하고 인내심이 부족하다는 단점이 있었지만, 오너의 아들인 젊은 사장의 최측근이라는 막강한 장점이 단점을 상쇄하고도 남았다. S는 노골적인 야심가였고 전형적인 마초였지만, 자신이 지질하고 뻔한 속물은 아니라는 스스로의 기준에 몹시 민감하게 굴었다. "난 너랑 이렇게 연애를 했으면 했지, 술집 애들은 줘도 싫더라구. 텐프로 접대도 받아봤는데, 이상하게 영 안 내켜"라는 말이 나르시시즘적인 기만이라는 자각은 없었다. S는 젊어서 지방의 관광호텔을 소유한 처가의 덕을 많이 보았다. 초등학생인 쌍둥이 아들은 아내의 바람대로 프로 운동선수를 시킬 계획이라 했고, 골프와 축구 외에 딱히 다른 잡기에 관심이 없다는 것도 S에게는 무능한 꼰대 임원들과 자신을 구별 짓는 자부심으로 작용했다.

젊은 사장과의 골프 약속이 갑작스럽게 취소된 연애 초기의 어느 토요일 오전, S는 나경의 오피스텔로 가겠다며 전화를 걸어왔다. 단잠에서 깬 나경은 더없이 짜증스럽게 말했다. "내가 왜 주말 특근까지 해야 되죠? 가뜩이나 일도 많은데." 나경은 S와의 관계를 팽팽한 긴장감을 유지해야 하는 고도의 전략 게임처럼 여겼다. 어떤 의미로든 S를 이기고 싶었다. 꽃이나 명품 선물에 결코 S가 원하는 만큼의 미소를 지어주지 않았다. "뜬금없이 선물 공세를 하면 의심받겠지만, 이런 건 와이프한테나 갖다주시지." 결코 만만한 상대가 아닌 S는 실소를 터뜨렸지만, "재미를 보고 있는 건 당신이 아니라 나야"라는 나경의 말에는 짐짓 아연한 표정을 감추지 못했다. 한편때로 나경은 S에게 고급 호텔의 스파 이용권이나 백화점 상품권을 당연하다는 듯 요구하기도 했다. 그 역시 게임의 룰이라 생각해서였다. 예측 가능한 반응을 보이지 말 것, 절절매며 매달리지 말 것, 그 두 가지만으로도 게임의 승기를 잡을 때가 많았다. 종종 호텔 에스테틱 관리실에서 두 시간짜리 아로마세러피 코스를 받으며 누워 있을 때면, 문득 어머니의 성화에 못 이기는 척 적잖이 맞선을 보았던 몇 년 전의 기억이 까마득한 옛날 일처럼 낯설게 떠올랐다. 나경은 일에 매달렸다. 삶의 막대한 비중을 업무와 성과, 그로 인한 인정과 만족이 차지했다. 그즈음 회사 사람들이 자신을 두고 '독설 머신'이라느니, '사냥개'라느니 수군거리는 것을 나경도 알고 있었다. 딱히 부정하고 싶지 않았고, 사냥개라는 별명은 은근히 마음에 들기까지 했다. 아마도 컨설팅 업체 선정 경합에서 프레젠테이션에 나서면 경쟁사를 제치고 수주를 따오는 확률이 높았기 때문일 터였다. 크고 작은 회의 때마다 팀원들에게 독설을 퍼붓고 사냥개처럼 허점을 물어뜯기 때문일 수도 있었다. 아무튼 전문직 종사자인 여성이 사냥개라는 별명을 갖고 있다는 얘기는 들어본 적이 없었다. 나경은 그 점이 마음에 들었다.

숲그늘 산방에 머문 지 나흘째, 나경은 점심식사 후 비닐 온실에서 펜션 주인 부부의 일을 잠시 돕기로 했다. 안채에서 점심 대접을 받은 참이었다. 어제는 안주인이 별채로 찐 감자와 부침개와 김치를 가져다주었다. 불쑥 나경이 머물고 있는 곳으로 찾아오거나 일방적으로 뭔가를 고지하지 않고, 먼저 조심스럽고 공손한 투로 문자메시지를 보내 의사를 표했다. 세심하고 사려 깊은 부부였다. 불필요한 간섭이라 느껴질 만한 부분이 없는데다 부담이 되지 않는 선에서 적절히 보살핌을 받고 있다는 안정감마저 들었다. 소혜가 이곳을 추천한 이유가 단순히 조용하고 한적한 곳이라서만은 아니었던 셈이다.

생계를 위한 일이 아니라 해도, 주인 부부의 약초에 대한 관심과 정성은 남다른 듯했다. 생물 교사였던 남편의 이력과 귀촌 후 아내의 요양에 약초가 요긴하게 쓰였기 때문인 모양이었다. 나경은 온실 안 작업대에 앉아 바깥주인이 작두로 잘게 조각낸 나무 약재를 저울로 재 300그램씩 지퍼백에 나누어 담는 일을 도왔다. 바깥주인이 작은 조각을 가리키며 말했다.

"유근피라는 거예요, 느릅나무 껍질 말린 거. 여기 있는 건 전부 우리가 직접 손질해서 말린 겁니다."

안주인이 말을 이었다.

"이게 비염이랑 아토피에 특히 좋다고, 요새 도시 애들 워낙 그런 게 심하다보니, 찾는 사람이 꽤 많아요."

잠시 후, 펜션 입구 쪽에서 차 소리가 들려왔다. 차량이 들어와 주차를 하는 듯하더니, 짧은 경적음과 함께 엔진소리가 멈췄다.

"약초 갖고 왔나보네."

바깥주인이 작두질을 멈추고 일어나 온실 밖으로 나갔다.

"근방에 사는 약초꾼이 있어요. 혼자 산속 여기저기 다니면서 캐온 거."

안주인의 말에 나경은 고개를 돌려 온실 밖을 바라보았다.

주차된 픽업트럭의 짐칸에서 검은 개가 뛰어내렸다. 늑대의 그림자를 닮은 커다란 검은 개, 이번엔 목줄을 하고 있었다. 등산 모자를 쓰고 뿔테안경을 낀 남자, 근방에 산다는 약초꾼, 자루를 짊어진 인준이 바깥주인과 함께 대화를 나누며 온실 쪽으로 걸어오고 있었다. 누군가를 알은체하듯 검은 개가 꼬리를 흔들며 몇 차례 짖었다.

　오후 네시가 가까워 나경은 로즈메리실로 돌아왔다. 침대에 걸터앉아 안주인이 텀블러에 담아준 허브차를 몇 모금 마셨다. 첫날 마셨던 것과는 비슷한 듯 다른 향이 났다. 나경은 소혜에게 전화를 걸었다. 혼자 서울로 돌아간 소혜는 매일 밤 전화해 나경의 안부를 물었다. 저녁은 뭘 먹었는지, 날씨는 어떤지, 자다가 중간에 또 깨지는 않았는지…… 나경의 전화에 의아해하며 소혜는 대뜸 무슨 일이 있느냐 물었다. 소혜의 목소리와 함께 차문이 닫히는 소리가 들렸다. 장을 보러 온 마트의 주차장이라고 했다. 나경은 말했다. 아무 일 없다고, 편히 잘 지내고 있다고, 오늘 주인 부부와 같이 점심을 먹었다고……

　소혜는 대학에 입학해 처음으로 가까워진 문헌정보학과 동기였다. 따지고 보면 새삼스러운 인연이었다. 성격이나 취향이나 삶의 진행 방향에 딱히 공통점이랄 게 없었다. 어학연수를 다녀온 나경이 복수전공을 시작한 뒤로는 강의실에서 만나는 일조차 뜸해졌다. 그럼에도 둘은 한 달에 한 번쯤 같이 밥을 먹거나, 영화를 보거나, 쇼핑을 하거나, 차 한잔이나 술 한잔을 곁들여 수다를 떨곤 했다. 그러한 만남이 어떤 형태로든 십수 년간 이어진 것이었다. 졸업 후 나경은 경영학과 대학원에 진학했고, 소혜는 줄곧 과일 도매상을 해온 부모님을 돕다 온라인 꽃 배달 사업을 시작한 오빠 밑에서 일을 하며 월급을 받았다. 나경이 첫 직장에 들어갔을 무렵 소혜는 친척의 소개로 안경 제작 회사에 다니는 남자를 만나 결혼했다. 나경이 컨설팅 회사에서 사냥개라는 별명을 갖게 되었을 무렵, 소혜는 둘째 아이를 출산했다. 최근 소혜는 신도시 쇼핑몰 지하에 프랜차이즈 디저트 카페를 개업한 언니의 일을 돕고 있었다.

소혜는 나경에 대해 많은 것을 알고 있었다. Y에 대해서는 물론 S에 대해서도 알고 있었다. 어학연수 시절 싱가포르에서 만난 일본 남자가 첫경험 상대라는 것도 알고 있었다. 소혜는 나경의 아버지와 어머니에 대해서도, 아버지의 공부방에 놓여 있던 책걸상에 대해서도 알고 있었다. "너는 외동딸인데도 뭔가 좀 흔히 말하는 외동딸 같지는 않아"라는 소혜의 말에 나경은 "별일 없었으면 남동생이 있었을걸, 어쩌면 둘 정도"라고 답했다. 나경의 어린 시절 어머니는 두 번의 유산을 겪었다. 이후 오래도록 임신이 되지 않았고, 중학교 교사였던 아버지가 대학교수가 되려는 결심을 굳힌 것은 아마도 불임에 대한 최종 판정을 받은 직후라고 나경은 짐작하고 있었다. 사춘기 이후 어린 시절의 기억들을 퍼즐 맞추듯 되새겨 확신하게 된 것이었다. 나경은 어머니가 유산했던 태아 둘이 모두 아들이었으리라고 생각했다. 나경은 아버지가 아들과 함께인 모습을 상상하곤 했다. 남동생이 있었다면 예의 책걸상에는 누가 앉았을까 하는 상상도 뒤를 이었다.

　나경의 아버지가 중환자실에 입원하고 이내 장례식을 치르게 되었을 때, 문상객들 중 오랜 친구라고 부를 만한 사람은 소혜뿐이었다. 소혜는 나경과는 너무나도 다른 삶을 사는 친구였다. 나경에게는 불가능해 보이는 삶이 그처럼 엄연히 가능하다는 것을 증명하는 존재, 소혜는 나경이 드물게 드나들 수 있는 '다른 세계'였다. 관찰이나 균형을 위해서든, 휴식이나 위로를 위해서든, 자극이든 도피이든, 어떤 의미로든 결코 잃어버리고 싶지 않은, 자신과 무관한 채로 그저 온전히 존재해주길 바라게 되는 다른 세계였다. 소혜 역시 나경에게 같은 의미를 부여한다는 것을 나경은 알고 있었다.

　다른 세계, 다른 삶의 가능성. 나경은 소혜에게 많은 것을 얘기했지만, 칠 년 전 네번째 맞선 상대였던 인준에 대해서는 말한 적이 없었다. 양재동의 피부과로 무작정 인준을 찾아갔었다는 것은 아무도 알지 못하는 일이었다. 비닐 온실, 나경이 유근피를 지퍼백에 나누어 담는 동안 인준은 다른 작업대에 가져온 약초들을 늘어놓고 바깥주인과 두런두런 대화를 주고받았다. 주인 부부의 소개로 나경과 인준이 서로 의례적으로 이삼 초 목례를 나누었을 뿐이었다. 잠시 후 인준과 바깥주인은 약초를 챙겨 인준의 차를 타고 읍내의 약재상으로 향했다. 검은 개는 펜션 마당 구석에서 줄에 묶인 채로 인준이 주고 간 육포를 먹어치웠다. 그악스럽게 짖어대던 계곡에서의 모습은 온데간데 없었다. 유근피 포장이 끝나자 안주인이 파라솔 테이블로 허브차를 내왔다. 그리고 소혜가 주인 부부에 대해 그러했던 것처럼, 인준에 대해 이런저런 얘기를 들려주었다. 인준이 주인 부부의 이웃이 된 것은 이 년 전쯤으로, 근처 계곡 건너편에 버려진 집을 개조해 들어와 검은 개를 데리고 다니며 약초를 캐는 외지인은 호기심과 경계의 대상일 수밖에 없었다. 다행히 약초를 구실로 쉽게 가까워질 수 있었다. 서로가 거의 유일한 이웃이라 경계심이 사라졌다고는 해도, 유난히 말수가 적고 낯을 가리는 인준의 신상을 자세히 알기는 어려웠다. 바깥주인이 전해들은 내용은 서울에서 신통치 않은 사업을 정리하고 귀촌했다는 것, 한의사가 되려는 바람을 약초 공부로 대신하고 있다는 것, 짧은 결혼생활이 이혼으로 끝났다는 것 등이었다. 안주인이 찻주전자에서 거름망을 빼내며 말했다.

"약초꾼이라고는 하지만, 말투며 행동거지며 여지없이 서울내기티가 나고, 왠지 공부가 긴 사람 같기도 하고. 나중에 약초에 대한 책을 쓰고 싶다고도 하더라고요. 조카뻘이라며 말 놓고 편히 대해달라 해도 묘하게 어려운 사람이라, 어쩌다보니 우리는 그냥 하선생, 하선생, 그렇게 부르게 됐어요. 그쪽에서 우리 바깥양반을 먼저 김선생님, 김선생님 하고 불렀으니."

다음날 오후, 나경은 다시 숲으로 갔다. 며칠 새 제법 익숙해진 길을 걸어 계곡에 도착했다. 징검다리처럼 놓인 돌을 딛고 계곡을 건넜다. 그리고 건너편 숲으로 이어지는 경사면을 올랐다. 인준과 검은 개가 사라졌던 부근을 눈대중해보았다. 간신히 길이라 부를 만한 오솔길이 있었다. 나경은 숲그늘 속으로 들어서며 깊은 숨을 몰아쉬었다. 지난밤의 꿈, 아버지가 맨발로 긴 복도 같은 곳을 걸어가고 있었다. 흐릿한 표정을 제대로 살필 수 없는 대신 맨발이 유독 도드라져 보였다. 마치 학교의 복도 같았다. 오래전 아버지가 근무했던 남자중학교, 가본 적이 없으면서도 나경은 아버지가 걷고 있는 곳이 바로 그 학교의 복도라는 걸 알 수 있었다. 천방지축 짐승처럼 괴팍하게 구는 사춘기 사내아이들이 득실거리는 곳. 학생부 소속의 아버지는 검은 테이프로 감싼 막대기를 들고 다니며 위협적으로 체벌을 가하는 교사라는 걸 나경은 알고 있었다. 아무도 없는 어둡고 긴 복도를 맨발로 걸어가는 아버지, 아프도록 발이 시릴 것만 같았다. 지금 나경의 나이였을 그때의 아버지는 그 복도를 벗어날 궁리에 골몰했을 터였다.

나경이 컨설팅 회사를 그만두고 출판사를 선택했을 때, 주변의 반응은 회의적이었다. 그간의 커리어와 맞지 않는 선택인데다 리스크가 큰 도전이라는 것이었다. 그러나 아버지만은 예외였다. 딱히 지지나 조언은 없었다. 그저 "그럴 때가 됐지"라고 짧게 말했을 뿐이다.

　나경은 자신의 계획을 스스로 '컨설팅'했다. 우선 H와 일종의 동업 관계를 맺었다. 컨설팅 의뢰 기업에 대한 교육 업무를 담당하며 나경은 다양한 분야의 수많은 강사를 만나왔다. 기존 강연 업계를 전수조사하다시피 해 유명 강사를 섭외했고, 여러 루트로 인기 콘텐츠가 될 만한 소재와 인기 강사가 될 만한 사람을 발굴했다. H는 후자의 경우였다.

　H는 단연 흥미로운 이력의 소유자였다. 유명 대학 철학과 중퇴, 몇 년간 연극배우와 단편영화 감독으로 활동하다 유럽으로 건너가 프랑스에서는 마임을, 스페인에서는 민속음악을 공부했다. 귀국 후에는 융합 장르의 실험극을 전문으로 하는 극단을 만들어 연출가로 일하다, 한 지자체의 제안으로 그곳에서 처음 개최하는 비非언어 공연 축제를 총괄 기획했다. 자주 외국을 찾던 H는 한동안 인도에 머물며 요가와 명상에 심취했다. H는 스리랑카에서 국제 구호단체의 일을 돕기도 했는데, 직접 고안한 간단한 정수 장치가 생활환경이 열악한 현지인들에게 뜻밖의 도움을 주었다. 구호단체가 국내 기업에 의뢰해 다량 생산한 정수 장치는 동남아시아의 다른 나라들에까지 전해졌다. 그 장치로 발명 특허까지 획득한 H는 조금씩 유명세를 타기 시작했다. 자신의 극단을 이끌고 해외 공연을 다

넸고, NGO와 협력해 다양한 행사를 통한 후원 사업을 지속했다. 비언어 공연 축제는 외국의 극단과 관객들도 찾아오는 유명 지방 축제로 자리잡았다. 그런 한편 사십대 중반의 H는 인도의 명상 센터에서 인연을 맺은 현지인 사업가의 딸과 결혼했다. H는 열일곱 살 연하의 인도인 아내와 함께 서울과 뭄바이를 오가며 생활했다. 인도의 처가를 통해 인도식 명상 센터 체인 사업을 구상중이기도 했다.

나경이 H의 존재를 알게 된 것은 어느 구호단체 홈페이지에 올라와 있던 홍보 동영상을 통해서였다. 동영상 속 H는 자신이 방문했던 스리랑카와 방글라데시 빈민촌의 실상을 소개하며 지원과 기부를 호소했다. 이어지는 다른 동영상은 인도로 자원봉사를 떠나는 대학생 봉사단을 대상으로 H가 현지의 사정과 자신의 경험담을 오리엔테이션하는 내용을 담고 있었다. 마이크를 들고 학생들 앞에 선 H는 유머러스하면서도 카리스마가 넘쳤다. 풍부한 표현력으로 자신의 체험을 흥미진진하게 전달했고, 진지하면서도 공익적인 의미 부여로 학생들의 마음을 동요시켰다. 삼십 분이 채 되지 않는 동영상에서 남다른 스타성을 간파한 나경은 H에 대한 정보를 수집하고선 직접 연락을 취했다. 예상대로 H에게 기업 강연의 경험은 없었다. H는 나경의 제안을 흔쾌히 받아들였다. 독특한 삶의 이력만으로도 활용할 수 있는 콘텐츠가 상당했다. 배우, 연출가,

공연기획자, 지역 축제 조직위원장, 구호단체 활동가, 발명가, 요가 명상 전문가, 거기에 철학과 출신다운 인문학적 소양과 드라마틱한 외국 체류 경험, 호남형의 훤칠한 외모와 인도인 아내의 존재까지. 부각시킬 수 있는 호감 요소는 차고 넘쳤다.

인도 진출을 추진중인 화장품 회사를 시작으로 나경은 H의 매니저 역할을 자처하며 적극적으로 기업 강연을 추진했다. 나경이 특정 기업에 어울리는 강연 내용과 형식을 주문하면, H는 열연을 펼치는 배우처럼 탁월한 쇼맨십을 발휘했다. 청중의 반응도 기대 이상이었다. 과거 컨설팅을 진행했던 기업의 관계자들에게 짧게 편집한 H의 강연 동영상을 홍보차 전송하자 대부분 특강을 의뢰하는 피드백을 보내왔다. 몇 개월 사이 수십 군데에서 강연이 이루어졌다. 한 일간지에 H의 강연이 화제성 뉴스로 소개되자 다른 기업은 물론 대학, 공기업, 시민단체, 정부 부처에서까지 강연 의뢰가 쇄도했다. 강연료의 상승은 말할 것도 없었다. 나경은 H에게도 자신에게도 '기회'가 왔다고 판단했다.

'책'이 필요한 시점이었다. 강사들에게 예외 없이 저서 욕심이 있다는 것을 나경은 잘 알고 있었다. 그러나 출간은 말처럼 쉬운 일이 아니었다. 대학교수인 강사들은 장황한 전문지식을 대중 눈높이로 풀어 전달하는 능력이 부족했고, 각 분야의 전문 강사들은 전달력이 좋은 반면 콘텐츠가 빈약한 경우가 많았다. 책을 쓸 정도의 글쓰기 능력을 갖추었냐는 또 별개의 문제였다. 그럼에도 나경은 강사 인맥을 활용해 자기계발서 출간을 생각해온 터였다. 막연한 계획은 H의 등장으로 실현 가능한 프로젝트가 되었다. H를 선점하고 독점하기 위해서는 서둘러야 했고, 경험이 없는 출판업에 도전하기 위해서는 신중해야 했다. 독립 출판사를 차리는 것은 무모한 일이었고, 기존 출판사에 출간을 제의하는 것은 나경의 몫을 담보할 수 없는 일이었다.

나경은 업무차 안면이 있던 B출판사의 사장에게 접근했다. 구미가 당기는 수준을 넘어 성공을 확신할 수 있도록 치밀한 사업계획서를 준비했다. B출판사는 제법 오랜 역사를 가진 중견 출판사였다. 전쟁문학의 대표격인 외국 고전과 뛰어난 번역이 돋보이는 노벨문학상 수상 작가의 전집 판권을 보유해 스테디셀러 덕을 보는 곳이었다. 그러나 규모 확장이나 신규 투자에는 인색한 편으로, 임프린트는 그나마 수익이 난다는 아동용 도서 브랜드뿐이었다. 나경은 B출판사 사장에게 자기계발서와 비즈니스 에세이를 전문 출간하는 임프린트 론칭을 제안했다. H의 저서 두 권에 대한 출판 기획안을 공들여 작성해 사업계획서에 포함시켰다. 물론 편집장으로서 브랜드를 책임지는 사람은 나경이었다. B출판사 창업주의 아들인 사장은 유난한 와인 애호가이자 빈티지 카메라 컬렉터로 유명했다.

오십대 중반의 나이에도 부잣집 도련님 특유의 까다롭고 유약한 분위기를 숨기지 못하는 타입이었다. 나경은 차라리 고지식하고 권위적인 꼰대보다는 낫다고 판단했다. 어르고 달래듯혹은 반대로 으름장을 놓듯 나경은 사장을 끈질기게 설득했다. 결국 H를 동반한 만남을 통해 일을 성사시킬 수 있었다.

나경은 컨설팅 회사에 사표를 내고, H의 저서 출간 작업에 몰두했다. H는 몰려드는 강연 일정을 정신없이 소화하고 있었고, 동시에 종편 예능 채널에서 특집으로 기획한 강연 버라이어티쇼 출연을 준비중이었다. 나경은 H의 강연 동영상과 틈틈이 녹취한 구술 등을 정리해 H의 첫 책을 대필했다. 대필의 대가는 강연, 출간, 방송, 인터뷰, 홍보 등의 활동에 나경이 매니지먼트를 독점하고, 발생하는 이익을 분배하는 것이었다. 나경은 H의 활동 반경을 넓힐 필요가 있다고 판단했다. H의 캐릭터나 강연 내용이나 출간될 책의 성격을 고려하면 기업보다는 대학생을 중심으로 한 젊은층과 삼사십대 여성이 소구대상으로 더 적합했기 때문이다.

책의 제목도, 강연 버라이어티쇼의 제목도 '드림메이커'로 결정되었다. 이후 H의 이름 앞에는 항상 드림메이커라는 수식어가 따라붙었다. 나경은 밤샘을 거듭하며 『드림메이커』의 집필과 편집에 매달렸다. 분초를 다퉈가며 박사논문을 쓰던 아버지처럼 열과 성을 다했다. 자신이 원하는 것이 무엇인지 알

때까지 지치지 말아야 한다. 프랑스의 마임 배우로부터는 삶의 진정한 기쁨을, 스페인의 집시 가수로부터는 상처받은 마음을 달래는 법을 배울 수 있었다. 언제나 새로운 선택이 우리를 기다리고 있다. 깨끗한 물을 맘껏 사용할 수 있게 된 스리랑카 소년의 미소를 결코 잊을 수 없다. 깊은 명상에 잠기면 우주의 기운이 몸과 마음 깊이 스며드는 것을 실감할 수 있다. 나 자신에 집중한 채 세상과 어울려 춤을 추어야 한다. 나의 꿈이 곧 우리의 꿈이 되는 것이야말로 바로 기적이라 할 수 있다…… 나경은 H의 입에서 흘러나온 문장들을 열심히 옮겨 적었다. 마치 자신의 문장인 것처럼 최선을 다해 쓰고 또 썼다.

계곡을 건너고 숲길을 걸어, 나경은 인준의 집 앞에 도착했다. 펜션과는 많은 것이 달랐다. 안주인의 말대로 버려진 집을 개조한 것이 분명했다. 나무 기둥과 황토를 바른 벽, 낡은 처마와 들창, 마당은 좁고 비탈은 가팔랐다. 집의 내부가 전혀 들여다보이지 않는 구조였다. 인기척은 느껴지지 않았고, 커다란 개집은 비어 있었다. 마당 구석, 녹색 천막을 두른 간이 창고 안에는 이런저런 도구와 손질을 기다리는 약초들이 쌓여 있었다. 창고 옆에 뿌연 흙먼지로 얼룩진 픽업트럭이 주차되어 있었다. 다른 누구의 집일 수 없는 집, 약초꾼이자 은둔자인 인준의 집이었다.

나경은 마당에 놓인 나무 평상에 앉았다. 늑대의 그림자를 닮은 커다란 검은 개가 마당을 이리저리 어슬렁거리는 모습을 상상해보았다. 나경은 오래전 양재동의 피부과로 인준을 찾아갔던 날의 기억을 떠올렸다. 그때와 마찬가지로, 인준을 만나 무엇을 어쩌겠다는 건지 스스로도 알지 못했다. 그러나 나경은 인준을 만나기 위해 이 집을 찾아왔고, 인준을 만나는 것 말고 다른 것은 생각할 수 없었다. 베일 듯 서늘한 가을바람이 숲을 통과해 나경에게로 불어왔다.

한참이 지나도록 인준과 검은 개는 나타나지 않았다. 나경은 평상에서 몸을 일으켰다. 그리고 현관문 손잡이를 당겨보았다. 문은 잠겨 있었다. 나경은 제 이름과 전화번호를 적은 종이를 딱지 모양으로 접어 문틈에 끼워넣었다.

나경은 다시 숲길을 걸어 계곡으로 향했다.

대학교수에게 덧붙이기에 그닥 적합한 표현은 아니지만, 나경의 아버지는 승승장구했다. 교수가 되고 오 년 정도 지났을 무렵, 아버지는 어느 재벌 기업 산하 경제연구소의 자문위원으로 발탁되었고, 다시 몇 년 뒤에는 사외이사로 선임되었다. 이후 아버지는 어디서나 현격히 '급'이 다른 교수로 대접받았다. 수많은 학회 행사에서 주도적인 역할을 담당했고, 여러 학술 재단의 연구 지원금을 수령했다. 언론의 원고 청탁과 인터뷰에 활발히 응하는 것은 물론, 경제 관련 이슈가 있을 때면 티브이 토론 프로그램의 패널로 참석하기도 했다. 명절이면 거실 가득 선물 상자들이 택배 집하장처럼 쌓였다. 아버지는 재벌 기업의 돈으로 어머니와 함께 오페라나 뮤지컬을 관람했고, 사이판으로 골프 여행을 떠났으며, 미국의 대학에서 연구년을 보냈고, 서재의 장식장 하나를 한정판 위스키로 채웠다. 아버지는 그에 대한 답례처럼 재벌 기업의 글로벌 경영전략이나 미래 산업 육성 방안을 긍정적으로 분석한 논문을 다수 발표했고, 2세에서 3세로 이어지는 오너 승계의 정당성을 옹호하는 글을 경제 전문지에 기고했다. 대학의 경영대 학장이 된 후에는 장관 후보로 하마평에까지 오르내렸다.

한 탐사 보도 프로그램에서 예의 재벌 기업이 '특별 관리'한 사회 기득권 인사들의 명단과 관련 자료를 입수해 폭로했을 때만 해도, 나경의 아버지가 그토록 큰 타격을 입을 거라 예상한 사람은 거의 없었다. 재벌 기업이 정치계, 언론계, 학계를 망라해 '자기네 사람'을 관리해온 것은 공공연한 비밀이었다. 그러한 행태는 총수 일가의 불법 승계를 합법 승계로 위장해 관철시키려는 총력전의 일례이기도 했다. 이어진 후속 보도를 통해 관리 대상인 몇몇 인사와 기업의 임원들이 주고받은 문자메시지가 공개되었다. 나경의 아버지는 그 대표 사례가 되었다. 아버지는 국제학술대회 참석차 중국을 방문했을 당시

항공기 퍼스트 클래스와 호텔 VIP룸을 지원해준 임원에게 극존칭을 사용해 감사의 인사를 전했다. "번번이 감탄하게 되는 세심한 보살핌에 몸 둘 바를 모르겠습니다. 성원에 보답하고자 더욱 정진하겠습니다"라는 구절은 인터넷에서 숱한 조롱조의 패러디를 양산시켰다. 결정적으로 문제된 것은 제자에 대한 청탁 문자였다. 아버지는 자신이 지도교수를 맡고 있는 대학원 제자가 재벌 기업 주최의 연구 논문 공모에서 상위권에 입상할 수 있도록 예의 임원에게 간곡히 요청했다. "아들처럼 생각하며 아끼는 제자이자, ○○그룹을 위해 최고의 역량을 발휘할 미래의 인재입니다. 부디 좋은 결실을 맺을 수 있길 앙망하오며……" '교수 청탁체의 탄생' '눈물겨운 제자 사랑'이라는 표현으로 풍자의 대상이 된 문자메시지는 거의 모든 매체에서 다루어졌고, 같은 공모에 응모 경험이 있는 전국의 대학원생들이 동시다발적으로 온라인 항의 시위를 벌였다. 일부 학회에서는 아버지의 제명을 결정했고, 때마침 아버지와 척을 졌던 같은 학과의 퇴임 교수와 몇몇 제자가 과거 아버지의 부정적 행태를 SNS에 폭로하자 사태는 걷잡을 수 없는 수준이 되었다. 아버지는 탐사 보도 프로그램과 퇴임 교수를 명예훼손으로 고소했지만, 대학측의 요구로 정년을 삼 년 앞두고 굴욕적인 퇴임을 받아들여야만 했다. 아버지가 첫번째 뇌경색 증세로 응급실을 찾은 것은 퇴임 후 불과 열흘 만이었다.

『드림메이커』는 출간 육 개월 만에 B출판사 창립 이래 최고의 판매 부수를 기록했다. 강연 버라이어티쇼가 방송되는 동안 포털 사이트와 SNS를 뜨겁게 달군 H의 이름 아래로 '드림메이커 열풍, 스펙 지상주의에 지친 청춘을 위로하다' '드림메이커 H, 자유로운 영혼으로 시대에 영감을 불어넣다' 등의 기사가 링크되었다. 나경은 사회생활을 시작한 이래 가장 많은 액수의 성과급을 받았다. 컨설팅 회사에 근무했던 시절 관계를 맺은 거의 모든 사람에게서 축하와 안부의 메시지가 도착했다. 강사들은 너도나도 나경을 통해 책을 출간하고 싶다는 의사를 전해왔다. H는 두 개의 티브이 프로그램에 고정 출연하게 되었고, 처가와 함께 명상 센터 사업을 본격화했다. 나경은 H의 두번째 책 출간 준비를 서둘렀다.

아버지가 해임이나 다름없는 퇴임을 받아들인 무렵, 공교롭게도 H의 몰락 역시 시작되었다. 한 여성 잡지가 이십여 년 전 H와 사실혼 관계였던 여성의 인터뷰를 단독으로 보도한 것이었다. 과거 H가 연출한 단편영화에도 출연한 전직 연극배우인 그녀는 H가 유럽으로 가기 전 이 년간 동거했으며, 결혼을 전제로 양가 부모님의 허락을 받기까지 했다고 말했다. 그러나 그녀의 임신 사실을 알면서도 H는 유럽으로 떠났고 그녀 혼자 아들을 출산했지만, H는 지금까지도 아들의 존재를 인정하고 있지 않다고 밝혔다. 현재 친자확인 소송을 준비 중이라는 그녀는 자신의 아들이 성인이 될 때까지 철저히 외면했던 사람이 최근 젊은이들의 멘토로 추앙받으며 드림메이커를 자처하는 모습이 너무나 파렴치하게 느껴진다고 말했다.

추문은 H가 대표로 있는 극단에서도 터져나왔다. 과거 극단 소속이었던 배우와 스태프 몇몇이 H의 폭언과 성희롱 등 독재적 횡포를 폭로하는 글을 SNS에 실명으로 올렸다. H는 자신이 요란한 유명세를 치른다며 안일하게 대응했다. 그러나 NGO와의 협약을 어기고 기업 후원금을 유용하고 착복한 것은 검찰의 수사를 피할 수 없는 사안이었다.

한여름 폭염 속에 치른 장례, 그럴 리가 없음에도 나경의 머릿속에는 아버지의 시체가 부패해 곤죽처럼 물크러지는 모습이 집요하게 그려졌다. 그럴 리가 없음에도 지독한 악취가 풍겨오는 듯했다. 아버지가 '아들처럼 생각하며 아끼는 제자'는 장례식장에 나타나지 않았다.

B출판사 사무실로 항의 전화가 빗발쳤다. 파렴치 사기꾼의 책을 내준 출판사 역시 파렴치 사기꾼과 다를 바 없다, 당장 출판사 문을 닫고 책을 몽땅 불살라버려라 등의 악담이 이어졌다. 부잣집 도련님 특유의 까다롭고 유약한 분위기를 숨기지 못하는 사장은 나경에게 철저하게 책임을 물었고, 집요하

게 투자금을 회수했다.

나경은 길을 걷다 낯선 감각에 압도되어 번번이 발걸음을 멈추었다. 코나 입이 바닥에 툭 떨어지는 것 같은 생생한 착각, 그럴 리가 없음에도 눈과 귀가 제자리에 붙어 있는지 얼굴을 더듬거리며 황망하게 바닥을 살피는 일이 반복되었다. 꿈인지 잠인지 모를 상태로 어두운 방에 누워 있을 때면 갑자기 흙이나 모래가 얼굴 위로 흩뿌려지는 느낌이 들었다. 내내 마취 주사의 여운 같은 졸음에 잠겨 있어야만, 오물이 가득한 늪으로 까마득히 가라앉는 듯한 공포로부터 다소나마 무뎌질 수 있었다.

밤 열시가 가까워 전화벨이 울렸다. 한 시간 전쯤 나경은 이틀 후 자신을 데리러 온다는 소혜와 짧은 통화를 마친 참이었다. 나경은 휴대폰 화면에 낯선 번호가 뜨길 바랐다. 문틈 사이에 끼워둔 쪽지를 인준이 펼쳐보았길 바랐다. 전화를 걸어온 것은 펜션의 안주인이었다.

"늦은 시간에 미안해요. 글쎄 우리 딸애가 갑자기 진통이 시작돼서, 방금 병원에 도착해 분만실로 들어갔대요. 예정일이 아직 석 주나 남았는데 어쩐 일인지, 아무래도 우리가 지금 가봐야 할 것 같아서……"

나경은 옷을 챙겨 입고 밖으로 나와 안채로 향했다. 손님을 혼자 남겨두고 펜션을 비우는 게 처음이라며 안주인은 거듭 미안해했다. 자동차 뒷좌석에 급하게 챙긴 짐 가방을 실은 바깥주인이 나경에게 다가와 반으로 접은 쪽지를 내밀었다.

"별일 없겠지만, 혹시라도 무슨 일이 있거나, 급하게 차를 써야 하는 상황이 생기면, 여기 번호로 연락해서, 왜 그 엊그제 본 하선생 기억하죠? 내가 방금 전화해서 잘 말해두었으니, 도와줄 거예요."

주인 부부가 첫아이를 출산하는 딸에게로 출발하고 나자, 나경은 온전히 혼자가 되었다. 숲그늘 산방, 어둠 속을 서성이며 나경은 무엇을 할 수 있을지, 무엇을 해야 할지 생각했다. 아니, 무슨 일이 일어날지, 그 무슨 일이 왜 하필 그 일인지를 궁금해해야만 했다.

나경은 오른쪽 점퍼 주머니 속 반으로 접힌 쪽지를 만지작거렸다. 순간 왼쪽 점퍼 주머니 속에서 문자메시지 수신음이 들렸다. 인준이었다. 삼십 분 후 나경을 만나러 오겠다는 내용이었다.

나경은 별채 쪽으로 향했다. 똑똑 문을 두드리듯, 딱딱 손가락을 튕기듯, 땅땅 건반을 내리치듯, 모닥불을 피우고 싶어졌다. 나경은 지금껏 한 번도 모닥불을 피워본 적이 없었다. 지금껏 한 번도 모닥불을 피우고 싶은 마음이 들 거라고 생각해본 적이 없었다. 나경은 장작을 쌓고 불쏘시개에 불을 붙였다.

매캐한 연기를 맡으며 입바람을 불어, 모닥불을 피웠다. 그리고 인준을 기다렸다.

어둠 속에서 작고 둥근 불빛이 흔들리며 다가왔다. 헤드 랜턴을 쓴 인준이 검은 개와 함께 계곡을 건너고 숲길을 걸어, 마침내 나경 앞에 도착했다. 모닥불이 타오르고 있었다. 어둠 그 자체인 것 같은 커다란 검은 개가 조용히 나경에게로 다가왔다. 나경과 인준은 모닥불을 사이에 두고 캠핑용 접이식 의자에 마주앉았다. 밤의 숲속으로부터 차갑고 거센 바람이 불어왔다.

스필버그와

나

K가 버스를 타고 광화문 신문로의 서울역사박물관 정류장에 도착한 것은 오후 두시 무렵이었다. 4월의 마지막 화요일, 거리엔 비가 내리고 있었다. 익숙한 장소에 꽤 오랜만에 발길을 한 셈이었다. 주변을 잠시 낯설게 바라보던 K는 신호등이 녹색불로 바뀌자 이내 잰걸음으로 횡단보도를 건넜다.

흥국생명빌딩 앞 22미터 높이의 〈망치질하는 사람Hammering Man〉은 빗속에서 망치를 쥔 손을 위아래로 움직이고 있었다. 아침부터 저녁까지 매일 반복해 한쪽 팔이 작동한다는 것을 K는 이십 년 전 이 대형 미술품이 일대의 새로운 랜드마크로 주목받으며 설치되었을 때부터 알고 있었다. 고개를 젖히고 허공의 망치질을 한참이나 올려다보던 당시의 K는 서른을 한

두 해 앞둔 나이였다.

망치질을 처음 본 것이 씨네큐브가 생긴 직후는 아니었던 것 같다는 기억에 K는 이곳으로 오는 버스 안에서 새삼 광화문 씨네큐브와 흥국생명 해머링 맨에 대해 검색했다. 씨네큐브가 예술영화 전용관으로 문을 연 것은 2000년, 해머링 맨이 설치된 것은 월드컵이 열렸던 2002년 6월이었다. 검색으로 알게 된 뜻밖의 정보는 어째서인지 망치질의 작동 주기가 처음 일 분에 1회에서 현재 삼십오 초에 1회로 단축되었다는 것이었다. 이십 년 전보다 시간의 흐름이 배는 빠르게 체감된다는 것을 생각하면 삼십오 초쯤 망치질을 지켜볼 만도 했지만, K는 거대한 쇳덩이 노동자를 보는 둥 마는 둥 우산을 접고 흥국생명빌딩 로비로 들어섰다.

로비의 대형 벽면은 여전히 강익중의 작은 타일 그림들로 빼곡히 뒤덮여 있었다. 1980년대 중반 뉴욕으로 건너간 젊은 화가는 생계를 해결하려 고단한 막노동을 이어가면서도 심야의 귀갓길 전철 안에서 아이 손바닥만한 작은 타일 조각에 한 장 한 장 그림을 그려나갔다. 숟가락으로 흙을 퍼 산을 옮기는 식의 작업만이 허락된 화가는 끝내 그 방법으로 자신의 시그니처를 갖게 되었다. 씨네큐브로 함께 영화를 보러 온 강익중을 모르는 누군가에게 자신이 그 얘기를 들려주었던 게 십 년 전쯤인지 십오 년 전쯤인지 K는 잘 가늠되지 않았다.

이십 년 넘는 기간 동안 K가 씨네큐브에 몇 번쯤 왔을지, 혼자인 경우도 많았지만, 주로 둘 혹은 셋이었던 기억. 에스컬레이터를 타고 지하 1층으로 내려가는 동안 각각 동행했던 지인들의 얼굴이 열 명은 넘게 떠올랐다. 연인, 친구, 선배, 후배, 그중에는 여전히 인연을 이어가는 이가 있었고, 어쩌다보니 인연이 끊어진 이가 있었고, 그래도 다시 만날 것 같은 이가 있었고, 다시는 만날 수 없게 된 이가 있었다.

씨네큐브로 향하는 출입구는 빌딩의 좌측에도 있었다. 반나선형의 계단을 내려가면 성큰 가든과 지하 아케이드, 각기 다른 나라의 메뉴를 전문으로 하는 음식점들을 지나쳐, 에스컬레이터를 타고 지하 2층으로 다시 내려가면 극장이었다. 그 또다른 출입구를 통해 씨네큐브에 드나들 때면 K는 A와 B와 C, 세 남자가 떠올랐다.

A와는 함께 영화를 본 적이 없었다. 영화에 대해 제법 많은 얘기를 나누기도 했지만, 같은 영화의 OST 음반과 DVD를 서로에게 선물하기도 했지만, 함께 영화를 본 적은 없었다. 오래 전 어느 밤, 반나선형 계단 뒤편 빌딩 구조물의 높은 턱을 등지고 A는 K에게 키스했다. 근처에 A의 직장이 있었고, 근처 어딘가에서 술을 마시고 있던 A는 K의 전화를 받고 해머링 맨 아래로 걸어왔다. 퇴근 시간이 한참이나 지나 망치질은 멈춘

상태였고, 밤의 광화문 일대는 뜻밖에도 영화관처럼 어둡고 조용했다. 그것은 둘의 두번째 키스였다. A는 K보다 한참이나 어른이면서도, 아니 한참이나 어른이어서 더 동요하고 있었다. 한참이나 어른인 척 A는 술을 마시던 곳으로 단호히 돌아갔다. 휘청이지 않으려 애쓰는 A의 뒷모습이 K는 귀엽게 느껴졌다. 다시 어느 밤, 씨네큐브 건너편 서울역사박물관 뒤쪽의 나무가 우거진 경희궁 옆 야외 주차장에서 K는 차를 세우고 A를 기다리고 있었다. 동요를 이겨보려 했는지, 아니면 잠재우려 했는지 술에 취한 A가 주차장 진입로에 나타났다. K는 뛰듯이 A에게로 다가갔다. 주위는 영화관처럼 어둡고 조용했다. A는 K를 번쩍 안아올려 키스했다. 몸이 빙글 어지럽게 떠오르더니 K는 A와 함께 풀밭으로 쓰러졌다. 키스하며 바닥을 나뒹굴다니, 레오스 카락스 영화에나 나올 법한 장면이라고 K는 생각했다. 이제 K는 당시의 A보다 한참이나 어른이 되었다. 그리고 A와의 일은 결국 자신보다 A의 인생에 더 필연적인 일이었다고 생각하게 되었다.

B와는 지하 1층 중식당에서 식사를 하고, 지하 2층 씨네큐브에서 영화를 보았다. 함께 보고 싶었던 영화는 며칠 전 상영이 끝나버린 참이었다. B는 A와 달리 술을 거의 마시지 못했다. B의 동요는 A의 그것과는 사뭇 종류가 다른 것이었다. 식사를 마치고 중식당을 나오다 B는 입구에서 발을 헛디뎌 잠시

우스꽝스럽게 휘청거렸다. 아직 스킨십 단계도 아니었기에 더욱, B의 순도 높은 긴장과 흥분과 경외와 욕망이 오롯이 전해져 K는 그 휘청거림이 귀엽게 느껴졌다. 실화를 바탕으로 제작되었다는 영화는 다큐멘터리에 가까웠다. 한 소년이 멀리 다른 대륙의 다른 삶을 찾아 떠나는 이야기였다. 비정하고 냉혹한 세상에 쫓겨 절박하게 목숨을 걸 수밖에 없게 된 소년. 안전에 가닿기 위해 통과해야 하는 무시무시한 위험. 죽음이 딱히 이상할 것 없는 지난한 탈주. 다른 세상에 도착해 다른 인간이 된다는 것. 불가능한 것이 그래도 끝내 가능할지 모른다고, 당시의 K는 안일하게 낙관하고 있었다. 밤이면 B와 많은 곳을 돌아다녔다. 함께 꿈을 꾸는 것처럼 영화를 보고 함께 영화를 보는 것처럼 꿈을 꾸었다. 밤이면 B와 오래된 집의 좁은 방에 머물렀다. 그러는 동안 비운 컵과 접시와 욕조, 빠르게 내달리던 국도, 어두운 공원의 깊은 나무 그늘, 담배 연기가 흩어지던 창가, 리플레이 버튼을 누른 CD플레이어, 연필로 밑줄을 그은 책, 한참을 더듬어 찾은 안경…… K에게 〈스왈로우테일 버터플라이〉〈릴리 슈슈의 모든 것〉〈몽상가들〉〈조제, 호랑이 그리고 물고기들〉〈해피 투게더〉〈영웅본색〉〈토니 타키타니〉〈시계태엽 오렌지〉는 B와 연루된 영화가 되었다. B는 문득 죽음이 무섭다고 말했다. 자신이 죽을 때 K가 옆에 있다면 무섭지 않을 것 같다고 말했다. 그러한 고백에도 안일한 낙관이 강고한 비관으로 변하는 데는 생각보다 오랜 시간이 걸리지 않았다. B가 다른 세상으로 건너오지 못한다는 것에, 다른 인간이 될 수 없다는 것에 K는 충격을 받았다. B와 처음 씨네큐브에서 보려 했던 영화를 K는 지금껏 본 적이 없었다. 일부러 외면한 적도, 일부러 찾아본 적도 없었다. 어쩌면 처음부터 딱히 보고 싶지 않았던 것은 아니었을까. 미안하다는 말은 실수로 남의 발을 밟았을 때나 하는 말이라고 대꾸하지 않았다면 어땠을까. K는 B와의 일은 결국 B보다 자신의 인생에 더 필연적인 일이었다고 생각하게 되었다.

C를 지하 1층 반나선형 계단 옆의 패밀리 레스토랑에서 만났던 것은 A와 B를 만나기 전의 일이었다. 해머링 맨은 아직 그곳에 없었다. K는 20세기 끄트머리에 C를 알게 되었다. 대학이 아닌 한 사설 교육기관의 강의실, 전공이 제각각이고 졸업 직전이거나 직후인 90년대 학번들이 잔뜩 모여 있었다. 예닐곱 명씩 한 조가 되었고 K는 C와 같은 조가 되었다. 고학번에 나이가 많은 축이었지만 C는 극구 조장을 사양했다. 일주일에 두 번 저녁에 강의를 듣고, 강의 후나 주말에 따로 조별 스터디 모임을 가졌다. 영화와 직접적인 관련이 없는 스터디였음에도, 모두 영화 얘기를 제일 많이 했던 것으로 기억한다. 시네필이 아니면 안 될 것 같은, 그런 시절—잉마르 베리만, 크시슈토프 키에슬로프스키, 이마무라 쇼헤이, 제임스 아

이보리, 리들리 스콧, 켄 로치, 올리버 스톤, 기타노 다케시, 제인 캠피언, 거스 밴 샌트, 코엔 형제, 팀 버튼, 쿠엔틴 타란티노, 트란 안 홍, 그리고 왕가위. K는 신나게 떠들었고, C는 거의 말이 없었다. 조별 과제 최종 평가전의 성적은 그리 좋지 않았지만, 몇 달간 조원들끼리는 제법 끈끈해져 엠티를 다녀오기도 했다. 어느 날 C는 K를 강의실 밖으로 불러냈다. C의 손에는 어설프게 포장지를 두른 지팡이처럼 긴 종이 뭉치가 들려 있었다. 다음날은 K의 생일이었다. C는 국립중앙도서관에서 K의 생년월일에 발간된 신문을 찾아 한 부 전체를 복사해 그것을 선물로 주었다. 다른 남자가 대신 전해달라고 부탁했다는 말도 안 되는 거짓말을 하는 C가 K는 귀엽게 느껴졌다. 그러나 받아본 적 없는 종류의 선물이 일단은 당황스러웠다. 과정 수료 후에도 스터디 모임을 계속 이어가자고들 했지만, 흔히 그렇듯 모임은 흐지부지 마무리되었다.

C를 만났던 패밀리 레스토랑은 한식당으로 바뀌어 있었다. K는 코로나 팬데믹 기간에 씨네큐브에 온 적이 있었나 되짚어보았다. 확진자 숫자가 제법 줄고 처음으로 마스크 미착용 얘기가 나왔을 무렵 K가 오랜만에 찾은 영화관들은 전부 복합 상영관이었다. 지난 몇 년 동안 상당수의 지구인이 그러했듯 K도 OTT로 영화를 보는 것에 길들여졌다. 다시 오래전 기

억, 패밀리 레스토랑이 사라지고 같은 자리에 두세 번쯤 다른 음식점이 입점했다. 한동안은 대형 매장이 내내 비어 있기도 했다. 예의 스터디 모임이 끝난 뒤 C를 따로 만난 것은 세 번이었고, 그날 패밀리 레스토랑이 마지막이었다. K는 부러 명랑하게 굴며 식사 후 영화를 보자 했지만, 이내 C에게 그것은 가능한 일이 아님을 알아차렸다. 지난번 만남에서 예상된 고백이 있었고, 예상된 거절이 있었으므로, 예상된 순간이 지난 뒤 K는 C가 운전하는 차를 타고 밤의 강변을 달렸다. 결코 그럴 수 없지만 처음으로 그럴 수 있을 것 같아서, 삶을 바꿀 수 있는, 바꾸고 싶은, 그러나 그것을 가능하게 하는 것이 우리가 아니라면, 그건 대체 누구이고 무엇인지. 고해성사하듯 머지않아 결혼하게 될 거라고, 이미 오래전에 결정된 일이고, 외국으로 떠나게 될지도 모른다고, C가 무슨 19세기 사람처럼 얘기한 것은 복사한 신문을 K에게 준 얼마 뒤였다. K는 미국 시트콤 드라마의 주인공처럼 어깨를 으쓱해 보였다. 뭐 누구는 연애 안 하나, 편하고 재밌는데, 친구하면 좋은데. K는 그날 C와의 식사가 마지막이겠다고 생각했다. 자신이 안일한 낙관으로, 거절할 수 있는 자의 권능으로 C를 고통스럽게 괴롭히고 있었기 때문이다.

함께 영화를 보진 않았지만 결국 영화 얘기를 하다 헤어졌다. 스터디 모임 기간 C는 K가 했던 말을 떠올리며 왕가위 영화를 보았다고 했다. 보지 않았던 영화를 찾아봤고, 봤던 영화를 다시 보았다고 했다. 그 말도 고백처럼 들렸다. K는 그제야 C가 왜 자신의 생일에 발간된 신문을 복사해 선물했는지 알 것 같았다. 이를테면 왕가위의 시간, 장국영이 장만옥과 함께 손목시계를 들여다보며 영원히 봉인한 일 분, 유통기한이 만 년이면 좋겠다며 금성무가 꿀걱꿀걱 먹어치운 파인애플 통조림, 그 시절 왕정문이라 불렸던 왕페이가 지금껏 누구도 량차오웨이라 부르지 않는 양조위에게 전해준 비행기표, 행선지가 물에 번져 지워진 일 년 뒤 날짜가 적힌 냅킨 비행기표, 그리고 홍콩의 중국 반환 카운트다운. 어쩐지 민망해져 K는 그냥 『씨네21』과 『키노』에서 읽은 걸 주워섬긴 거라고, 〈정은임의 FM 영화음악〉에서 들은 걸 멋대로 떠들어댄 거라고 고개를 저었다. 결국 C와는 제대로 연인이었다고조차 할 수 없게 되어버렸지만, K는 C와의 어떤 시간을 자신이 분명히 기억하리라는 걸 알았다. 잠시 닿았지만 이내 사라져버린 어떤 가능성으로서의 시간.

K는 C와의 일에 인생이란 단어를 운운하는 것은 적절치 않다고 생각했다. 그러나 한 시절, 한 인간에게 선택 없이 주어지는 시대라는 것, 특정한 시대의 감각과 그 시대적 공기의 핵심 같은 것을 존재의 밑바닥에 체화시킨 청춘으로 살게 된다는 것, 당대의 정수를 당대에 누리고 만끽한다는 것, 행운의

수혜이자 고착의 족쇄, 그를 위해서는 필연적인 일이었다고 생각하게 되었다.

그래서 C와 함께 보지 않았음에도 마치 함께 본 것 같은 영화 〈타락천사〉—세기말의 불안과 우울을 나르시시즘의 담배 연기로 휘감고, 지하 맥도날드 매장에서 비 오는 거리로 걸어 올라오던 계단의 킬러, 그가 킬러인지 아는 여자와 모르는 여자. K는 첫 컬러링을 그 장면에 흐르던 노래로 하고 싶어, 비디오플레이어를 반복 재생해 어렵게 그 곡을 녹음했다. 한 마디도 알아들을 수 없던 노래들의 제목이 '망기타忘記他'와 '사모적인思慕的人'임을 간신히 알아냈지만, www가 없던 시절, 왜 그 두 곡이 OST 음반에는 수록되지 않았는지, 그 여자 말고 다른 여자에게 키스하는 게 맞잖아, 안타까운 탄식이 나오던 장면의 홍콩 뒷골목에 뜬금없이 '부산식품'이란 한글 간판이 등장하는 것에 대해, 연인을 잃은 여자와 아버지를 잃은 남자가 헬멧 없이 오토바이를 타고 창백하게 텅 빈 터널을 질주하는 엔딩 장면을 채우던 노래가 왜 버전에 따라 데니스 브라운의 〈Things in Life〉였다가 플라잉 피켓츠의 〈Only You〉인 것인지, K는 원하는 만큼 충분히 확인하고 이해하고 음미할 수가 없어서, 사랑을 둘러싸고 발생하는 에너지의 종류와 파장이 왜 그토록 제각각인지 걷잡을 수가 없어서, 막연히 그립고 아득히 퇴폐적인 것에 한껏 경도되어 '상관없어, 즐겁기만

하면 돼'나 '곧 내려야 한다는 걸 알지만 어쨌든 지금은 무척 따뜻하다' 같은 영화 대사로 합리화할 수 있는 요란한 청춘의 시간을 보란듯이 흘려보냈다.

K는 아직 씨네큐브에 도착하지 못했다. 이십 년이 넘는 시간이 페이스트리처럼 켜켜이 쌓여 있는 지하 1층을 통과해 지하 2층으로 내려가는 에스컬레이터 앞에 다다랐다. K는 감상과 향수에 젖는 것이 자칫 위험한 일이 된다는 걸 아는 나이였다. 왕가위스러운 청춘의 시간을 보냈으므로, 해머링 맨처럼 묵묵히 노동의 시간표를 채워야 하는 중년, 생계를 위한 팍팍한 일상의 긴장과 흐름이 깨어지면 짐짓 복구는 요원했다. 돌이켜보면 장국영이 무난히 중년을 넘기고 평온한 노년을 맞는다는 건 애초에 불가능했을지 모른다. 모두 그것을 간파하고도 모두 그것을 간파하다니, K는 역시 이십 년쯤이 지나서야 장국영의 죽음을 씁쓸히 수긍하게 되었다. '발 없는 새'는 단 한 번 땅에 내려와 숨을 거두는 것으로 운명에 순응하고, 연인이 이미 죽은 줄도 모르고 그를 찾아 여전히 거리를 떠돌고 있을 것만 같은 영화 속 유가령, 양조위가 혼자서라도 기어이 이구아수폭포를 보고 부에노스아이레스를 떠나 대만을 거쳐 홍콩으로 돌아왔지만, 그것이 귀환에 그치지 않고 홍콩은 맡겨두었던 물건처럼 중국으로 반환되고, 시나브로 〈화양연화〉가

끝난다는 것, 연애의 흥망성쇠와 사랑의 생로병사를 모두 겪은 자의 표정, 다른 질서와 다른 시간이 다른 세상으로 흐르고, 영화가 아닌 실제의 거리를 헤매다 영화처럼 죽음을 맞이할 수는 없으니, 양조위가 앙코르와트 사원의 작은 구멍 속으로 봉인한 비밀처럼, 청춘을 탕진한 빈털터리가 되어 혼자 검은 덩어리를 하나둘씩 삼키는 어른의 삶, 다들 입을 다물고 가면을 쓰고 자신 없는 약속과 부질없는 다짐을 남발하며 꾸역꾸역 살아간다는 것, 담배를 끊고 운동을 하고 대출 서류를 작성하고 경력직 구인 사이트를 훑어내린다는 것, 거부와 낭패와 수치와 모독과 굴욕을 거쳐 질병 파산 추문 우환 관재수에 이르기까지 더럽고 불편한 단어들을 경험한다는 것, 누군가의 탄생이나 죽음이 삶의 압도적 실체를 이루게 된다는 것, 그래도 왕가위언, 〈2046〉 미래로도 갔다가, 〈마이 블루베리 나이츠〉 미국으로도 갔다가, 〈일대종사〉 과거로도 갔다가, K가 십년간 차례로 세 영화를 혼자 씨네큐브에서 보고도 한참 뒤, 논문 심사를 앞두고 종이 더미에서 허우적거리고 있던 시기, 누군가 K에게 왕가위가 새 영화를 찍으려면 중국 정부의 시나리오 사전 검열을 받아야 한다고 말해주었다. 그 아저씨는 애초에 시나리오를 완성하고 영화를 찍은 적이 없는데 무슨! 재밌는 농담이라도 들은 양 K는 웃음을 터뜨렸지만 실은 전혀 우습지 않았다. 안일한 낙관이 신랄한 비관으로 변해가던 시절이었다.

함부로 봉인이 해제된다는 것은, 기습적으로 무방비 상태가 된다는 걸 의미했고, 유령처럼 바닥에서 한 뼘쯤 떠올라, 하이힐을 신고 선글라스를 쓰고 이어폰을 끼고 거리를 떠도는 몽유병자가 제대로 밥벌이를 할 수 있을 리 만무했으므로, 교수님 왕가위 영화 좋아하세요? 저 넷플릭스에 올라와 있는 거 다 봤어요. 21세기에 태어난 스물한 살이 그렇게 말을 걸었을 때, 아휴 뭐 그 옛날 영화들을, K는 애매한 미소를 지으며 말끝을 흐리고 굳게 입을 다물었다.

문학을 전공한 K는 대학 졸업 후에도 한참이나 휴학생 같은 삶을 살았다. 일 년 정도 주기로 잡지사, 홍보대행사, 출판사를 전전했다. 사직서와 이력서 사이, 여지없이 기본값으로 설정되는 휴학생스러운 삶, 어학연수는 틀어졌고, 유학 준비는 어림없었으며, 시나리오와 단막극 공모전에 각각 두 번씩 떨어졌다. 논술학원과 보습학원에서 파트타임 강사를 하는 동안 대필과 윤문 아르바이트를 시작했다. 자유기고가 같은 타이틀이 간신히 이름 앞에 붙기도 했지만, K는 자신이 휴학생보다 실속 없는 프리랜서로 살아가고 있다는 것의 심각성을 오래도록 외면했다. 한 대중문화 전문지가 주최한 비평 공모에 당선되었지만, 잡지는 다음해에 폐간되었고 상금으로는 대학원 한 학기 등록금도 채울 수 없었다. 뒤늦게 대학원에 들어가 학부 때의 전공이 아닌 문화콘텐츠 전공으로 긴 학위를 마치는 내내 K는 여기저기 프리랜서 명함을 들고 다니며 서너 가지 일을 병행해야 했다. 길게 혹은 짧게 다섯 군데 대학에 출강하고, 아깝게 혹은 당연히 세 번의 임용 탈락을 경험하는 동안 K의 시간강사 경력은 십 년을 채웠다.

소위 강사법이라 불리는 고등교육법 개정안이 시행된 후, 더이상 노골적으로 시간강사들의 노동력을 착취하기 어려워진 대학들은 다양한 육두품 교수들을 양산하는 것으로 정년 트랙 교수들의 연봉을 보전하고 재단의 살림을 유지했다. 대학 내 생태계를 알지 못하는 일반인들이 겸임교수, 초빙교수, 대우교수, 연구교수, 객원교수, 특임교수, 산학협력교수 등을 제각각 구별할 리 만무했고, 엄연히 전임에 포함된다며 특별 대우라도 해줄 것 같은 이름으로 임용한 강의전담교수나 교육전문교원은 딱히 결격사유가 없음에도 정규직 교수보다 훨씬 많은 강의를 하고 훨씬 적은 연봉을 받는 비정규직 교수였다. 그래도 운좋게 교수가 됐잖아, 요즘 같은 세상에, 그들 대부분이 입을 다물고 고분고분 말을 듣는 시늉을 하는 것은 감지덕지해서가 아니라, 대학에 자리를 잡기 위해 오랜 시간 대학을 드나들며 겪은 일들에 대한 신물나는 피로와 환멸 때문인 경우가 많았다. 급격한 학령인구 감소로 문을 닫는 대학들이 속출한다는 소식은 지구 멸망의 시나리오처럼 극화되어 대학들의 내부 단속용 치트 키가 된 지 오래였다.

팬데믹이 시작된 즈음 일 년마다 재계약을 해야 하는 교양학부 소속의 비정년 트랙 교수가 된 K는 한 학기 15학점을 소화하며 교양 작문, 디지털 시대의 독서, 예술과 대중문화, 현대사회와 문화콘텐츠 같은 과목을 강의했다. 더불어 교내 행사나 학회 세미나의 실무를 담당하거나, 다른 대학들과 경쟁입찰 하듯 교육부 예산을 따내야 하는 사업의 TF팀에 불려가 작성할 문서를 할당받기도 했다. 고단한 생계를 꾸려가며 심야의 전철에서 작은 타일 조각에 그림을 그린 유학생 화가만큼은 아니겠지만, K는 번아웃의 피폐한 감각들이 수시로 자신을 갉아먹고 있음을 느꼈다. 꼭 무리한 노동시간이나 부당한 임금 문제 때문만도 아니었다. 무려 공자 이래 교육이란 것의 본질에는 고색창연하다고 무시하기 십상인 성실과 윤리와 계몽이 확고히 자리잡고 있었다. 그것을 우습게 여겼다가는, 나아가 그것을 21세기 뉴 노멀의 기술과 문법과 감수성으로 적절히 업데이트하지 못했다가는 교수랍시고 뭘 가르쳤다는 생색은 마스터베이션일 뿐이었다. 물론 막대한 시간과 에너지의 소모는 필수였다. 월요일인 그제부터 대학은 중간고사 기간을 맞았다. 화요일인 어제 K는 종일 침대와 소파를 오가며 고체와 액체의 중간쯤 되는 상태로 지냈다. 그리고 수요일인 오늘 오후, K는 몇 년 만에 광화문 홍국생명빌딩 지하 2층 씨네큐브에 도착했다. 스티븐 스필버그의 〈파벨만스〉를 보기 위해서였다.

온라인 예매가 아니라 극장 매표소에서 직접 영화표를 구입한 게 언제였나 K는 잘 기억나지 않았다. 혼자가 아니라 A나 B나 C와 함께였다면, 과거 이곳으로 같이 영화를 보러 왔던 누군가 옆에 있었다면, 그래도 스필버그 영화인데 너무하네, K는 그렇게 말했을 것이다. 비 오는 평일 오후라 해도, 팬데믹 이후 줄어든 극장 관객수가 좀처럼 늘지 않고 있다고 해도, 이곳이 4DX 상영관이 아니라 예술영화 전용관이라 해도, 그래도 스필버그 영화인데, 상영관 앞 로비는 텅 비어 있다시피 했다. 스필버그의 티켓 파워가 예전과 비교하기 어려울 정도로 약해진 것은 사실 최근이 아니었다. 그래도 너무하네. 할리우드 블록버스터란 표현 자체를 탄생시킨 사람, 영화 역사상 '가장'이란 수식어가 가장 많이 필요한 사람, 오십여 년 동안 서른다섯 편의 영화를 감독한 사람, 기획하거나 제작한 영화는 그 몇 배인 사람, 전 세계 모든 영화인이 단 한 사람으로 수렴된다면 바로 그 사람일 스티븐 스필버그. 〈파벨만스〉의 미국 흥행 성적이 신통치 않았다는 걸 K도 알고 있었다. 영화평론가들이 기립박수 치듯 너 나 할 것 없이 별점 다섯 개를 쳤다 해도, 이제 너무한 일이 아니라 자연스러운 일이 된 것인지 몰랐다.

K는 로비의 대기석 스툴에 앉았다. 기억의 필름이 되감기기

시작했다. 지하 1층보다 더 오래, 더 멀리, 더 깊이 작동하는 지하 2층의 리와인드 버튼. 〈파벨만스〉예고편을 보던 K는 홀린 듯 사로잡혔다. 자전 영화이기에 스필버그 자신이기도 한 주인공 소년이 극장에서 엄마와 아빠 사이 객석에 앉아 홀린 듯 스크린을 바라보는 장면. K는 강의 일정과 학교 업무에 허덕이지 않고 오직 아이처럼 영화에 빠져들 수 있는 날짜를 찾아 서둘러 스케줄러를 뒤졌다.

K도 그렇게 엄마와 아빠 사이 객석에 앉아 영화를 본 적이 있었다. 1984년 7월, 초등학교 4학년 여름방학이 시작되던 날, K는 명동 코리아극장에서 스티븐 스필버그의 〈E.T.〉를 보았다.

영화가 끝났다. 엔딩 크레디트가 올라간 후 극장 안에 불이 켜졌고, K는 자리에서 일어서며 관객수 열두 명을 확인했다. 지하 2층과 지하 1층을 거슬러올라, 다시 해머링 맨이 올려다보이는 곳, K는 익숙한 장소를 낯설게 두리번거렸다. 비가 그친 하늘은 햇빛 없이 흰 장막을 펼친 듯했고, 거리는 한 겹 빗물 코팅을 둘러 투명하게 빛나고 있었다. 늦은 오후의 광화문 거리가 해상도 높은 화면처럼 선명하게 모습을 드러냈다. 너무 생생해서 실제가 아닌 것처럼 느껴지는 가로수, 보도블록, 표지판, 신호등, 자동차, 유리문, 마치 영화 속으로 들어온 것

같았다. K는 횡단보도를 건넜다. 그리고 세종문화회관 쪽으로
걷기 시작했다.

〈파벨만스〉의 마지막 시퀀스에 영화감독 존 포드가 등장했
다. 서부영화의 거장이자 미국 영화계의 전설적인 대부, 산전
수전 공중전을 모두 겪은 노회한 지휘관이 철없는 애송이 병
사의 엉덩이를 걷어차며 혼쭐을 내는 것처럼, 대선배 존 포드
가 감독 지망생 스필버그에게 따끔하고 유쾌한 가르침을 주는
에피소드. 한쪽 눈에 검은 안대를 두르고 굵은 시가를 거침없
이 피워대는 그 옛날의 거물. 존 포드의 등장에 하릴없이 K의
마음에 파문이 일었다. 그 이름을 처음 들었던 순간은 기억하
지 못할지언정, 누가 그 이름을 제게 말해주었는지는 자명했
다. 영화 속 청년 스필버그가 쩔쩔매면서도 존 포드에 대한 애
정과 동경을 숨기지 못했던 것처럼, 존 포드를 직접 만났다면,
K의 아버지도 바로 그러했을 것이다.

아버지가 반드시 존 포드와 함께 입에 올리던 이름 존 웨인,
미국 서부영화의 아이콘이었던 배우 존 웨인, 존 포드와 존 웨
인, 존 포드와 존 웨인이 서부영화만을 만든 건 아니었지만,
그들이 죽고도 숱한 서부영화가 만들어졌지만, 아버지의 목소
리와 발음으로 K에게 각인된 이름, 존 포드와 존 웨인, 그들로
부터 비롯된 이미지가 있었다. 유년 시절 내내 티브이 화면으
로 보고 또 보았던 이미지, 붉은 협곡이 늘어선 광활한 황야,

흙먼지를 날리며 질주하는 말들, 카우보이모자를 쓰고 지저분한 망토를 두른 무법자나 총잡이라 불리던 사내들, 비밀스러운 사연을 가슴에 품고 입을 굳게 다문 냉정하고 고독한 터프가이 마초들, 보안관과 현상금, 인디언과 멕시칸, 그리고 클라이맥스의 결투, 마주서서 누가 더 빨리 허리춤의 총을 뽑아 상대를 쓰러뜨리느냐의 결투…… 하루 방송 시간이 아침저녁 합쳐 채 열두 시간이 되지 않았음에도, 채널이 7번, 9번, 11번 겨우 세 개뿐이었음에도, K는 자기가 늘 서부영화를 보고 있었던 것처럼 느껴졌다.

주말 밤에 안방으로 들어가면, 넓게 펼쳐진 부모의 이부자리 속으로 파고들면, 이내 영화가 시작되었다. 미리 신문의 티브이 편성표에서 영화의 제목을 확인하고, 각 방송국의 이번주 방영작 예고편을 보고, 토요일엔 7번의 '토요명화'와 11번의 '주말의 명화' 중 택일, 일요일엔 9번의 '명화극장'이었다. K의 부모에게 그토록 많은 영화는 대부분 이미 본 영화들이었다. 1943년생인 아버지와 1947년생인 어머니, K가 한 번도 아버지나 어머니라 불러본 적 없는 아빠와 엄마. 해방 전후 태어나 유년 시절에 한국전쟁을 겪고, 둘 다 전쟁통에 아버지를 잃고, 전쟁 후 풍비박산 난 고향집을 떠나 가족들과 도망치듯 서울로 올라온 가엾은 소년과 소녀. 저 영화 예전에 한일극장에서 봤나, 아니 국도극장에서 했지. 그들은 영화 시작에 맞춰 K에게 그 영화에 대한 꽤 입체적인 브리핑을 해주었다. 영화의 제목과 줄거리, 출연 배우들의 이름, 가끔은 감독의 명성과 수상 이력, 그리고 그들 나름의 품평과 추억까지. 이제 곧 그 유명한 장면이 나올 거야. 〈애수〉나 〈카사블랑카〉 같은 1940년대 흑백영화, 〈하이 눈〉〈OK 목장의 결투〉 같은 50년대 고전 서부영화, 제임스 딘은 너무 일찍 죽었어, 가장 많이 방영된 것은 60년대와 70년대 영화였다. 어린 K가 각각의 영화를 체계적인 아카이브로 기억하는 것은 물론 아니었다. 부모의 설명을 다 알아들은 것도 역시 아니었다. 그러나 어린 시절의 숱한 주말 밤, 그 영화들이 뿜어내는 생생하고 강렬한 활기와 신기하고 아련한 매혹은 K의 가장 깊은 곳으로 흠뻑 스며들었다.

K는 〈콰이강의 다리〉에 등장한 영국군 포로들이 행진하며 부르던 씩씩하고 경쾌한 휘파람 곡이 마음에 들었다. 함께 영화를 보던 아빠가 군인들과 똑같이 휘파람을 불자 K는 깜짝 놀랐다. 귓전을 감싸는 경이로운 스테레오 사운드, 영화가 끝날 때까지 아무리 입술을 동그랗게 오므려봐도 K는 휘파람소리를 낼 수 없었다. 아빠 콰이강의 다리 휘파람, 아빠는 씩씩하고 경쾌한 휘파람 행진곡을 들려주었다. 아빠 콰이강의 다리, 다음날도, 그다음날도 K는 아빠의 입술 끝을 바라보며 행진하듯 발을 굴렀다.

인터넷 검색이 아니라, 젊은 부모의 목소리와 발음으로 〈황야의 7인〉에 등장하는 총잡이 배우들의 이름을 배우고, K는 그중 율 브리너와 스티브 매퀸과 찰스 브론슨이 다른 영화에 나와도 냉큼 알아볼 수 있는 여자아이가 되었다. 〈왕과 나〉의 율 브리너와 〈셸 위 댄스?〉에 맞춰 춤을 출 때 커다란 꽃잎처럼 펄럭이던 데버라 커의 드레스, 〈옛날 옛적 서부에서〉의 찰스 브론슨이 반복해 연주하던 슬프고 기괴하고 집요해서 어쩐지 안절부절못하게 만드는 하모니카의 선율. K의 아빠는 세르조 레오네의 스파게티 웨스턴을 무척이나 좋아했다. 〈황야의 무법자〉와 〈석양의 무법자〉의 음악은 K의 귀에도 더없이 특이하고 인상적으로 들렸다. 그토록 독창적이고 근사한 음악을 작곡한 사람의 이름은 다름 아닌 엔니오 모리코네였다.

〈장고〉가 시작되자 아빠가 심각한 표정으로 물었다. 저 관속에 뭐가 들어 있게? K는 그간 꽤 많은 무법자와 총잡이를 보았지만, 장고처럼 관을 밧줄에 묶어 끌고 다니는 남자는 처음이었다. 뭐가 들어 있는데? 이따가 보면 나와. 뭐가 들어 있는데? 마지막에 나와. 굉장한 거. 아빠는 영화에 대해 일러주면서도 주의깊게 스포일러를 피했다. 관 속에서 해골이나 귀신이 튀어나오면 어쩌나 내내 마음을 졸이며 영화를 보던 K는 장고가 마침내 관뚜껑을 열고, 괴물처럼 생긴 연발 기관총을 꺼내 몰려드는 적들에게 미친듯이 총알을 난사하자 아연실색 얼이 빠졌다. 과연 굉장했다. 아빠는 만족스러운 미소를 지었다.

K의 엄마는 서부영화보다는 전쟁영화를 좋아했다. 그래서 K가 기억하는 〈누구를 위하여 종은 울리나〉〈나바론 요새〉〈아라비아의 로렌스〉. 또한 엄마는 미남 배우보다 이른바 '성격파' 배우를 좋아했다. 그래서 역시 K가 기억하는 앤서니 퀸과 로버트 미첨과 헨리 폰다와 커크 더글러스. K도 그들이 멋지다고 생각했다. 그러나 그건 몽고메리 클리프트나 리처드 버턴이나 로버트 테일러와는 확실히 다른 멋짐이었다. 무엇보다 〈노트르담의 꼽추〉의 콰지모도이자 〈길〉의 잠파노이자 〈25시〉의 요한이자 〈그리스인 조르바〉의 조르바인 앤서니 퀸은 압권이었다. 강력한 고전적 존재감이란 바로 그런 것. 왜 울어? 흑백영화 〈길〉의 마지막 장면, K는 그의 눈물을 이해할 수 없었다. 왜 울어? 떠돌이 차력사 잠파노가 자신이 버린 젤소미나가 죽은 것을 뒤늦게 알고 혼자 해변에서 오열하는 장면, 구제불능 악당에 제멋대로 난동을 피우던 짐승 같은 남자가 갑자기 왜 저렇게 슬프게 우느냐고 K는 부모에게 물었다. 가슴을 후벼파는 듯한 트럼펫소리와 끝없이 사무치는 파도 소리, 이번만은 아빠도 엄마도 딱히 말이 없었다.

그리고 드디어 등장하는, 마법의 주문과도 같은 여자 배우들의 이름. 순식간에 영원에서 지상으로 아름다움을 강림시키는 경이로운 존재들, 그레타 가르보, 비비언 리, 잉그리드 버그먼, 그레이스 캘리, 오드리 헵번, 엘리자베스 테일러, 내

털리 우드, 소피아 로렌. K는 일찌감치 단어의 부족함을 절감했다. 그녀들은 모두 제각각 다르게 예쁘고 다르게 매혹적이었다. 그토록 서로 다른 아름다움을 정확하고 완벽하게 표현해보고 싶다는 욕망. 우아, 청순, 고혹, 세련, 기품, 고결, 신비, 마력, 섹시, 홀림 같은 단어들을 아직 알지 못했으므로, 아름다움을 묘사하기 위해서는 아름다움과 전혀 무관한 단어들도 필요했으므로, K는 그저 그녀들의 모습을 오롯이 눈에 담을 뿐이었다. 아름다움에 사로잡힐수록 답답함이 커졌고, 그 기이한 감정은 흡사 그리움과 슬픔 같은 것으로 변모하는 듯했다. 엄마는 영화를 보며 곧잘 미남 미녀 배우들의 스캔들을 K에게 들려주었다. 엘리자베스 테일러가 결혼을 다섯 번인가 여섯 번인가 했다는 것은 확실히 쇼킹한 얘기였다. 쇼킹한 스캔들 차원을 넘어 좀 다른 곳에 위치한 미남 미녀가 있었으니, 알랭 들롱과 매릴린 먼로가 그랬다. 그의 잘생겼다와 그녀의 예쁘다는 어떤 개념이나 인식의 틀을 뛰어넘는 것이었다. 어린 K가 보기에도 그들의 치명적이고 압도적인 아름다움은 뭔가 위험하고 아슬아슬하고 비밀스러워 끝내 불길하게까지 느껴졌다.

〈바람과 함께 사라지다〉나 〈닥터 지바고〉나 〈로미오와 줄리엣〉을 방영한다는 예고편이 나오면 모종의 기대와 긴장으로 집안이 흥성거렸다. 주제가의 멜로디를 흥얼거리며 마음의 준비를 해야 했다. 아무리 서부영화를 좋아했어도 아빠의 '원픽'은 아무래도 〈빠삐용〉인 것 같다고 K는 생각했다. 으, 진짜 바퀴벌레를 먹어? 설명해줘야 할 게 너무나 많은데도 아빠는 스티브 매퀸에게서 눈을 떼지 못했다. 백발의 노인이 되어서도 까마득한 절벽에서 뛰어내려 탈출을 감행하는 '나비'라는 별명의 사나이, 망망대해에 점처럼 떠올라 기어이 파도를 넘는 자유라는 것. 〈벤허〉나 〈십계〉 같은 연말 특집 대작 영화도 빼놓을 수 없었다. K는 찰턴 헤스턴이란 이름은 시련과 역경과 인내와 강인함이란 뜻으로 이루어진 게 틀림없다고 생각했다. 무엇보다 그 시대의 놀랍도록 수고스러운 아날로그 스펙터클, 벤허의 전차 경주가 얼마나 숨막힐 듯 박진감이 넘치느냐 이상으로 저 수십 마리 말의 질주가 모두 실제로 촬영되었다는 것, 젖과 꿀이 흐르는 가나안 땅을 향해 출애굽을 시도하는 저 많은 유대인이 엑스트라일지언정 모두 진짜 사람이라는 것, 성경 속 판타지 스토리 그 무엇도 컴퓨터그래픽 범벅의 특수효과가 아니었다니, 21세기에 와서 생각해보면 경탄을 금치 못할 일이었다.

그럼에도 불구하고 그 모든 것은 영화였으므로, 그 모든 것이 결국 진짜가 아니라는 사실은 K를 종종 어리둥절하게 만들었다. 진짜가 아닌 것은 꼭 가짜이기만 한 것인가. K는 토요일 밤늦게까지 어른의 영화를 보고 늦잠을 자느라 일요일 아침

어린이의 애니메이션을 놓치기 일쑤인 아이였다. 조금 아쉽긴 해도 크게 상관없는 일이었다. 그다음날에도 어젯밤의 영화를 계속 보고 있는 기분이었으므로, 길고 긴 잔상과 몽환적인 여운, 한 영화가 버전을 달리해가며 계속 재상영되는 머릿속의 백일몽, 혹시 현실이 진짜가 아닌 것은 아닐까. 영화만큼 강렬하지도 흥미롭지도 생생하지도 않은 세계. 가족만의 극장으로 변모하는 주말 밤의 안방에서와 달리, 평소의 부모에게서 역사의 흐름이나 사회의 부조리나 인생의 의미에 대한 견해를 듣는다는 것은 부자연스러운 일이었다. 사실 운명의 회오리라든가 숭고한 희생이라든가 사랑의 아이러니 같은 표현이 일상적으로 쓰일 리 만무했다. 장엄하고 위대한 것은 영화에서나 발견되는 흔치 않은 것임을 K는 알고 있었다. 다만 K는 제 부모가 세상에 그토록 다양한 멋짐이 존재한다는 것을 알고 있고, 그것을 중요하게 여기는 사람들이라는 것은 의심하지 않았다. 그들이 영화와 관련해 그 모든 제목과 이름을 발음할 때 공기 중으로 퍼져나가는 특별한 에너지의 파동, 그 모든 장면을 묘사하고 설명할 때 전달되는 이미 그것을 잘 알고 있는 자의 정제된 여유와 담백한 자부. 특별한 것을 감지하고 이해하고 소화하여 자신의 일부로 갖게 된다는 것. 어린 K는 아직 취향이나 안목이란 단어를 알지 못했다. 그러나 어쨌든 그것을 갖추어가는 일이 일찌감치 시작된 것은 분명했다.

K는 세종문화회관 앞에 도착했다. 이 건물은 씨네큐브나 해머링 맨보다 훨씬 오래, 사십오 년쯤 광화문의 랜드마크로 이 자리에 있었다. 1979년 유치원생이던 K는 세종문화회관에서 뮤지컬 〈피터 팬〉을 보았다. 피터 팬은 윤복희, 후크 선장은 추송웅이었다. 대학 시절 학과 동기들과 교보문고에 갔다 맞은편 세종문화회관 근처 카페를 찾았던 기억. 이런저런 얘기를 나누다 옆자리의 D가 K에게 말했다. 박정희가 죽은 1979년에 세종문화회관에서 뮤지컬을 봤다고? 와 너희 집 완전 부르주아였구나, 난 아직 저기 들어가보지도 못했는데. 세종문화회관이 생기기 전 같은 자리에 서울시민회관이 있었다는 걸 K는 부모로부터 들어 알고 있었다. 1972년 큰 화재로 시민회관 건물은 전소되었고, 유명 가수들의 연말 공연을 관람중이던 많은 사람이 죽거나 다쳤다. 사회적 참사라 할 만한 심각한 대형 화재였다. K는 부르주아라는 단어가 내심 불편해 저와 동기들이 태어나기도 전의 화재 사건에 대해 주절거렸다. 내가 살던 데는 시골이어서 유치원도 없었어. 너희 다 유치원 다녔어? D는 오래전 서울의 화재 사건에는 관심이 가지 않는 모양이었다. 그 자리에 있던 다섯 중 유치원을 다닌 사람은 둘뿐이었다.

K가 다녔던 유치원에도, 뮤지컬을 보았던 극장에도 분명 또래 아이들이 바글거렸다. 그러나 그보다 훨씬 더 많은 아이가

K와는 다른 곳에서 사뭇 다른 유년을 보내고 있다는 것을 당시의 K는 알지 못했다. 고등학생 때 수학여행을 가서야 처음 바다를 보았다는 선배나, 줄곧 서울 외곽에 살며 대학 입학 후 처음 강남에 가봤다는 후배에게 어떤 반응을 보이는 게 적절한지 감을 잡기 어려웠다. 어렸을 때 윤복희 선생님이 연기한 피터 팬을 보고 너무 좋아서 배우가 되고 싶다는 생각을 처음으로 했어요. K는 언젠가 비슷한 연배의 유명 배우가 티브이 토크쇼에서 그렇게 말하는 것을 듣고 긴밀한 유대감을 느끼는 동시에, 자신은 왜 그때 배우가 되고 싶다는 생각이 들지 않았을까 생각해보았다.

〈피터 팬〉에서 가장 인상적이었던 것은 요정 팅커벨이 이미 숨을 거둔 피터 팬을 관객들의 호응을 유도해 되살려내는 장면이었다. 어린 관객들이 피터 팬의 죽음으로 충격과 실망과 공포에 빠지자, 팅커벨이 등장해 나름의 비약적 논리로 관객들에게 "피터 팬! 일어나!"를 연호하게 했다. 극장 안은 순식간에 아이들의 아우성과 박수소리로 터져나갈 듯했다. 끈질기게 뜸을 들인 후, 피터 팬은 정말 되살아났다. 관객의 실시간 응원을 통한 마법 같은 부활이라니, 영화라면 있을 수 없는 연출이었다. 물론 K도 〈피터 팬〉이 재미있었다. 티브이 쇼에서 보았던 어른 여자인 가수 윤복희가 어린 남자인 피터 팬을 연기한다는 것에는 뭔가 금기나 위반과 연관된 불온한 매력이 감돌았다. 무엇보다 K의 눈길을 사로잡은 건 후크 선장을 연기한 추송웅이었다. 그는 K의 엄마가 좋아하는 성격파 배우, 인기 티브이 드라마에 출연한 탤런트 아저씨였다. 후크 선장의 갈고리 손과 악어의 등장을 알리는 째깍째깍 시계 소리, 과장된 듯 섬세하고 치밀하게 조율된 몸짓과 표정과 목소리. 우악스럽고 비겁하고 어리석은 악당의 뜨겁고 집요하고 광포한 에너지가 무대 위에서 곧장 관객석으로 쏟아져내렸다. 그는 의심의 여지 없이 뛰어난 배우였다. 그때 추송웅이 후크 선장의 테마곡처럼 부른 뮤지컬 넘버의 후렴구를 K는 지금껏 기억해 부를 수 있었다.

〈피터 팬〉을 보고 집으로 돌아와 내내 노래를 불러대자 K의 아빠는 〈피터 팬〉 음반을 사주었다. 거실에 가죽소파와 오디오 세트를 장만하는 것은 당시 중산층 가정의 필수 옵션이었다. 일본제 파이오니아 전축에 독일제 마란츠 스피커. 집에는 레코드판이라 불렸던 LP 음반이 잔뜩 있었다. 이미 〈로보트 태권브이〉〈태권동자 마루치 아라치〉〈똘이장군〉〈검은 고양이 네로〉를 듣고 또 들어 대사와 노래를 모두 외울 지경이었던 K는 〈사운드 오브 뮤직〉〈러브 스토리〉〈라스트 콘서트〉〈남과 여〉〈웨스트 사이드 스토리〉〈토요일 밤의 열기〉의 음반도 들었다. 오디오 장식장의 LP 칸에는 엘비스 프레슬리와 사이먼 앤드 가펑클이 있었고, 리처드 클레이더만과 폴 모리아

258

악단도 있었다. 조용필과 혜은이도 있었고, 트윈 폴리오와 MBC 대학가요제도 있었다.

뮤지컬을 보고, 음반을 듣고, K는 디즈니 그림책 『피터 팬과 웬디』를 다시 펼쳐들었다. 집에는 책이 많았다. 음반은 아빠의 것이었고, 책은 엄마의 것이었다. 부모 세대의 대다수가 그렇듯 K의 부모도 대학을 나오지 않았고, 당연히 전문직 종사자도 아니었다. 한국전쟁 직후 역시 대다수가 그랬듯 지독히 가난한 어린 시절을 보냈고, 어렵게 중등교육 과정을 마쳤으며, 단칸방에서 신혼살림을 시작했다. 당시로서는 평범하고 흔한 경우였다. 결혼 후 십 년 남짓 일정한 밥벌이와는 별개로, 부동산과 관련해 뜻밖의 행운이 몇 차례 연이어 찾아왔다. 재테크라는 단어를 아무도 쓰지 않던 시절이었지만 그를 통해 꽤 이익을 얻었다. 부르주아까지는 아니었지만 중산층에 편입된 것만은 분명했다. 아빠의 친척 쪽으로도 엄마의 친척 쪽으로도 드문 사례였다. 그래서 K의 집에는 이런저런 이유로 신세를 지러 친척들이 자주 드나들었다. 어쨌든 집에는 음반과 책이 많았다. 그 컬렉션의 면면은 중산층의 여유로운 삶을 전시하려는 우쭐한 의도만으로는 구성할 수 없는 양과 질이었다. K의 부모는 실제로 취미가 영화 감상, 음악 감상, 독서인 사람들이었다.

K는 뮤지컬 〈피터 팬〉이 재미있었음에도, 신나게 노래를 따라 불렀음에도, 누구처럼 배우가 되고 싶다는 생각은 들지 않

스필버그와 나 259

았다. 돌이켜보니 어른으로 자라지 않고 영원히 아이로 머문다는 설정이, 그것이 최고이자 최선의 가치라는 듯한 작품의 주제가 그렇게까지 마음에 들지는 않았던 것이다. K는 다른 디즈니 그림책 『이상한 나라의 앨리스』를 펼쳐들었다. 네버랜드보다는 원더랜드가 K의 취향이었다. 어른이 되고 싶지 않다니, 그보다는 제멋대로 몸이 커졌다 작아졌다 하는 편이 재밌지 않나. 후크 선장은 강렬했지만, 딱히 악당이라 할 수 없는 카드의 여왕이나 체셔 고양이의 존재감도 못지않았다. 엄마는 K에게 많은 책을 사주었다. 골목길에서 또래들과 어울려 고무줄놀이를 하는 소녀가 아니었던 K는 비록 완역본이 아니라 편역본이었지만 '소년소녀 세계명작'과 월부책 판매원이 정식 라이선스를 강조한 '브리태니커 어린이 백과사전'을 들여다보며 유년의 오후를 보냈다.

  K는 세종문화회관 계단을 오르려다 발길을 돌려 이순신 동상 쪽으로 걷기 시작했다. 스티븐 스필버그도 〈피터 팬〉을 영화로 만든 적이 있었다. 제목은 피터 팬이 아니라 '후크'였다. 1990년대 초반에 개봉한 영화를 K는 몇 년이 지나 우연히 티브이에서 보게 되었다. 영화의 각색은 팅커벨이 관객들의 호응을 유도해 피터 팬을 살려내는 정도를 넘어섰다. 스필버그의 피터 팬은 어린이가 아니라 어른으로 살고 있었다. 네버랜

드의 기억을 완전히 잃고 현실세계의 가족에도 소홀한 채 돈과 성공만을 좇는 중년 남자가 되어버린 피터 팬, 그 역할을 맡은 배우는 로빈 윌리엄스였다. 잃어버린 순수를 찾아 다시 네버랜드로 향하는 피터 팬. 그리고 과거의 복수를 꿈꾸며 피터 팬을 기다린 후크는 판타지 동화다운 과한 분장으로 단번에 알아보기 어려웠던 더스틴 호프먼이었다. 끝까지 보긴 했지만, 21세기를 앞두고 K는 좀 지겹다는 생각을 했다. 전형적인 스필버그식 모험담, 유머러스한 갈등의 난장, 정신없이 몰아치는 기발한 액션, 엄청난 임팩트의 클라이맥스, 아이다운 순수함으로 구원받는 어른, 그리고 행복한 가족주의의 완성, 마지막으로 그 모든 것과 언제나 완벽하게 어울리는 존 윌리엄스의 오케스트라.

90년대 스필버그는 확고히 왕좌에 올랐다. 70년대 말 〈조스〉와 〈미지와의 조우〉를 시작으로, 80년대 〈E.T.〉와 '인디애나 존스' 시리즈가 모두 전대미문의 성공을 거두었다. 그의 영화보다 새롭고 놀랍고 흥미진진하고 짜릿하고 재밌는 영화는 세상에 없다고 K는 생각했다. 〈컬러 퍼플〉과 〈태양의 제국〉으로 그는 자신이 상업적 오락영화만을 만드는 감독이 아니라는 것도 입증했다. 스필버그는 할리우드와 전 세계 영화시장을 완전히 평정했고, 본격 비디오 세대로 성장한 그 시대 틴에이저들의 절대적 지지를 받는 존재가 되었다. 그의 영향력이 얼마나 대단했는지, 80년대 트렌드를 대표하는 흥행작 〈그렘린〉 〈구니스〉 〈백 투 더 퓨처〉는 스필버그가 기획이나 제작이나 프로듀서로만 참여했을 뿐 직접 감독한 영화가 아님에도, 당시는 물론 지금까지도 스필버그 연출의 영화로 여겨지곤 했다.

몇 차례 고배를 마신 후 〈쉰들러 리스트〉로 감독상과 작품상을 수상한 아카데미 시상식은 스필버그가 전 세계 영화계의 제왕이 되었음을 선포하는 대관식이었다. 그리고 바로 이어진 〈쥬라기 공원〉. 폴란드로 건너가 홀로코스트의 참상을 다룬 실화 기반의 흑백영화를 촬영하는 동시에, 수억 년 전 공룡을 현대에 되살려내는 판타지 어드벤처 영화를 만든 그는 그야말로 공룡처럼 거대한 존재가 되어버렸다. 종류가 완전히 다른 경악을 경악스럽게 창조해내는 능력, 그래서 바야흐로, 이윽고, K에게도 '그 시기'가 찾아왔다. 80년대 스필버그 키즈였으며 90년대 시네필이라 불렸던 이들이 반드시 거쳐간다는 그 시기, '스필버그 알기를 우습게 아는 시기'.

스필버그는 오이디푸스적 공격의 대상이 되었다. 구제불능의 호색한이라거나 돈만 밝히는 수전노라거나 배우나 스태프를 착취하는 사디스트가 아님에도 그랬다. 그렇게 모든 것을 다 잘하고, 그렇게 모든 것이 다 잘되는 건 좀 그렇지 않은가. 너무 대단하고, 너무 유명하고, 너무 성공을 거두어서, 그래서 좀 싫어지기까지 한 것이다. 스필버그의 영향을 받은 젊은 감독들 모두 스필버그의 아류라는 말을 듣기 싫어 발버둥치는 형국이었다. 시네필들은 온갖 지적 허세를 동원해 굳이 흠을 잡으려 그의 영화를 거침없이 난도질했다. 너무 대중적이야, 너무 감상적이야, 너무 전형적이야. 대학생이던 K는 1994년 대한극장에서 〈쉰들러 리스트〉를 보았다. 어린 시절 티브이를 통해 보았던 2차세계대전 소재의 영화들, 냉혈한 악마 같은 나치와 참혹한 고통 속에 갇힌 유대인들, 그러나 그렇게까지 적나라하고 치밀하고, 그렇게까지 전면적이고 총체적인 홀로코스트 영화는 처음이었다. 노동수용소에서 죽음의 가스실로 가는 인원을 뽑기 위한 '선발'이 시작되자 아수라장 지옥문이 열렸다. 자신은 아직 가축처럼 튼튼해서 가스실로 가는 대신 더 강제노동을 할 수 있다는 걸 증명해 보이기 위해 모든 유대인이 발가벗고 수용소 마당을 달렸다. 여자들은 혈색이 좋게 보이려 가시로 손가락을 찔러 피를 뺨에 문댔다. 나치의 트럭에 실렸다가는 부모를 다시 만날 수 없다는 걸 눈치챈 영특한 아이들은 작은 몸을 숨기려 재래식 변소 똥통 속으로 뛰어들었다. 그리고 가스실로 가게 될 게 분명한 키가 크고 마른 알몸의 노인, 그도 뛰었다. 길고 마른 성기가 힘없이 죽음처럼 덜렁거렸다. K는 숨을 멈추고 눈을 감았다.

그래놓고는, 마지막에 쉰들러 그 신파 뭐야, 꼭 그래 스필버그는, 구구절절 울고불고 중언부언, 절제미가 없어, 그러니까

칸에서는 상을 안 주지, K는 후반부의 감정 과잉을 아쉽게 지적하는 영화평을 짜깁기해 독설을 늘어놓았다. 스필버그를 우습게 알고, 블록버스터를 우습게 알아야 진정한 시네필이었던 것이다. 빔 벤더스와 짐 자머시와 거스 밴 샌트를 봐야지, 프랑수아 트뤼포와 장뤼크 고다르 회고전 기사 읽었어? 아바스 키아로스타미를 모른다고? K는 한 해에 차례로 개봉한 키에슬로프스키의 세 가지 색 3부작 〈블루〉〈화이트〉〈레드〉를 모두 극장에서 보았고, 〈피아노〉와 〈텔마와 루이스〉로 페미니즘을 시작했다. 종로의 코아아트홀과 대학로의 동숭시네마텍을 뻔질나게 드나들었다. 그리고 왕가위에 흠뻑 취해 그 모든 게 제 것이라도 되는 양 거들먹거렸다. 스필버그는 뭐랄까, 에로스를 몰라. 누군가 가장 좋아하는 영화감독이 스티븐 스필버그라고 말하는 것은 이를테면 전 세계 1등이 미국이라고 말하는 것과 비슷했다. 그거 모르는 사람 있어? 어쩌라고!

스필버그의 90년대 마지막 작품은 〈라이언 일병 구하기〉였다. 노르망디상륙작전이 펼쳐진 오마하 해변, 철모가 뚫리고, 팔다리가 잘리고, 몸통이 끊어지고, 내장이 쏟아지고, 광기가 폭발하고, 공포로 얼어붙고, 총알받이 개죽음을 당한 젊은이를 영웅으로 칭송하지 않고서는 결코 이어져올 수 없었던 미친 전쟁의 유구한 역사. 톰 행크스와 맷 데이먼을 모두 말없이 오래 끌어안고 싶었으면서도, 마지막에 할아버지가 된 라이언은 쉰들러처럼 울고불고까지는 안 해서 다행이네, K는 그렇게 말했다. 스필버그는 2000년대에 들어서서 〈마이너리티 리포트〉와 〈A.I.〉와 〈우주전쟁〉을 만들었다. 그는 확실히 예전보다 깊고 어둡고 차가워졌다. 나 말고도 봐줄 사람 많을 텐데 나까지 가서 봐야 해? 삼십대가 된 K는 〈캐치 미 이프 유 캔〉과 〈터미널〉을 보러 극장에 가지 않았다. 봐야 할 영화, 좋아해야 할 감독은 차고 넘쳤다. 원래 잘 만드는 사람이잖아, 재미없으면 이상한 거 아니야?

K는 이순신 동상을 지나쳐 동화면세점과 감리교본부가 입주해 있는 광화문빌딩 방향으로 횡단보도를 건넜다. 조금씩 저녁의 기운이 깃드는 광화문 거리가 영화필름처럼 흘러갔다.

유년의 기억이 흔히 그렇듯, 어떤 기억은 불가사의할 정도로 그 순간에 경험했던 감각들이 낱낱이 저장되었다 생생히 되살아났지만, 어떤 기억은 드문드문 끊겨 있거나 뒤죽박죽 엉켜 있거나 들쭉날쭉 왜곡되어 있다. 혹은 아예 소거되어 있다.

1957년부터 1985년까지 광화문 사거리 지금의 광화문빌딩 자리에 국제극장이란 이름의 영화관이 있었다. 세종문화회관과 달리 K는 국제극장을 전혀 기억하지 못했다. 그러나 K는 그곳에 간 적이 있었다. 〈피터 팬〉보다 한 해 전인 1978년, K의 부모는 〈대부 2〉를 보러 K를 데리고 국제극장에 갔다. K가 공공장소에서 통제 불능의 민폐를 끼치는 아이는 아니었다고 해도, 유치원에도 들어가기 전인 어린 딸을 왜 굳이 극장에 데려 갔는지 전후 사정은 알 수 없었다. 그날 오롯이 영화에 빠져 있던 부모는 영화가 끝날 무렵 곁에 있던 K가 사라졌다는 걸 알았다. 깜짝 놀라 불이 켜진 극장 안을 이리저리 살폈지만 K의 모습은 보이지 않았다. 혼비백산 밖으로 나오니, 로비 한구석에 K가 있었다. 달려온 부모가 안도의 한숨과 걱정의 추궁을 늘어놓자 K는 "저긴 너무 어두워"라고 중얼거렸다고 했다.

K는 이상한 충동에 검색을 거듭했다. 지금이야 할리우드 블록버스터 영화가 한국에서 전 세계 최초 개봉 마케팅을 할 정도가 되었지만, 그 시절엔 미국에서 개봉한 영화는 일이 년 뒤에야 한국에 수입되는 경우가 일반적이었다. 프랜시스 포드 코폴라의 '대부' 시리즈는 더 예외적인 경우였다. 1편 격인 〈대부〉가 미국에서 개봉한 것은 K의 부모가 결혼한 1972년이었고, 한국 개봉은 1973년이었다. 〈대부 2〉는 K가 태어난 해인 1974년에 미국에서 개봉했고, 무슨 사정이었는지 사 년 후인 1978년에야 한국에서 개봉했다. 〈대부〉가 엄청난 신드롬을 일으키며 단번에 걸작의 반열에 오른 탓에 1편을 본 지 무려 오 년 만에 속편을 보러 간다는 것이 부모에게 각별한 일이었으리라 K는 짐작했다. 그래서 이미 어른의 영화를 좋아하던 어린 딸을 극장에 데려간 것인지, 1편을 능가하는 속편에 완

전히 빠져들어 옆자리의 아이가 사라지는 걸 둘 다 인지하지 못한 것인지, 물론 미국에서도 한국에서도 영화는 미성년자 관람불가 등급이었다. K는 이 일화를 아버지가 죽은 십이 년 전 어머니에게서 전해들었다. 아버지 장례 후 두서없이 이런 저런 옛얘기를 하다 우연히 알게 된 것이었다. 저긴 너무 어두 워, 라니.

기억하지 못하는 어둠과 기억하는 어둠. K가 두 편의 〈대부〉를 제대로 본 것은 고등학교 1학년 때였다. 그 전해, K의 부모는 파산하고 빚더미에 앉았다. 일 년 사이 두 차례 반지하 셋집으로 이사했다. 반년 넘게 부모는 지방을 전전했고, K는 중학교 졸업식과 고등학교 입학식에 혼자 참석했다. 부모는 숙박업소 운영을 대행하며 드물게 집을 찾았다. 채무자들에게 시달리다 결국 서류상 이혼을 했다. 어머니가 출퇴근을 할 수 있게 되자, 아버지는 그뒤로 오래 지속할 야간 운수업을 병행하기 시작했다. 부모 모두 사십대 후반의 나이였다. '대부' 시리즈가 티브이에서 방영된 것은 그즈음 이십여 년 만에 〈대부 3〉가 최종 완결편으로 미국에서 개봉돼 화제를 불러일으키고 있었기 때문이다. 때로 가족이 함께인 날이면 고성이 오가거나 무언가 파손되기도 했다. 어떤 것들은 영원히 돌이킬 수 없어졌다. K가 '대부' 시리즈를 본 날은 그런 날이었다. 그다음해 K는 〈대부 3〉를 보러 극장에 갔다. 보고 와서도 말하지 않았다. 빚을 갚기 위해 벅찬 노동을 이어가는 부모가 마이클 콜레오네의 죽음 따위에 신경쓸 여력은 없어 보였다.

이미 초등학교 5학년 무렵부터는, 주말 밤 영화를 보러 안방을 찾는 횟수가 현저히 줄어들었다. 안방 외에 거실에도 티브이가 놓였고, K는 거실에서 부모와 다른 채널을 보기 시작했다. 재밌는 영화 하니까 와서 봐라. 부모의 부름에 안방에 들어갔더니 〈사운드 오브 뮤직〉이 막 시작된 참이었다. 뭐야, 예전에 세 번은 봤잖아. 파산 몇 해 전 K의 가족은 한강이 내려다보이는 아파트 13층에 살게 되었다. 티브이 채널이 늘어 K는 낮에도 영화를 보았다. 히치콕의 〈새〉를 보고 조류 공포증에 시달렸고, 〈혹성탈출〉의 외계 행성이 바로 지구였다는 건 언제까지나 충격 반전의 기준이 되었다. 〈택시 드라이버〉 〈뻐꾸기 둥지 위로 날아간 새〉 〈크레이머 대 크레이머〉 〈소피의 선택〉은 확실히 부모와 함께 보기에 적당한 영화가 아니라고 K는 생각했다. '에일리언'과 '스타워즈' 시리즈는 더욱 그랬다. 그래도 가끔 부모와 함께 영화를 보는 원체험이 재현되기도 했다. 〈내일을 향해 쏴라〉와 〈스팅〉이 그랬다. 아빠는 서부영화를 좋아하고, 엄마는 전쟁영화를 좋아하고, 자신은 아무래도 범죄영화를 좋아하는 것 같다고 K는 생각했다. 더블 침대가 놓인 안방에서 제대로 함께 본 마지막 영화는 〈아마데우스〉였던 것 같다. 성우 배한성이 모차르트 역을 더빙한 그

괴상망측한 웃음소리를 며칠 동안 모두 흉내내며 웃었다. K는 생리를 시작했고, 대통령 직선제가 처음으로 시행되었고, 영화처럼 집중해 5공 청문회를 보았고, 집 근처에서 올림픽이 열렸고, 거실 티브이 옆에 비디오 플레이어가 놓였고, 아파트 상가마다 비디오테이프 대여점이 우후죽순 생겨났다. K도 또래들처럼 〈영웅본색〉과 〈천장지구〉와 〈천녀유혼〉을 보았다. 중학생 K는 부모와 동행하지 않고 피카디리극장으로 톰 크루즈의 〈탑건〉을 보러 갔고, 대한극장으로 베르나르도 베르톨루치의 〈마지막 황제〉를 보러 갔다.

고등학생 K는 누아르 영화의 '누아르'가 프랑스어로 '검다'를 뜻하는 형용사인지 알지 못했다. 갱스터 영화의 '갱스터'가 조폭이나 깡패와는 다른 뭔가 더 근사하고 대단한 것이라 잘못 알고 있었다. K는 '대부' 시리즈의 그 검고 깊은 어둠의 이미지와 비장하고 치명적인 폭력 미학에 완전히 사로잡혔다. 집안의 파산과 몰락, 그에 따른 일방적이고 수치스럽고 모욕적이고 혼란스러운 변화, 부모의 부도덕과 무력함을 적나라하게 실감한 충격, 그때까지의 삶이 얼마나 취약한 보호막에 싸여 있었는지 확인한 불길한 각성, 누군가의 악의적인 계략으로 꼼짝없이 덫에 걸려버린 듯한 불쾌하고 막막한 공포, 정확히 무엇을 향한 것인지 알 수 없는 억울함과 분노, 자신을 장악한 우울과 위축이 더없이 우스꽝스러워 K는 모든 것을 하찮은 가짜로 치부하기 시작했다. 열여섯 살다운 회피와 부정과 파괴의 욕구가 단호하고 압도적이고 철두철미한 마피아의 존재감에 미혹되었던 듯싶다.

콜레오네라는 성姓을 가진 남자들의 얼굴에 드리운 짙은 음영, 시끌벅적 환하게 빛나는 야외 결혼식의 피로연과 대비되는 음침한 협잡과 섬뜩한 음모가 오가는 보스의 어두운 내실, 고분고분 말을 듣지 않았다가 아침에 깨어나 아끼던 말의 잘린 머리를 발치에서 발견한 피웅덩이 침대, 속수무책 함정에 빠져 벌집처럼 너덜너덜 총구멍이 난 시체, 마피아의 세계에서 가장 멀어지려 했던 이가 결국 선택하고 만 복수의 살인, 도피중 맞이한 이국의 신부가 자기 대신 폭사하자 귀국해 헤어진 연인을 찾아가 청혼하는 후계자, 아버지의 죽음이자 보스의 죽음이자 왕의 죽음, 이후 새롭게 재편되는 무서운 약육강식의 질서, 장례식과 세례식, 냉혹한 피의 향연이 가차없이 펼쳐지고, 거짓과 기만으로 점철된 잔인한 운명을 받아들이기로 한 남자의 심연처럼 서늘한 눈동자.

K는 무엇보다 〈대부 2〉의 프롤로그에 마음을 빼앗겼다. 마치 중세의 전설이나 민담에서처럼 부모 형제가 억울한 죽임을 당하고 구사일생으로 도망친 외로운 소년. K는 1901년 뉴욕의 엘리스섬에서 입국허가를 기다리며 창밖으로 자유의 여신상을 바라보던 어린 비토 콜레오네의 눈빛을 잊을 수 없었다. 베레

모를 쓰고 흰 앞치마를 두르고 상점의 건실한 점원으로 일하는 젊은 비토를 연기한 로버트 드니로. 가난한 이태리 이민자들의 거리, 아직은 현대가 제대로 도래하지 못한 금주법의 시대, 생존과 도태 사이, 불법과 편법 사이, 청탁과 해결 사이, 순진하고 소박한 세계와의 영원한 작별, 타락과 비밀이 삶과 세상의 허술한 틈으로 깊숙이 스며들고, 주도면밀하게 죄를 저지르는 첫 살인의 시간, 옥상과 계단과 램프와 문, 흰 슈트에서 뿜어져나온 붉은 피와 흰 수건에 옮겨붙은 총구의 불, 체포되지 않는 범죄자가 된 비토는 사뭇 고결하고 짐짓 정의로워 보이기까지 했다. 그토록 어둡고 위험한 아메리칸드림, 그 미학을 설명하기 위해 '그리스비극'이나 '고전미' 같은 단어도 필요하다는 것을 K는 대학에 가서 알게 되었지만, 매 장면의 구도와 색감은 고상한 바로크 명화처럼 K의 머릿속에 각인되었다. 업보와 저주, 사람을 죽인 너는 네 아들을 잃을 것이고, 형제를 죽인 너는 네 딸을 잃을 것이다. 저긴 너무 어두워.

K는 〈대부〉에 이어 〈원스 어폰 어 타임 인 아메리카〉와 〈좋은 친구들〉과 〈언터처블〉을 떠올리며 걷다가 덕수궁 대한문 근처에서 발을 멈추었다.

초등학교 5학년 어느 휴일, K는 부모와 함께 덕수궁미술관에 왔다. 프랑스 조각가 로댕의 전시회가 열리고 있었기 때문이다. 1985년에 로댕의 〈생각하는 사람〉을 봤다고? 또래의 누군가에게 얘기했다간 또 부르주아 소리를 들을지도 몰랐다. 당시 미국에서 개봉한 영화를 그다음해에라도 볼 수 있었던 건 영화이기에 가능한 일이었다. 90년대 이전에 유럽 미술관의 유명 작품을 서울에서 보는 일은 극히 드물었다. 그래서 그 여름 덕수궁에는 부르주아가 아닌 사람들도 잔뜩 몰려들었다. 전시는 한 달 남짓 이어졌고, 관람 인원은 이십만 명을 넘어섰다. K는 덕수궁 석조전에서부터 시작된 입장객들의 줄이 정원을 길게 에둘러 도미노처럼 늘어섰던 모습을 기억한다. 한참 만에 입장한 미술관에는 거대하고 육중한 검은 돌들이 과거의 사람 같기도 하고 미래의 사람 같기도 한 형상으로 자리하고 있었다. 가족 중 조각품들을 가장 진지하게 감상한 사람은 68세에 대장암으로 사망할 때까지 K가 한 번도 아버지라고 불러본 적이 없는 아빠였다.

아빠는 그림을 잘 그렸다. 영화를 좋아했고 사진을 잘 찍었다. 남자들이 흔히 그렇듯, 그 세대 남자들은 더욱 그렇듯 불안과 고독과 슬픔과 혼란을 자연스럽게 표현하거나 적절하게 처리할 줄 몰랐다. 사랑도 물론 그랬다. 아빠는 내성적이면서도 다혈질이었다. 희로애락의 진폭이 크고 민감한데다 유년기의 전쟁 트라우마가 더해져 더욱 위험했다. 그 세대 남자들이 흔히 그렇듯, 아빠는 그런 자신에 대해 깊이 성찰하는 방법을 터득하지 못했다. 아빠는 노래를 잘 불렀다. 단 한 장도 남김없이 사라진 그 많은 LP 음반은 모두 그의 것이었다. 어린 시절 K의 집을 자주 찾았던 아빠의 군대 친구들은 그가 군대에서 수없이 노래를 불렀다고 말했다. 아빠의 노래가 끊길 때까지 단체 휴식이 주어졌고, 보초를 서고 돌아온 선임이 자고 있던 그를 억지로 깨워 노래를 시키기도 했다고. 그러나 아빠의 보직은 노래가 아니라 운전이었다. 60년대에 운전면허를 소지하고 입대한 병사가 있을 리 만무했다. 아빠는 부대 내에서 얼차려를 받으며 군용 트럭으로 운전 교육을 이수하고 운전병이 된 후, 나중에는 작전참모 장교의 지프를 몰았다고 했다.

아빠는 그림을 잘 그렸다. K가 초등학교에 입학하고 얼마 지나지 않았을 때의 일이다. 한 반에 학생 수가 쉽게 육칠십 명을 넘던 시절이었다. K의 담임선생은 분단별로 한 명씩 다섯 아이에게 교과서에 실려 있는 한 이야기의 내용을 다섯 부분으로 나눠 칠판에 걸 수 있는 커다란 종이에 삽화로 그려오라는 지시를 내렸다. 대놓고 부모들의 도움을 받으라고 했다. 엄마가 손사래를 치자 아빠는 전지를 사와 K의 크레용과 파스텔로 그림을 그렸다. 교과서를 펼쳐놓고 꼬박 이틀 넘게 낑낑대며 그림을 그렸다. 깊은 숲속의 시냇가를 배경으로 개미 가족과 나비 가족이 등장하는 동화풍의 이야기였다. 둥글게 만 커다란 종이를 조심스레 안아 들고 등교한 K는 몹시 난감한 기분에 휩싸였다. 이윽고 다섯 장의 그림이 차례로 칠판에 걸리던 순간, 세번째 순서였던 아빠의 그림은 초등학교 1학년용 교육 자료로는 상당히 부적절하다는 인상을 주었다. 아빠의 그림은 필요 이상으로 완성도가 높은 본격 회화처럼 보였다. K는 그 그림을 기억한다. 짙은 녹음 사이 푸른 시냇물이 흘러가고, 그 위로 하얀 종이배가 떠간다. 종이배의 뾰족한 윗부분에 노란 나비가 살며시 앉아 있다. 구도와 색감과 명암에 나름의 기법이 적용되어 있고, 그림은 동화의 삽화가 아닌 유화물감으로 그린 정식 미술품 느낌이 났다. 아이들이 웅성거렸다. 다른 아이들이 가져온 그림에는 개미와 나비와 꽃과 나무가 색연필이나 사인펜을 사용해 다분히 만화적으로 그려져 있었다. 그리고 모두 아빠의 그림이 아니라 엄마의 그림이었다. 어머, 이걸 아버지가 그리셨어? K 아버지 뭐하시는 분이지? 담임선생의 부담스러운 표정과 호들갑스러운 말투가 칭찬인지 비난인지 알 수 없어, K는 난감한 표정을 짓다 입을 다물었다.

아빠는 미술이나 음악을 직업으로 갖는 것이 가능하다고 생각조차 할 수 없는 환경에서 자랐다. 전쟁 후 상경해 동대문 부근에 살던 가난한 소년은 비록 열악할지언정 학교에서 미술이나 음악 수업을 경험했을 터였다. 아무도 그의 남다른 그림 솜씨나 목소리의 근사한 울림을 눈 밝게 알아봐주지 않았던 것이다. 가족이든 친척이든 선생이든 신뢰할 만한 어른이 그의 재능이나 미래에 대해 되새길 만한 얘기를 해준 적이 없는 게 분명했다. 아빠가 가장 오래 직업으로 삼은 것은 운전이었다. 그는 택시와 트럭을 종류별로 몰았고, 가장 경제적 여유가 있던 시기에는 운전과 개인교습을 겸하며 동업으로 운전 교습소를 운영했다. 아내의 수완과 시대적 행운 덕에 일찌감치 부동산과 재테크로 안정적인 월세와 이자를 받는 처지가 되자, 그는 영화를 보고 음악을 듣고 낚시 여행을 다니며 신세 좋은 백수로 지내기도 했다. 잠시 식재료 도매업과 차량 부품 제조업에 손을 대기도 했지만 이내 운수업으로 돌아왔다. 어쩌면 K가 대학을 졸업하고도 오래도록 고수했던 휴학생스러운 삶, 빛 좋은 개살구 같은 프리랜서의 삶, 다분히 부르주아 분위기를 풍기는 한량 기질에는 부정하기 어려운 유전적 요소가 있는지도 몰랐다. 한국전쟁 때 죽은 아빠의 아버지, K의 할아버지는 집안 소유의 정미소를 물려받아 한량처럼 살았다고 했다. 직접 농사를 지어야 할 넓은 논밭을 아내와 친척들에게 떠맡기고, 길이 온통 진흙탕이 되는 계절에도 백구두를 신고 자전거를 몰았다는 K의 할아버지. 그는 서른다섯 나이로 전쟁중에 학살당했다. 당시 상황에 속수무책 악덕 지주이자 반동분자로 몰리지 않을 수 없었던 것이다. 총성과 죽창이 등장하는 무시무시한 여름밤, 어린 아빠는 제 아버지가 죽임당하는 모습을 목격했다. 혼절한 어머니를 대신해 형제들과 시신을 수

습해야 했다. 언젠가 엄마가 K에게 말했다. 네 아빠랑 결혼하기 전에 어디 시장에 갔었나, 같이 뭘 좀 먹으려 하는데, 네 아빠가 그러더라, 자기는 따로 가리는 건 없는데 순대 같은 건 잘 못 먹는다고, 그날 한참 이따 네 아빠가 다시 그러더라, 험하게 죽은 아버지의 뱃속에서 쏟아져나온 창자가 떠올라서 그런 것 같다고.

집안의 파산과 몰락이란 표현 정도로는 어림없었을 것이다. 전쟁 후 부당하게 빼앗겼던 땅과 재산을 하나도 되찾지 못했다고 했다. 지인들의 계략과 배신이 있었고, 충격적인 치정과 수치스러운 추문도 뒤따랐다. 야반도주하듯 고향을 등지고 외가 쪽 친척이 있는 서울로 상경하던 그날에 대해 K는 아는 것이 없었다. 아비 없는 후레자식이란 표현이 존재한다는 것의 수치와 공포. 아빠가 아버지 이상으로 따르고 좋아했다는 여섯 살 터울의 큰형, K가 사진으로조차 본 적 없는 청년 백부는 군 제대 후 집에서 목을 매 자살했다고 했다. 언젠가 역시 엄마가 K에게 말했다. 군대에서 헌병이었단다, 키도 아주 크고 그렇게 잘생겼었대, 거참 나쁜 놈이지 뭐니, 장남이란 놈이 불쌍하게 과부가 된 제 엄마랑 어린 동생들을 넷이나 남겨두고, 힘들었어도 살 궁리를 했어야지, 사귀는 여자도 있었다던데, 가여워라. 마이클 콜레오네처럼 집안의 셋째 아들이었던 아빠는 그렇게 둘째 아들이 되었다. 아버지의 장례 후 사십구재를 지내고 K는 한 사찰에 위패를 봉안했다. 많이 아프다 떠나셨으니 조상 천도재를 지내는 게 좋겠다는 얘기에, K는 조부모와 백부의 이름도 위패에 올렸다. 학살을 당해 죽은 할아버지도 스스로 목을 맨 큰아버지도 당시의 K보다 어린 나이였다.

아버지가 사용하던 수첩의 귀퉁이, 이런저런 종잇장 뒷면에는 종종 나무나 새나 가로등 같은 것이 무심한 낙서처럼 그려져 있었다. 물론 낙서 수준이 아니었다. 시냇물 위를 떠가는 하얀 종이배 위의 노란 나비, 물론 그 그림은 흔적도 없이 사라졌다. 파이오니아 전축과 마란츠 스피커도 사라졌다. 그 많던 책도 모두 사라졌지만, 어째서인지 1985년 여름 덕수궁미술관에서 아버지가 구입한 로댕 조각전의 작품 도록은 지금껏 사라지지 않고 K의 책장 귀퉁이에 꽂혀 있었다. 발인을 앞둔 장례식의 둘째 날 밤, K가 잘 모르는 아버지의 친구가 조문을 왔다. 잠들어 있던 어머니가 깨어나 유난히 반갑고 요란하게 그를 맞았다. 그는 K의 아버지를 열 살 때 처음 만났다고 했다. 구상 시인의 『초토의 시』에나 나올 법한 전쟁 직후 서울 창신동에 이웃해 살던 가난하고 불쌍한 꼬마들. 아버지의 친구는 체구가 작고 다리를 절었으며 누가 보아도 알코올중독자임을 알 수 있었다. 불알친구답게 큰 소리로 몇 번이나 아버지의 이름을 외치며 영전에 절을 올린 그는 K에게 바짝 다가와 말했다. 네 아빠는 싸움을 아주 잘했다. 어렸을 때 나를 지켜

줬어. 커서도 그랬지, 우리 동네에서 제일 셌어. 그런 놈이 나보다 먼저 죽다니. 누아르 영화에나 나올 법한 대사라고 K는 생각했다.

K는 덕수궁 앞에서 소공동 방향으로 횡단보도를 건넜다. 좌측의 서울시청광장 잔디밭 위로 봄의 저녁이 내려앉고 있었다. 뙤약볕에 대통령을 장례 치르러, 칼바람에 대통령을 탄핵시키러, 이곳을 찾았던 순간들이 영화필름처럼 흘러갔다.

K의 대학 시절 몇 년간 집안의 경제적 몰락은 다소 회복되는 기미를 보였다. 가족은 반지하를 벗어나 작은 평수의 빌라로 이사할 수 있었다. 제출용 서류가 필요해 가족관계증명서를 떼어보니, 서류상 이혼했던 부모는 다시 서류상 결혼을 한 상태였다. K가 첫 직장을 그만두고 휴학생처럼 지내기 시작했을 무렵, 부모는 다시 파산했다. 한번 더 일방적이고 수치스럽고 모욕적이고 혼란스러운 시간이 이전과는 다른 양상으로 전개되었다. 이후로 K는 부모와 다시는 한집에 살지 않았다. 전쟁 후 상경한 이래 부모는 처음으로 서울이 아닌 주소를 갖게 되었다. 다시 버거운 노동의 삭막한 시간이 시작되었다. 예의 부도덕과 무력함은 충격적이지 않았고, K는 삶이 덫에 걸려버린 것이 아니라, 어쩌면 삶 자체가 덫일 수도 있겠다는 생각을 하게 되었다.

아버지가 암 수술을 받고 한참 투병생활을 하던 즈음, K는 부모가 제 아들과 딸이었으면 어땠을까 생각해보았다. 제법 진지하게 구체적으로 생각해보았다. 우선 아들은 어떻게 해서든 미대에 보내는 게 좋겠다는 확신이 들었다. 실컷 그림을 그리게 해야지, 취미로 밴드 보컬 같은 걸 하겠다고 할 거야, 말리지 말아야지, 주먹질깨나 하고 다닌 모양인데, 유도나 주짓수를 배우라고 하자, 거참 예체능이 골고루 특수화되기는 했네. 딸은 예체능을 좋아하기는 해도 그쪽으로 재능이 있다고 보긴 어려웠다. 문과 성향이지만 확실히 인문 계열보다는 상경 계열이 맞았다. 경영학과나 무역학과에 보내야지, 외국어를 부전공으로 하면 아주 잘할 거야, 이런저런 장학금도 타고 욕심껏 해외 연수 기회도 놓치지 않을 텐데, 결국엔 제 사업을 하겠다고 하겠지. 물론 우린 어려서부터 같이 영화를 아주 많이 볼 거야, 매일매일 음악을 들을 테고, 자주 서점이나 전시회를 찾겠지. 그런 아들과 딸을 키우며 한세상 살 수도 있는 인생, 오직 그렇기만 한 인생, 당신들이 내 자식이었다면, 일어난 적 없는 삶의 노스텔지어, K는 목이 메었다.

웨스틴 조선 호텔을 지나 K는 을지로 입구 롯데백화점 쪽으로 쉼없이 걸었다. 명동을 마주한 롯데백화점은 롯데백화점 본점이었고, 어린 K에게 백화점이란 '명동 롯데'를 의미했다. 그 시절 가장 사치스러웠던 가족 외출, 신사복 매장에서 아버지의 '바바리코트'를 사고, 명동 일대가 내려다보이는 고층 식당가의 레스토랑에서 '함박스테이크'를 먹었던 기억. 과연 부르주아 소녀다운 추억이라 할 만했다.

더 어렸을 때, 국제극장과 세종문화회관 사이, 〈대부 2〉와 〈피터 팬〉 사이, 네 살과 다섯 살 사이, 그 언제쯤, 겨울이었고 저녁이었다. K는 아빠와 함께 춥고 어두운 골목길을 걷고 있었다. 드문드문 가로등 아래 하얗게 쌓인 눈이 드러났다. 아마 낮에 눈이 내리다 멈추었을 것이다. 아마 둘은 손을 잡고 있었을 것이다. 발이 얼마나 시렸는지 길이 얼마나 미끄러웠는지까지는 기억나지 않았다. 다만 늦은 시간 집을 나선 부녀의 외출엔 분명한 목적지가 있었다. 깊은 밤이 아니었을 테고 주위로 사람들이 지나쳐갔겠지만, K에게는 그 순간이 아주 깊은 밤처럼 느껴졌고 주변엔 아무도 없는 것처럼 느껴졌다. 가쁜 숨과 함께 쏟아져나오던 흰 입김. K는 뭔가 설레고 즐거워 열심히 뛰듯이 걸었다. 그러나 어린 딸과 함께 어두운 눈길을 걷는 게 만만치 않음을 실감한 아빠는 K를 번쩍 안아올렸다.

둘은 환히 불을 밝힌 어느 상점에 도착했다. 신발 가게였다. K는 그곳을 아주 넓고 밝은 곳으로 기억했다. 점원이 안내한 곳에는 아동용 신발이 진열되어 있었다. 맨 앞줄에 놓인 새빨간 겨울 부츠, 신발 내부에 인조 모피를 두툼하게 두른 여아용 방한 부츠. 아빠는 이리저리 부츠를 살펴보더니, 양손으로 두

켤레를 집어 K 앞에 내밀었다. 똑같은 모양새의 빨간색 방한 부츠, 부츠 옆면에 동전만한 크기로 프린트된 로고만 각각 달랐다. 아동용 부츠에 다소 뜬금없이 당시 유명 티브이 외화 시리즈였던 〈600만불의 사나이〉 로고와 〈원더우먼〉 로고가 붙어 있었다. 물론 정식 라이선스가 아니었다. 결정은 오래 걸리지 않았다. 아빠는 K가 신고 있던 신발을 벗기고 원더우먼 부츠를 신겼다. 다시 가로등 아래 어둡고 환해지기를 반복하는 눈 쌓인 골목길, K는 새 부츠가 뽀드득뽀드득 야무지게 흰 눈을 밟는 소리를 들었다. 둘은 아마 손을 잡고 있었을 것이다. 미끄러지지 않는 따뜻한 새 부츠를 신고 있었으므로, 돌아오는 길에는 아빠에게 안기지 않았다. 대신 부녀는 당시 엄청난 인기를 끌며 누구나 따라 부르곤 했던 〈원더우먼〉의 주제가를 부르기 시작했다. 날으는, 날으는, 원더우먼, 원더우먼, 하늘에서 내려왔나 원더우먼, 땅 위에서 솟아났나 원더우먼, 아아아아, 아아아아, 신비한 원더우먼.

아버지의 죽음 후, K의 '스필버그를 우습게 알던 시기'도 끝났다.

두 계절 가까이 K는 속수무책으로, 혹은 기꺼이, 어쩌면 마음껏 어두운 우울의 늪으로 침잠했다. 사금파리처럼 잘게 부서진 삶의 파편들이 두문불출 혼자인 집안을 숨쉴 틈 없이 가득 채우고 있었다. 조금만 뒤척여도 어딘가 긁히고 베여 피가 흘렀다. 해가 뜨면 잠이 들고 해가 지면 잠을 깼다. 그나마 정신이 좀 든다 싶으면 어김없이 자정 즈음이었다. K가 일상생활의 적정선을 유지하고 있음을 가늠하는 바로미터는 직접 요리해 식사하는 것과 신간 서적을 읽고 개봉 영화를 보는 것이었다. K는 책장을 들추지 않았고 영화를 검색하지 않았다. 냉장고는 텅 비어 있었다. 날카로운 파편더미에 묻혀 피를 흘리다 저도 잘게 부서지고 있다는 생각에 매몰되었을 즈음, K는 침대에 누워 오래된 책을 조금씩 읽기 시작했다. 프란츠 카프카의 「밤에」라든가 「굴」이라든가, 조지 오웰의 「코끼리를 쏘다」와 「교수형」 같은. 토마스 만, 산도르 마라이, 존 버거, 그리고 파스칼 키냐르와 프리모 레비를 거쳐 칼 구스타프 융을 읽을 정도가 되자 혼자인 집은 더이상 파편더미 상자가 아니라, 먼바다를 떠돌고 있는 난파선처럼 느껴졌다. 무심히 고래 뱃속으로 빨려들어가도 그만일 것 같은.

K는 한밤중 티브이 리모컨 버튼을 눌러대다 있는 줄도 몰랐던 케이블 채널을 발견했다. '클래식 무비 타임'이란 이름을 붙여 심야 시간에 옛날 영화들을 방영하고 있었다. 오래전 부모와 함께 주말 밤 안방에서 보았던 〈에덴의 동쪽〉〈타워링〉〈스파르타쿠스〉〈로마의 휴일〉〈셰인〉. K는 자신이 스스로 생각했던 것보다 훨씬 더 그레고리 펙과 오드리 헵번을 좋아한다는 걸 깨달았다. 알랭 들롱과 매릴린 먼로와는 전혀 다른 차

원의 우주에 존재하는 미남 미녀. 치명적이거나 아슬아슬하진 않지만, 그들이 삶의 비애와 모순을 모르는 것은 아니다. 한계가 있다는 것을 알지만, 그들은 마음을 놓이게 한다. 깊은 신뢰감을 준다. 성숙한 영혼을 가졌기 때문이다. 중간쯤부터 보게 된 서부영화 〈셰인〉의 마지막 장면에서 K는 아버지를 떠올리지 않을 도리가 없었다. 모든 문제를 처리하고 조용히 사라지는 근사한 해결사의 원형 같은 존재. 가지 말라고, 돌아오라고, 함께하자고, 그 모든 바람을 오롯이 이름에 담아 목놓아 셰인을 부르고 또 부르는 주인공 소년. 말을 타고 길을 떠나는 총잡이 셰인은 그러나 뒤돌아보지 않고 사라지며 영화는 끝났다. 검정 교복 차림의 아버지는 60년대 서울의 어느 극장에서 〈셰인〉을 보았을 것이다. 그리고 그 주인공 소년처럼 삼십대에 죽은 아버지와 이십대에 죽은 큰형을 속으로 부르고 또 불렀을 것이다. 가지 말라고, 돌아오라고, 함께하자고, 언제나 서럽고 외롭게 삼켜야만 했던 죽음.

다른 영화 채널에서 역시 새벽 시간에 '우리 시대의 거장'이란 이름을 붙여 스티븐 스필버그의 영화들을 방영했다. K는 극장에서 보지 않았던 스필버그의 영화들을 비로소 보게 되었다. 매일 밤 한 편씩 며칠이 지나, 〈뮌헨〉을 보던 K는 유대인 모사드 요원처럼 제 안의 무언가가 무너져내리는 당혹감에 휩싸였다. 영화는 과연 더할 나위 없는 거장의 클래식이었다. 예의 한 시기가 끝난 것은 다음날 〈링컨〉을 보던 순간이었다. K는 영화의 깊고 진한 힘에 무장해제되었다. 넋을 놓고 단숨에 스필버그 키즈로 귀환했다. 스필버그의 링컨은 K가 잘 알고 있다고 생각한 위인전 속의 링컨이 아니었다. 대니얼 데이루이스가 성자처럼 보이게도 탕자처럼 보이게도 연기한 그 링컨 앞에 K는 냉큼 무릎을 꿇고 넙죽 고개를 조아리고 싶었다. 허영과 교만으로 가득했던 시네필의 백기 투항, K는 통곡하며 고해성사라도 하고 싶은 속죄의 충동에 사로잡혔다. 어쩌면 다름 아닌 바로 스필버그에게 그러고 싶었던 것일지도 모른다. 노예제 폐지 법률을 통과시키기 위해 정적인 정치인들에게 매달리듯 읍소하다, 비겁하게 타협하다, 막무가내로 협박하는 링컨, 음모를 꾸미고 매수를 시도하고 추잡한 뒷거래까지 서슴지 않는 권모술수의 달인인 링컨. 기어이 진보의 한 걸음을 내딛기 위해 피눈물로 감내한 수많은 전사자, 그 속에 포함된 아들, 뒤틀리고 파탄 난 관계, 지독한 비난과 갈등과 우울, 무섭도록 집요한 의지, 그리고 암살자의 총알. 삶과 역사가 그럼에도 불구하고 앞으로 나아간다는 것. K는 대학 시절 치기어린 독설을 퍼부었던 〈쉰들러 리스트〉 후반부의 쉰들러처럼, 아니 쉰들러보다 더욱 과잉된 감정으로, 죄송해요, 잘못했습니다, 제가 뭐라고, 용서하세요, 건방지게 신파조니 절제미니 운운, 제 주제에 감히, 구구절절 중언부언 참회의 눈물을 흘렸다. 젤소미나의 죽음을 뒤

늦게 알고 해변에서 오열하던 개차반 같은 사내 잠파노를 K는 그 순간 온전히 이해하게 되었다. 세상에 우습게 알아도 되는 사람은 없었다. 뭐라도 할 수 있는 걸 어떻게든 해야 한다는 것. 대니얼 데이루이스는 K에겐 언제나 〈프라하의 봄〉의 토마스였다. 밀란 쿤데라의 원작 소설을 읽기 전인 고등학생 때 미성년자 관람불가 영화를 보았고, 이십대의 K는 토마스와 테레사와 사비나, 대니얼 데이루이스와 쥘리에트 비노슈와 레나 올린을 떠올리며 『참을 수 없는 존재의 가벼움』을 세 번 읽었다. 지적이고 시크한 바람둥이 의사 토마스는 혼란스러운 세상과 모순투성이 자신을 한껏 가볍고 우습게 여기는 것으로 삶을 견디고 있었다. 링컨과는 아주 딴판으로.

이후 K는 무릎을 꿇고 고개를 조아려 예배라도 드리는 심정으로 스필버그의 〈스파이 브릿지〉와 〈더 포스트〉를 보았다. 스필버그는 유대인이지만 어쨌든 그저 아멘. 그리고 다시 클래식 무비 타임에 〈내일을 향해 쏴라〉와 〈빠삐용〉을 또 한번 보았다. 사람이 죽으면 그 사람이 좋아했던 영화는 어떻게 되는가. 아빠, 내가 얘기한 적 있나, 아빠 폴 뉴먼 닮았어, 곱슬머리에 각진 이마, 웃으면 아래로 한껏 휘는 눈꼬리, 아빠가 그렇게까지 미남은 아니지만 그렇다고 미남이 아주 아닌 것도 아니잖아. 전에는 잘 몰랐는데 뭔가 실루엣이나 분위기는 스티브 매퀸이랑 비슷해, 결코 완전히는 붙잡히지 않는 완전히는 제압할 수 없는 도망자, 확실히 그래, 한국 배우로는 황정민, 아빠 잘 모를 거야, 다혈질에 얼굴이 금방 불콰하게 달아오르고, 내내 눈을 감은 채 감정에 취해 노래도 잘하지, 많이 닮아서 볼 때마다 아빠 생각이 나. 영화의 주인공을 맡았던 배우가 죽어도 여전히 살아 있는 영화. 얼마 뒤 걸작들의 피날레를 장식하며 K는 깊은 밤 〈대부〉 3부작을 다시 보았다. 국제극장에서 미아가 될 뻔했던 네 살의 K가 본 것과 반지하 셋집에 살던 사춘기 열여섯 살의 K가 보지 못한 것. 콜레오네, 잔혹하고 아름답게 덧없는 파국을 맞는 어둠의 이름, 그러나 K는 더는 그런 것에 사로잡힌 채로 살고 싶진 않았다. 관련 정보를 추가로 검색하던 K는 〈대부〉 3부작의 디지털 리마스터링 작업이 할리우드에서 스필버그 주도하에 이루어졌다는 걸 알게 되었다. 묵묵히 할일을 하며 그저 나아간다는 것. 엉망진창인 채였지만, K는 먼바다를 떠돌던 난파선이 어딘가 뭍에 닿았다는 느낌을 받았다.

K는 명동 유네스코회관 앞에서 지도 앱을 켰다. 어쩐 일인지 지도에는 명동 코리아극장이 분명히 표시되었지만, 코리아극장은 실재하지 않았다. 정확한 시점을 모를 뿐 코리아극장이 오래전 폐관되었다는 건 K도 알고 있었다. 그것을 모르는 채 광화문 씨네큐브에서 이곳까지 걸어온 것은 아니었다. 검

색 내용을 따라 스크롤을 내리면 '역사와 추억 속으로 사라진 서울의 옛 극장들'과 같은 제목의 블로그 글에 코리아극장이 등장했다. 명동성당 오르막길 너머 중앙극장도 사라진 지 오래였다. 유네스코회관에서 불과 수십 미터 거리의 쇼핑몰에 위치한, K가 한 번도 가본 적 없는 복합상영관이 이제 이 거리의 극장이었다. 막 저녁에 진입한 명동 거리가 간판 불빛들로 일렁이며 영화필름처럼 흘러갔다.

검색 결과를 종합해보면, 이런저런 과정을 거쳐 유네스코회관의 코리아극장은 외국인 단체 관광객을 대상으로 하는 뮤지컬 〈난타〉 전용 공연장으로 변모한 모양이었다. 그러나 그마저도 코로나 팬데믹 이후 현재 운영되고 있지 않은 듯했다. 유네스코회관 1층에는 스포츠 슈즈 편집숍과 역시 외국인 관광객 대상의 대형 가공식품 판매점이 입점해 있었다. 두 매장 모두 사람들로 붐볐다. 그 많은 이 중 이 건물에 오래전 극장이 있었고, 그 극장에서 1984년 여름 〈E.T.〉가 상영되어 영화표를 사려는 사람들이 명동 거리에 길게 줄을 늘어섰던 걸 아는 사람은 아마 없을 터였다.

1층 쇼핑 매장들의 화려한 외관과 달리, 육중한 유리문을 밀고 로비로 들어서자 단번에 이 건물이 아주 오래되었다는 걸 실감할 수 있었다. 좁은 로비 한구석에 아주 좁은 경비실이 붙어 있었다. 경비복 차림의 장년 남성이 돋보기를 쓰고 휴대폰을 들여다보다 무심히 K에게 눈길을 던졌다. 영화적 상상력을 발휘하자면, 그는 과거로의 시간여행이 가능한 신비한 엘리베이터를 지키는 사연 많은 문지기쯤 되겠지만, K는 그가 목숨을 담보로 수수께끼라도 낼까봐 길을 잘못 든 척 두리번거리며 뒷걸음질을 쳤다. 그리고 다시 유리문을 나서기 전 벽면에 부착된 '유네스코회관 층별 안내' 게시판의 사진을 찍었다. 거기에 코리아극장이란 이름은 없었다. 대신 '유네스코회관은 1967년 준공된 서울의 중심 명동의 유서 깊은 명소입니다'라는 문구가 새겨져 있었다.

K는 유네스코회관이 건너다보이는 맞은편 건물 2층 창가 테이블에 커피 한 잔을 올려놓고 앉아 어린 시절부터 익숙했던 명동 거리를 내려다보았다. 데모하던 대학생들이 백골단이라 불렸던 시위 진압 사복경찰들을 피해 미친듯이 도망치는 장면을 목격했던 기억 속엔 외국인 관광객들의 모습은 전혀 등장하지 않았다. K는 세상의 다른 모든 성당도 명동성당처럼 미사를 드리는 곳인 동시에 민주화 투쟁을 하는 곳인 줄 알았다. 노점상들의 부스가 기차처럼 늘어선 거리, 사람들이, 기억들이, 순간들이 아주 빠르게 흘러가고, K는 저 혼자만 슬로비디오처럼 느릿느릿 움직이고 있는 것 같다고 느꼈다. 마치 왕가위 영화의 한 장면처럼. 80년대 스필버그 키즈이자 90년대 왕가위언이었던 K는 스필버그와 달리 오래 영화를 만들고 있

지 못한 왕가위를 떠올렸다.

K는 오늘 오후 극장에서 스필버그의 영화를 보았고, 초등학교 4학년이었던 1984년의 어느 여름날에도 극장에서 스필버그의 영화를 보았다. 〈E.T.〉는 1982년 미국 개봉 이 년 후 한국 개봉이 확정되었다. 그 이 년간 개봉도 되지 않은 상태에서 그토록 이상하고 희한하게 생긴 외계인은 단연 화제의 중심이자 신드롬의 대상으로 떠올랐다. 영화가 너무나 새롭고 재밌다는 풍문과 함께 이티는 해적판 캐릭터로 복제돼 의류, 제과류, 완구류, 문구류를 장악했고, 끊임없이 광고와 코미디의 소재로 등장했으며, 동요풍의 가요로까지 재탄생했다. 세계적 흥행과 유행에 대한 뉴스가 해외 토픽면을 장식했고, 당시 한국의 외화 수입 역대 최고가를 경신한 끝에 국내 개봉이 성사되었다. K 역시 또래 아이들처럼 애가 닳도록 극장에 갈 날을 기다렸다. 자신들이 더 보고 싶었던 모양인지 부모는 K의 여름방학이 시작된 첫날 K를 데리고 명동으로 향했다.

1946년생인 스필버그가 칠십대 후반이 되어서야 만든 자전영화 〈파벨만스〉의 도입부. 어린 스필버그는 부모 사이 좌석에 앉아 생애 최초로 극장 영화를 보았다. 코리아극장으로 〈E.T.〉를 보러 왔던 열 살의 K도 엄마와 아빠 사이 좌석에 앉았다. 까마득히 멀고 먼 어둠으로부터 이티가 처음 스크린에 등장하던 순간, K는 제 머리 위에서 놀람의 감탄사를 주고받는 부모의 속삭임을 들었다. 어린 삼남매가 차례로 이티를 만나고, 낯설기만 한 존재와의 뒤죽박죽 좌충우돌 소통이 이어지고, 이티는 더듬더듬 지구의 단어를 배우고, 나뭇가지처럼 생긴 긴 손가락 끝에 꼬마전구처럼 불이 켜지던 순간, K는 스크린에 반사된 빛을 두 눈 가득 담는 동시에, 정수리 위로 내려앉은 부모의 숨결도 제 가장 깊은 곳에 가득 담았다. 어머 들키겠네, 아까 숨겨놓은 거, 세상에. 어린 K의 양옆에 앉아 K의 머리 위에서 귓속말을 주고받던 부모는 차츰 K를 잊었다. 그들은 영화에 온전히 마음을 빼앗겼다. 〈대부 2〉를 보던 국제극장에서처럼 K가 갑자기 사라진다 해도 바로 알아채지 못할 것처럼. 부모가 자식을 잊고 오롯이 영화에 몰두해 있다는 사실이, K는 마음에 들었다. 그리고 자전거, 이티를 태운 엘리엇의 자전거가 질주를 시작했다. 이티와 엘리엇을 돕는 친구들의 자전거도 함께 질주했다. 아무도 그들을 막을 수 없었다. 이윽고 K도 부모를 잊었다. 이티와 엘리엇의 자전거가 하늘로 날아올랐기 때문이다. 모두를 날아오르게 하는 존 윌리엄스의 클라리넷 플루트 호른 바순 트럼펫 트롬본 바이올린 첼로, 그리고 밤하늘의 끝없는 우주, 모두 서로를 잊고, 자신을 잊었다. 오직 꿈과 매혹에 자신을 고스란히 내주었으므로.

K는 다시 명동 거리로 나섰다. 오늘 낮에는 비가 내렸고, K가 광화문 씨네큐브에서 스필버그의 〈파벨만스〉를 보고 거리로 나

서자 비는 그쳐 있었다. 오래전 명동 코리아극장에서 스필버그의 〈E.T.〉를 보고 K의 가족도 거리로 나섰다. 그들은 '명동의류'에서 여름옷과 수영복을 사고, '명동칼국수'로 저녁을 먹으러 갔다. K는 젊은 부모와 어린 자신을 따라 걷기 시작했다. 그날도 오늘도 거리가 영화필름처럼 흘러갔다.

너는 날씨를 바꾼다

양윤의(문학평론가)

1. 공기는 정동으로 가득차 있다

이신조의 소설은 고요한 정동으로 가득하다. 고요하지만 격렬하고 잔잔하지만 끊임없이 요동하는 그것은 보이지 않으면서도 지상에 머무르는 공기와도 같다. 공기의 압력, 다시 말해 기압은 강해지면 주변을 억누르고 맑은 날씨를 가져오며, 약해지면 주변을 끌어당기고 비바람을 부른다. 이 때문에 하루의 날씨로 누군가의 상태나 기분을 유비하려는 시도는 자연스럽다. 그런데 『너의 계절, 나의 날씨』에서 날씨나 계절은 특정한 정념이나 주제를 암시하거나 은유하는 것을 넘어서, 소설을 구성하는 로직이기도 하다. 날씨가 정념을 불러오는 것이 아니라, 날씨 자체가 정념의 소유자인 것이다. 따라서 이신조에게 날씨나 계절은 소설의 행위자이기도 하다.

우울에 잠식되는 것은 하늘이 서서히 구름에 덮이는 일과 비슷했다. 어디서부터 시작되는지, 언제 끝나는지, 어째서 그러는지, 왜 그래야만 하는지, 상하 없이 좌우 없이, 조절 불가 예측 불가, 어디에도 스위치나 핸들 같은 것은 보이지 않고, 하릴없이 부풀어오르고, 속절없이 흘러가고, 이것은 무엇의 과정인지 결과인지 목적인지, 의도나 의미는 찾을 수 없고, 없는 게 맞는 것인지, 없어도 되는 것인지, 그렇다면 이 슬픔과 피로와 마비와 공허와 나락은 왜 내게 당도한 것인지, 구름이 걷히고 해가 난다 해도, 그 흩어져 사라짐이 좀처럼 기쁨과 의욕과 활기와 충만으로 바뀌지 않는다는 것, 이내 다시 구름이 밀려오듯, 이별과 상실과 불운과 죽음이 다가온다는 것, 구름처럼 삶을 가늠할 수 없다는 것.(「봄밤의 번개와 질소」, 32쪽)

감응을 발생시키는 사물과 날씨는 '나'의 외부에 있지 않고 소설 자체를 구성하는 울림의 네트워크를 이룬다. 그만큼 사람과 사물과 날씨는 촘촘하게 연결되어 있다. 인용문에서 우울과 먹구름의 대비는 이해하기 어렵지 않다. 그러나 이것이 은유로만 기능한다면, "구름이 걷히고 해가" 날 때 우울도 걷혔어야 마땅하다. 그러나 우울에는 시작도 끝도 없고, 방향도 경계도 없으며, 의도나 목적도 없다. 은유의 힘을 빌려 '나'에게 당도한 우울은 한번 와서는 떠나지 않아서 우울=먹구름이라는 최초의 '계약'을 파기해버린다. 그렇게 은유가 파기되면 그것에 힘입어 설립했던 앎의 체계도 무너진다. '나'는 필사적으로 그 은유를 붙잡아야 한다. 그래서 다음 서술이 이어진다. 우울은 "이내 다시 구름이 밀려오듯" 더욱더 심한 것들("이별과 상실과 불운과 죽음")을 불러올 것이다. 사정이 이렇다면 날씨는 한 사람의 기분(우울에서 기쁨까지)을 은유하는 대상에서 벗어나, 그 자신의 독자성을 획득했다고 말해야 할 것이다. 그리하여 이런 요지의 단락이 만들어진다. 먹구름 다음에는 더한 구름이 온다, 설혹 그 사이에 맑은 하늘이 끼어 있다고 해도. 날씨는 기분을 은유하는 수단이 아니라 기분을 집어삼키는 행위자다.

이 긴 인용문은 단 두 문장으로 이루어져 있다. 게다가 그 길이의 대부분을 담당하는 두번째 문장은 명사들로 끝나는 축약문이다. 두번째 문장은 그 형식으로서도 우울을 가시화하고 있는 것인데(앞에서 말했듯 우울은 이처럼 느리고 길게 이어진다), 그 길이에도 불구하고 이 문장은 정확하고 담백하다. 이 신조 소설의 특징 가운데 하나가 이런 정교하고 세밀한 문장이다. 그런데 독특하게도 소설마다 그 질서가 깨지는 장면이 하나씩 있다. 강렬하게 휘저어진 공기의 요동을 느낄 수 있는 장면, 다르게 말해서 소설의 정동이 최대치로 일어나는 장면이다. 「봄밤의 번개와 질소」의 화가인 '나'가 그림을 그리는 장면으로 가보자.

단호하고 완강한 어두운 청록색 화면, 흐릿하면서도 분명한 흰 기운의 동요, 극세필용 붓을 감싸쥔 오른손의 미미한 악력, 팽팽하게 맞서는 활력과 무력, 어쩔 수 없음의 확산, 맺히고 번지는 힘, 가쁜 숨, 들어왔군, 시작됐어, 낮게 으르렁거리는 에고의 이빨, 발작처럼 뒤틀리는 순간, 비명이 늪처럼 잠기는 불면의 밤, 끊어질 듯 이어지는 가늘고 아슬아슬한 붓끝, 무너지고 갈라지고 뒤흔들리는 기억의 지진, 잠시도 감기지 못하는 갈증의 눈꺼풀, 드디어, 세계는 붕괴되고, 공포가 게워내는 현기증, 얼어붙어 마비되는 신경, 토막 나 갉아먹히는 뼈와 살, 우울의 광대한 바다 속으로 빨려들어가, 심연의 법정, 너는 패배했다, 모두 끝장났어, 수은처럼 발광하며 구르는 미친 피, 칭칭 동여매고 재갈을 물려, 굴욕과 수치로 너덜너덜해진 깃발이 흩날리고, 슬픔과 파괴의 해일이 왕국을 덮치고, 멈춰라, 제발, 통곡하는, 죽어가, 이제 곧 만신창이가 온다, 저주를 속삭이는 두껍고 검은 혀, 태양처럼 뜨겁게 떠오른 죽음, 걷잡을 수 없이 솟구쳐 비참하게 추락하는, 황폐한 시간을 통과하는 길고 긴 모래 폭풍, 침묵, 암전, 죽은 자의 휘파람, 종말처럼 무너져내리는 계단, 회오리치며 증발하는 영혼, 흰 연기가 피어올라, 속절없이 흰 연기가 피어올라, 흰 연기가 끝없이……(16~17쪽)

독자는 이 단 하나의 문장을, 스타카토와 크레셴도를 곳곳에 넣어가며 읽어야 할 것이다. 청록색 화폭을 앞에 둔 '나'의 붓은 육체와 영혼을, 그것의 활력과 무력을, 떨림과 요동을, 에고와 이드 혹은 의식과 무의식을, 환희와 공포를, 이성과 광기를, 삶과 죽음 등을 모두 포착하려는 욕망과 무기력으로 가득하다. 내면의 폭풍우가 칠 때, 문장은 저처럼 문법 바깥으로 나가려는 힘으로, 휘몰아치는 정동으로 충만해진다. 체계의 와해는 정신의 붕괴다. 문법의 파괴는 이성의 소실이다. 저 문장은 그 사이에서 최대치의 장력을 보유한다. 그리고 이 들썩임—붕괴 직전까지 이르렀다가, 탈진한 채 돌아오는—에서 소설은 정동의 힘에 의한 회복과 통일을 성취한다.

「봄밤의 번개와 질소」의 이야기를 간추려보자. 화가인 '나'는 알코올중독에 폐인으로 살다가 T형의 도움으로 본업에 복귀할 수 있었다. 대학 선배인 T는 '나'를 물심양면으로 챙겨준다. 한편 '나'의 아내는 사 년 전 붕괴 사고로 남편을 잃고 '나'와 재혼했다. 그리고 소설이 시작되는 시점인 오늘, 아내는 전 남편의 제사를 지내려고 한다. 오늘은 경칩이다. '나'를 만난

T형이 지나가는 말로 이런 얘기를 한다.

"개구리니 용이니는 둘째고, 번개가 쳐야 봄에 새싹이 쑥쑥
자라는 거야. (……) 너 공기 중에 산소보다 질소가 더 많은 거
알지? 많아도 몇 배나 많아. 숨쉬는 거 때문에 인간은 산소 중
한 줄만 알지. 근데 공기 중에 왜 질소가 80퍼센트나 있겠냐?
산소가 없으면 기껏 숨 못 쉬는 게 문제지만, 질소가 없으면 아
예 생명체가 존재도 못해. 우리 세포, 근육, 골격 이런 게 다 단
백질이 기본 성분이잖아. 핵산이니 아미노산이니 하는 거, 그런
단백질은 질소가 없으면 만들어질 수가 없어. 생태계 자체가 성
립이 안 되는 거야. 근데 동물은 호흡으로 질소를 흡수 못하고,
식물도 땅에 뿌리박고 있으니 공기 중의 질소가 그림의 떡이고.
이때 역할을 하는 게 바로 번개야. (……) 천둥 번개가 콰광 내
리치면 순간적으로 엄청난 전기에너지가 생기잖아. 그 강력한
전기가 공기 중에서 화학반응을 일으켜 질소를 질소산화물로
만드는 거야. 이게 빗물에 녹아서 땅에 스며들면 질산, 질산염
이 되고 그걸 양분으로 흡수한 식물이 쑥쑥 자라는 거지. 한마
디로 번개가 순간적으로 하늘에 비료공장을 차리는 셈이랄까.
생물이 질소를 그대로 흡수 못하고 반드시 질산으로 화학적 고
정을 시켜야만 흡수할 수 있다고 해서, 이걸 생물학 용어로 질
소고정이라고 부른다."(26~27쪽)

소설의 제목이 이 대화에 연원을 두고 있으니, 질소고정 이 야기는 단순한 모티프나 지나가는 말이라 할 수 없다. 번개가 치고, 이 번개가 공기 중의 질소를 식물이 섭취할 수 있는 질 소산화물로 만들고(대화에서 빠진 과정들이 있는데, 가령 식물 도 질소화합물을 섭취하지 못해서 뿌리에 공생하는 박테리아에 게 그 일을 맡긴다), 그 식물을 동물이 섭취해서 몸을 만든다. 그러니 모든 생물은 번개의 자식, 날씨의 가족이다. 날씨는 단 순한 배경이 아니라 기원이 되는 행위자인 것이다.

이 이야기는 '나'의 서사에도 포함된다. 아내의 전남편, 건 축업자였던 김규환은 공사 현장에서 폭우로 지반이 무너져내 린 탓에 안타깝게 숨을 거두고 말았다. 김규환의 죽음이라는 사건이 없었다면, 아내는 당연히 '나'와 결혼하지 않았을 것이 다. 그러니 번개는 여전히 '나'의 삶에서도 행위자 역할을 했 다. 아내의 전남편에게 죽음을 내림으로써 '나'의 결혼을 예비 했던 것이다. "어쨌든 사 년 전 그날의 일이 현재의 내 삶을 규정하고 있는 것이다."(30쪽)

'나'는 그가 남긴 밤 깎는 칼로 생밤을 깎는다. 밤은 그의 제 사에 쓰일 것이며 '나'가 그리는 그림—'나'는 주로 연기나 땅 콩, 달걀, 조개 등속의 껍질을 그려왔다—의 주인공이 될 것 이다. "나는 그를 위해, 아내와 나를 위해 밤을 깎았다. 내 왼쪽에 놓인 그릇에 밤알이 담겼고, 오른쪽에 놓인 비닐 위에 내가 머지않아 그리게 될 밤껍질이 쌓였다."(35쪽) 그는 부재 속에서도 이 가정에 임재해 있으며 '나'는 부재하는 그를 위한 의식을 준비한다. 오늘 하루, 아내는 산 자와 죽은 자 모두와 함께 있게 될 것이다. 번개가 불러온 것이 죽음만이 아니라 생명이기도 한 것처럼. 번개는 사 년 전 남편을 데려갔고, 사 년 후에 '나'를 그 자리로 초대했다. 전남편은 대기 중의 질소처럼 보이지 않으나 가정을 살찌웠다. '나'는 우울에 오래 잠식당해왔으나, 끝내 그것을 정시正視함으로써 극복해왔다. '나'가 오래도록 '껍질'을 그려온 것은 그처럼 들여다볼 수 없는 심연—밤栗은 밤夜이기도 할 것이다—을, 그것의 윤곽을 그려냄으로써 포착하려는 시도였을 것이다(뒤에서도 말하겠지만 '부재하는 이의 현존'은 이신조가 천착하는 중요한 모티프다). 이렇게 모든 것이 제자리를 찾는다. 질소와 대기와 생명, 죽은 이와 산 자의 교대(사별과 재혼) 혹은 만남(제사), 이 모든 것이.

2. 기상도에 그려져 있는 것

이 소설집은 기상도氣象圖와도 같다. 기상도란 기상 상태를 나타낸 지도다. 한 사람이 겪고 있는 날씨는 기상도 위의 한 점에 표시될 것이다. 기상도가 제공하는 것은 그런 개별적인 날씨들의 군집인데, 이때 이차원 평면에 기압의 배치, 풍향과 풍속, 태풍의 위치, 비가 올 확률 등이 표시된다. 그렇다면 등압선은 동일한 날씨를 겪고 있는 사람들의 위치를 표시할 것이다. 풍향과 풍속은 사람들 사이의 친소 관계와 호오를 포함한 정동의 크기를 표시할 것이다. 고기압과 저기압은 사람들의 정동이 모이는 곳과 떠나간 곳을 표시할 것이다. 한마디로 말해, 한 지역의 기상도란 같은 공동체에 속한 사람들 사이의 날씨를 보여준다.

「여름철 기압 배치」로 가보자. 소설은 서로 다른 시대를 사는 두 가족을 소개한다. '정한솔'의 가족은 이 소설이 쓰이고 읽히는 당대 사람들이다. 1987년생 정한솔과 그의 아내, 장인과 장모가 등장하여 쌍둥이 '아름'과 '다운'이 탄생하는 과정을 엮어간다. '이인길'의 가족은 해방 직전에서 한국전쟁에 이르는 시기를 겪는다. 1920년생 이인길에게는 1924년생 아내 김난옥과 세 살 된 딸 이연숙과 백일 된 아들(이름을 끝내 짓지 못했다)이 있다. 김난옥의 시선에서 이 서사를 다시 요약해보자. 난옥은 징용으로 시동생 이수길을 잃고, 인민군에 의한 강제징집으로 남편을 잃었으며, 피란중에 아들을 잃고, 서울이 점령되었을 때 친정아버지와 오빠를 잃었다. 식민지 시대와 전쟁을 거치며 실로 많은 이가 죽었다.

두 일가의 이야기는 기원담의 형식을 빌려 비로소 중첩된다. 한솔의 할아버지 정동춘과 할머니 김난옥은 전쟁중에 각자의 가족들을 잃고 재혼하여 한솔의 아버지를 낳았다. 한솔의 큰고모(이제 정연숙이 되었다)는 인길의 이야기에 등장했던 세 살 난 딸이다. 두 가계는 전쟁이라는 폭풍 속에 갇힌 평범한 이들의 삶이, 우리 현대사의 질곡이 집단적 체험이었음을 기상도의 형식을 통해 보여준다. 두 가족은 결코 남남일 수가 없다. 난옥이 한솔과 혈연으로 이어져서만이 아니다. 날씨가, 인물들의 정동이 표시하는 이심전심의 등압선이 이들을 하나로 묶어주는 것이다. 많은 이가 죽었으나 또 새로운 이들이 태어난다. 쌍둥이의 몸을 씻기며 한솔이 보이는 뜨거운 눈물은 시대를 건너, "삶과 죽음이 모조리 각인된, 온전히 제 것으로 비롯된, 제 것이나 다름없는 인간의 몸은 할머니 김난옥의 몸"(76쪽)에 대한 애도이자, 김난옥의 일가들(이자 한솔의 선대)이 겪은 무수한 죽음에 대한 뜨거운 애도이기도 할 것이다. 이 소설에서 두 일가를 연결하는 축이 할머니와 고모, 며느리로 이어지는 모계 기원담이라는 점 역시 기억해둘 필요가 있다.

「숲그늘의 개와 비」는 서로 다른 방식으로 어둠을 겪는 두 사람의 만남을 보여준다. '나경'은 아버지의 죽음과 퇴사라는 두 번의 불행을 겪고, 친구 소혜의 권유로 약초와 허브를 재배하는 노부부가 운영하는 펜션에 쉬러 온다. 나경의 아버지는 교사를 하다가 늦은 나이에 공부를 시작하여 교수가 된 입지전적인 인물이다. 그 영향 때문인지, '나경'은 약육강식, 적자생존, 성과 중심주의를 기조로 하는 회사에 들어가 성공 가도를 달린다. 마침내 나경은 회사로부터 독립해 H라는 필자를 발굴하였고 H를 이 시대 젊은이의 멘토로 미화하여 베스트셀러 작가로 만드는 데 성공한다. 그러나 정상은 가파른 곳이어서 몰락도 순식간이었다. 아버지는 한 탐사 보도에서 재벌과 유착한 정황이 폭로됨으로써 대학에서 조기 퇴직을 당했으며, 그 충격으로 뇌경색을 앓고 오래지 않아 세상을 떠나고 만다. H 역시 그의 숨겨진 과거를 폭로한 옛 연인과 지인들로 인해 한순간에 나락으로 떨어진다. 나경은 공동 책임을 지고 자리에서 물러났다.

펜션에서 나경은 인준을 만난다. 인준은 예전에 나경과 맞선을 봤던 피부과 의사로, 금방 관계가 단절된 사이다. 솔직함에 대한 충동을 느낀 나경이 다짜고짜 그를 찾아가자 그가 거절했던 것이다. 그후에 그는 의사를 그만두고 이혼을 경험했으며, 지금은 검은 개 한 마리를 데리고 산속에서 약초를 캐며 살아간다. 둘은 펜션의 숙박객과 펜션에 약초를 공급하는 약초꾼으로 상봉한다. 소설은 둘이 대면하는 장면에서 끝난다.

어둠 속에서 작고 둥근 불빛이 흔들리며 다가왔다. 헤드 랜턴을 쓴 인준이 검은 개와 함께 계곡을 건너고 숲길을 걸어, 마침내 나경 앞에 도착했다. 모닥불이 타오르고 있었다. 어둠 그 자체인 것 같은 커다란 검은 개가 조용히 나경에게로 다가왔다. 나경과 인준은 모닥불을 사이에 두고 캠핑용 접이식 의자에 마주앉았다. 밤의 숲속으로부터 차갑고 거센 바람이 불어왔다.(227쪽)

인준이 데리고 다니는 검은 개는 숲길에서 인준을 대면했을 때, 그녀를 위협하던 그 개다. "어둠 그 자체인 것" 같다는 묘사는 그 개가 '검다'는 정보만을 전달하는 것이 아니다. 나경이 간신히 피워올린 희망의 표현이 모닥불이라면, 개의 "어둠"은 둘을 덮고 있는 캄캄한 절망의 집약일 것이다. 지금도 "밤의 숲속"에서 "차갑고 거센 바람이 불어"오고 있다. 둘을 둘러싼 날씨는 둘이 걸어온 행로만큼이나 어둡고 차갑다. 예전에 나경은 인준을 충동적으로 방문했다 절교를 겪었다. 지금도 나경이 먼저 문자를 보낸 참이다. 둘의 만남은 희망적일 수 있을까? 소설은 그다음 사연을 전하지 않는다. 작가는 뒷이야기를 독자의 상상에 맡겼다. 우리는 다만 이렇게 말할 수 있을 뿐이다. 둘이 겪어온 삶의 내력이 다르면서도 같다는 것,

그래서 둘이 하강의 등압선 위에 함께 관측된다는 것.

3. 기상예보는 자주 틀린다

하지만 인간은 자주 날씨가 가르쳐주는 것을 잘못 읽는다. 인간의 기상예보는 점사占辭와도 비슷하다. 점쟁이들의 미래에 대한 예측은 경험적이거나(과거의 빈도를 사전 데이터로 삼는다) 상징적인 것이며, 그래서인지 필연적인 것 앞에서 자주 빗나간다. 과학이 발달한 현대에도 예보의 적중률은 70퍼센트 언저리에 머물러 있다. 일기에도 우리 삶에도 고려해야 할 다른 변수가 매우 많기 때문이다.

「오늘 서울은 하루종일 맑음」에서 '인지수'는 한강변을 산책한다. 지수에게 서울은 크고 변화하고 세련된 곳이지만 낡고 더럽고 초라한 곳이기도 하다. 맑은 날씨에 강변을 걸으며 지수는 육촌이자 동갑내기 친구인 '박하늘'을 생각한다. 하늘은 부모가 이혼한 후에 친척집을 전전하다가 지수의 집에서도 신세를 진 적이 있다. 같은 방을 쓰며 지수는 새벽에 깨는 날이면 이불을 뒤집어쓴 채 소리 없이 울고 있는 하늘을 보곤 했다. 하늘은 입버릇처럼 "서울 가서 사는 것처럼 살고 싶어"(155쪽)라고 했고, 지수가 고등학교를 마칠 무렵 정말로 상경했다.

그뒤 온라인 쇼핑몰에서 의류 피팅 모델을 하고 있다는 소
식, 영화 오디션을 준비한다는 소식, 메이크업 아티스트인지
스타일리스트인지 한다며 배우러 다닌다고, 제 엄마한테 돈이
나 뜯어가고, 아무튼 걔는 여전히 헛바람이 든 모양이더라, 지
수의 엄마는 종종 묻지도 않은 하늘의 근황을 힐난조로 전해주
곤 했다.(162쪽)

서울이 가난하고 스펙도 없는 청춘을 환대할 리 없다. 혼자
고군분투하던 하늘은 끝내 스스로 생을 마감하고 말았다.

걔가 글쎄, 지 사는 원룸, 보일러 가스관에 목을 맸단다,
(……) 그게 참, 죽고 나서 일주일이나 지나서 발견됐다지 뭐
냐, (……) 뉴스 같은 데도 나오는, 쓰레기집, 집안이 온통 쓰
레깃더미에 뒤덮여서, 일절 청소도 안 하고, 코딱지만한 원룸
이 발 디딜 틈도 없이 쓰레기로, 냄새가 말도 못하고, 그런 데
서 세상에, 끔찍해라, 걔가 글쎄 왜.(163~164쪽)

그렇게 하늘의 서사는 비극으로 마감되었다. 지수의 삶 역
시 상처투성이다. 지수는 교통사고 후유증을 겪고 있으며, 만
났던 남자 구도훈은 아이를 지울 것을 은연중에 종용한다. 지

수가 서울 나들이를 한 것은 생전에 건 하늘과의 통화 때문이다. 하늘의 전언은 (「봄밤의 번개와 질소」에서 예로 들었던 것과 같은) 의미와 비의미 사이에서 흐트러진 호흡과 토막 난 의미들을 힘겹게 꿰매고 있다.

아, 안녕, 어, 그래, 잘 있었지, 완전 오랜만, 정말, 아니, 너무 늦었나, 미안, 괜찮니, 그래, 음, 있잖아, 지난번 연락, 이 년 전, 삼 년 전이었나, 겨울에, 네가 서울 와서, 전화했는데, 면접 본다고, 내가 일이 있어서, 그때 좀, 네가 먼저 연락, 미안했어, 갑자기 그냥, 생각이 났지, 맞아, 너무 오랜만에, 진짜, 여기, 선유도, 선유도공원이라고, 한강인데, 아까 계속, 홍대 쪽에 있다가, 어, 혼자, 걸어왔어, 아니 괜찮아, 집은 이쪽 아닌데, 그냥 한참, 너 계속 천안에 있다며, 그래, 병원 일 하는 거, 나, 은평구, 가까워, 너 언제, 서울 한번 올래, 여기 좋다, 지금 추운데, 한강, 밤이라, 나도 처음 왔어, 그때 못 만났으니까, 음, 예전에, 너희 집에 있을 때, 네 방에서, 같이, 맞아, 그래 벌써, 십 년 넘었다, 진짜 오래, 나는 뭐, 지난번에는 너무 갑자기, 생각을 못하고, 그래, 서울 한번 와, 여기 같이 오면, 아, 근데, 너 목소리가 좀, 어디 아프니⋯⋯(160~161쪽)

저 단속적인 문장과 잦은 쉼표는 대화 상대(지수)의 말들을

부분적으로 반복하고 있겠지만, 하늘의 고독과 망설임, 호소
와 구조 요청을 숨기고 있기도 하다. '괜찮아, 서울 한번 올래,
여기 좋다, 같이 오면……'과 같은 말들은 하늘의 본심을 투
명하게 전달하지 않는다. 나는 괜찮지 않아, 서울에 와줘, 네
가 여기 있으면 좋을 거야, 같이 있으면 외롭지 않을 거야, 나
도 살고 싶어…… 이러한 말들이 행간에 숨어 있었을 것이다.
지수가 하늘을 기억하며 찾아온 한강변, 하늘은 청량하고 햇
살은 따뜻하다.

이래도 되나 싶게 환한 햇빛과 투명한 공기, 생생하고 아찔
한 기운이 눈꺼풀 안쪽과 콧속 점막을 파고들었다. 귓바퀴를
따라 현기증이 일었다. 세상 모든 것에 맑음이 작동하고 있었
다.(139쪽)

이 "티 없이 맑은 하늘"(145쪽)은 '하늘'의 내면이 아니라,
저 토막 난 (통화 속) 대화에서의 전언과 닮았다. 인명과 날씨
의 어긋남. 절망적인 '하늘'과 티 없이 맑은 하늘의 어긋남. 날
씨는 가끔 이렇게 기분과 감정을 반대로 드러낸다.
인어공주의 후일담 역시 같은 종류의 착란을 드러낸다. 왕자
를 죽이지 못해 물거품으로 스러진 후에도, 인어공주는 그 물
거품의 형태로 이백오십 년을 살았다(인어공주는 지금 266세

다). "인어공주는 물거품이 되어 세상의 모든 날씨와 계절을 경험하며 수십 년을 흘려보냈다."(175쪽) 물방울로 떠돌다가 그녀는 왕자를 다시 만난다. "젊고 아름다웠던 왕자는 늙고 괴팍한 왕이 되어 있었다."(176쪽) 인어공주의 고결한 희생이 환상적인 사랑에서 비롯되었다면, 왕자의 삶은 세속적인 환멸로 귀결되었다. 그것이 세상의 이치다.

인어공주에게 부족했던 것은 사랑이 아니라 삶이었다. 왕을 떠난 인어공주는 이백 년이 넘는 시간 동안 많은 곳을 돌아다니며 많은 사람 곁에서 많은 삶을 지켜보았다. (……) 인어공주는 모든 것이 결국 물거품이 될 수 있어 다행이란 생각을 하게 되었다.(「세탁기 속의 그녀─『인어공주』 외전外傳」, 178~179쪽)

인어공주는 세상을 떠돌며 많은 삶과 많은 이의 고통과 눈물과 죽음을 지켜보았다. 그리고 지금 그녀는 세탁기 속에서 비누 거품이 되어, 피 묻은 침대보를 빨러 온 한 여성을 지켜보고 있다. 그렇다고 해서 이 상황이 오직 비관의 표현이라고만 볼 수는 없을 것이다. 거품이 되어버린 인어공주의 선택이 고결한 사랑이었음을 부정할 수는 없는 것이며, 그녀는 지금도 거품이 되어 한 여성의 세탁물을 깨끗하게 만들고 있기 때문이다. 비가 오고 이슬이 맺히며 강물이 불어난 곳마다 거품이 된 인어공주가 나타날 것이다. 비록 세속의 삶이 비루하고 고통으로 점철되어 있다고 해도. 날씨는 이렇게 어긋난 인사人事를 감싸 안기도 하는 것이다.

4. 너는 날씨를 바꾼다

날씨는 사람들과 그들의 관계를 바꾼다. 때로 사람들은 날씨를 잘못 판단하기도 하는데, 그럴 때 날씨는 사람들의 비극을 반어적으로 표현한다. 그렇다면 사람들이, 동물들이 그리고 사물들이 날씨를 바꿀 수는 없을까? 우리가 행위자인 날씨와 계절의 영향을 받듯, 날씨와 계절에게 영향을 끼칠 수는 없을까? 서동욱은 이렇게 말한 바 있다. "날씨가 우리를 만드는 것이지 우리가 날씨를 만드는 것은 아니다. 생각 또는 철학도 날씨가 만들어낸다. (······) 중요한 것은 반대 방향에서 질문을 던지는 것이다. 날씨가 만드는 사상이 아니라 날씨를 만드는 사상은 없는가?"* 우리는 이 질문을 소설 속의 인물들에게도 던져야 할 것이다. 소설은 인물들의 관계의 현상학이다. 모든 감정이나 생각은 이 관계에서 파생된다. 그렇다면 이 관계

---

* 서동욱, 『철학은 날씨를 바꾼다』, 김영사, 2024, 7쪽.

가 날씨를 바꾼다고 할 수는 없을까? 이제 지금까지 아껴두고 말하지 않았던 「펫로스, 겨울 편지」를 읽을 차례다.

이 아름답고 비통한 소설은 제목에서부터 두 개의 중심을 표현한다. 두 중심은 이신조 소설의 건축적 기획을 설명하는 것이기도 하다. 제목은 이렇게 말한다. 이 소설은 '펫로스'에 대한 이야기라고. 나는 지금부터 반려동물을 잃은 체험에 관해 성실하게 기록하겠노라고. 결핍과 상실과 우울과 죽음에 관한 이야기는 우리가 살펴본 이 소설집의 다른 이야기에서도 매번 확인된다. 거품이 된 인어공주가 세상을 떠돌며 목격한 참상들(「세탁기 속의 그녀―『인어공주』 외전外傳」), 이인길과 김난옥의 일가가 겪었던 현대사의 비극(「여름철 기압 배치」), 사별한 전남편과 우울증을 앓는 현남편의 기묘한 만남(「봄밤의 번개와 질소」), 맑은 서울 하늘 아래서 비극적인 죽음을 맞은 청춘 박하늘의 사연(「오늘 서울은 하루종일 맑음」), 출세의 정점에서 굴러떨어진 두 남녀의 만남(「숲그늘의 개와 비」)이 모두 그렇다. 지나온 삶에서 보아온 영화들의 만유록漫遊錄에 의탁하여 적은 「스필버그와 나」에서, K의 회상에 드리운 것은 부모의 두 번에 걸친 파산과 지금은 헤어져서 A, B, C라는 이니셜로만 남은 옛 애인들의 부재다. 「펫로스, 겨울 편지」에서도 중심 사건은 십삼 년을 함께 산 '묘조'의 죽음과 장례다. 그 사이사이에 집사이자 '언니'인 '나'가 겪는 메마르고 고단한 세상에 대한 묘사가 이어진다. 특히 '너'의 마지막 나날 가운데 한국에 상륙한 태풍 힌남노에 대한 묘사는 날씨가 이 첫번째 중심에서도 매정하고 힘센 행위자라는 사실을 여실히 보여준다. '나'의 격정과 바깥의 날씨가 한가지로 요동을 친다. 그러므로 첫번째 중심은 여전히 상실과 환멸과 죽음에 관한 이야기다.

또하나의 중심은 '겨울 편지'라는 형식이다. '나'는 처음부터 묘조를 '너'라고 부르고, 자신을 '언니'('엄마'라는 호칭과 달리 위계가 없는 자매적 관계라는 뜻이다)라고 칭하며 친밀한 이二자 관계를 형성한다. 편지글의 형식 덕분에 이 두번째 중심은 고백과 회상과 영탄을 끌어들인다. 더욱이 이 편지는 묘조, '너'가 죽은 이후부터 쓰이기 시작했다. 그래서 편지에서는 이런 어긋난 시간들이 관찰된다.

2월 초, 네가 내게 도착한 날이 입춘이었다는 것을 나는 십삼 년 후에야 정확히 확인한다. (……) 나는 그날 내게 어떤 일이 일어났는지 감히 알지 못한다. (……) 입춘이 되어 너는 내게로 왔다. 너는 나를 만나러, 나와 함께 십삼 년을 살다 죽으러, 오직 그리하러 이 세상에 왔다는 걸 결코 알지 못한 채, 우리의 첫 밤이 지나간다.(83~84쪽)

이 기묘한 시간성으로 인해 이 소설에는 여러 개의 심연이 생겨나며, 그곳에 정동이 고인다.

1) '너'는 죽으러 '나'에게 왔다. '너'의 모든 현존은 바로 '너'의 죽음 이후에야 비로소 그 부재 속에서만 체험된다.

2) 그러나 죽음 이후에도 '너'는 '나'와 함께 있다. 애도 속에서만 그런 것이 아니다. '나'의 모든 시간 속에는 없는 '너'가 있다. "네가 다른 방식으로 나와 함께 있다는 것이 의심의 여지 없이 분명하기에, 내 세계는 새롭고 풍부하게 한껏 고양되고 확장된다."(130쪽)

3) 따라서 '너'는 상실과 현존을 공히 거느린다. '너'는 여기 없기에 지금 있으며, 여기 있었기에 지금은 없다.

'너'는 길고양이 어미가 낳은 여러 새끼 가운데 하나다. 십삼 년 전 '나'는 동물병원 홈페이지에서 '너'를 발견하고 입양했다. 그 결정이 '나'를 어떻게 변화시킬지 알지 못한 채. 작고 연약한 새끼 고양이, 오직 '나'만 알고 '나'만을 기다리며 '나'와만 대화하는 인도어 캣인 '너'. '나'는 '너'의 구원자였다. 처음엔 그런 줄 알았다.

묘조야, 언니는, 묘조야, 언니가. 나는 네게 꼭 들려줄 얘기가 있다.

길고 요란한 청춘이 끝나고, 혼자 끝없이 어두운 지하로 내려가던 시절에 너를 만났다. 내가 지리멸렬한 삶의 대가를 치르는 동안 너는 나와 함께 있어주었다. 네가 없었다면 나는, 소금 기둥으로 부서져 땅 밑을 흐르는 검은 강 속으로 녹아 사라졌을 것이다.(122쪽)

　　인용문의 첫 단락에 보이는 저 끝맺지 못한 문장은 울음이 잘라먹었을 것이다. '너'가 지상에서의 마지막 숨을 내쉬는 동안, '나'는 알게 된다. '나'가 '너'의 목숨을 구했다고 생각했는데, 알고 보니 '너'가 '나'를 구원해주었다는 것을. 서로가 서로의 돌봄의 주체가 되었다는 것을. '너'가 없었다면 '나'는 "검은 강 속으로 녹아 사라졌을 것이다." 저 '검은 강'은 이 소설집의 도처에서 나타나는 바로 그 검은빛이다. 그것은 화가인 '나' 앞에 놓인 "단호하고 완강한 어두운 청록색 화면"이기도 하고(「봄밤의 번개와 질소」, 16쪽), 하늘이 새벽에 덮어쓰고 울던 이불 속이기도 하며(「오늘 서울은 하루종일 맑음」), 나경을 위협하던 인준의 그 검은 개이기도 하고(「숲그늘의 개와 비」), 아버지의 죽음 이후 두 계절 가까이 K가 침잠했던 "어두운 우울의 늪"이기도 하다(「스필버그와 나」, 281쪽). '너'로 인해 '나'는 사랑을 배웠고, 그 사랑이 어두운 늪에서 '나'를 건져올리는 것을 느꼈다. 그리고 끝끝내 '너'가 떠난 후에도 '너'와 '나'가 사랑으로 "온전히 결속되어 있다"(123쪽)는 것을 알게 되었다.

입춘, 네가 내게로 왔던 입춘, 한겨울 추운 거리에서 태어나 천천히 눈과 귀를 열고 입춘이 되어 너는 내게로 왔다. 너는 나를 만나러, 나와 함께 십삼 년을 살다 죽으러, 오직 그리하러 이 세상에 온 것이다. 네게 이 글을 쓰며, 나는 겨울을 통과해 봄에 닿았다.(135쪽)

단언컨대, '너'는 '나'의 날씨와 계절을 바꾸었다. 온통 검은 빛이던 '나'의 세상에 '너'라는 하나의 빛이 주어졌기 때문이다. 겨울뿐이던 '나'의 계절에 '너'는 입춘이라는 문턱을 소개해주었다. '나'는 '너'의 언니가 됨으로써, 그 문턱을 건너, 비로소 봄에 당도했다. 그렇게 '너'는 '나'의 날씨를 바꾼다.

| 수록 작품 발표 지면 |

봄밤의 번개와 질소 ······ 『舎』 2021년 상권

여름철 기압 배치 ······ 『대산문화』 2024년 봄호(발표 당시 제목은 '기압 배치 유형 연구')

펫로스, 겨울 편지 ······ 『문학사상』 2023년 4월호

오늘 서울은 하루종일 맑음 ······ 『현대문학』 2022년 4월호

세탁기 속의 그녀—『인어공주』 외전外傳 ······ 『대산문화』 2023년 여름호

숲그늘의 개와 비 ······ 문장 웹진 2018년 8월호

스필버그와 나 ······ 『한국문학』 2025년 상반기호

문학동네 소설집
너의 계절, 나의 날씨
ⓒ이신조 2025

초판 인쇄 2025년 5월 7일
초판 발행 2025년 5월 12일

지은이 이신조
책임편집 이재현 | **편집** 김봉곤 최예림 김혜정
디자인 이보람 유현아 | **저작권** 박지영 형소진 오서영
마케팅 정민호 서지화 한민아 이민경 왕지경 정유진 정경주 김수인 김혜원 김예진
　　　　나현후 이서진
브랜딩 함유지 박민재 이송이 김희숙 박다솔 조다현 김하연 이준희
제작 강신은 김동욱 이순호 | **제작처** 상지사

펴낸곳 (주)문학동네 | **펴낸이** 김소영
출판등록 1993년 10월 22일 제2003-000045호
주소 10881 경기도 파주시 회동길 210
전자우편 editor@munhak.com | **대표전화** 031)955-8888 | **팩스** 031)955-8855
문학동네카페 http://cafe.naver.com/mhdn
인스타그램 @munhakdongne | **트위터** @munhakdongne
북클럽문학동네 http://bookclubmunhak.com

ISBN 979-11-416-0178-2 03810

* 이 책은 서울특별시, 서울문화재단 '2023년 창작집 발간 지원사업'의 지원을 받아
　발간되었습니다
* 이 책의 판권은 지은이와 문학동네에 있습니다.
　이 책 내용의 전부 또는 일부를 재사용하려면 반드시 양측의 서면 동의를 받아야 합니다.

잘못된 책은 구입하신 서점에서 교환해드립니다.
기타 교환 문의 031)955-2661, 3580

www.munhak.com